Nicolas Keisser

Les marionnettes de Lannu

Tome I

Roman

LE LYS BLEU
ÉDITIONS

ISBN : 979-10-377-2308-6

Lannu réfléchissait, effondrée sur un lit d'épines, elle voulait simplement être sûr, ne pas se tromper, ce qu'elle allait faire pouvait l'entraîner vers sa propre perte, elle le savait, mais n'avait plus vraiment le choix. Elle ne supportait plus la situation actuelle, elle se sentait flouée, volée, humiliée. Trop d'âmes lui échappaient, son frère prenait trop d'importance, ce qui la rendait folle de rage, lui volant ces êtres humains qu'elle avait condamnés aux enfers pour les diriger vers des lieux de repos dont elle n'avait aucun contrôle. Il fallait que ça cesse, les âmes humaines devaient être sienne, à jamais.

Elle projeta son esprit dans le futur, observant les différents scénarios, inquiète mais en même temps obsédée par sa volonté de prendre le pouvoir sur la totalité des âmes. Le temps n'était rien pour elle, il n'avait pas vraiment de sens, juste une obligation. Mais elle ne pouvait remonter le temps déjà écoulé, du moins pas dans le monde des humains et c'était là le risque principal, l'unique faille dans ce plan qu'elle avait si soigneusement préparé. Si elle échouait dans sa tentative de prise de pouvoir, elle ne pourrait revenir en arrière. Elle parcourut de nouveau par la pensée les différents scénarios. Tout était parfait, mais elle savait aussi que tout résidait dans la capacité qu'aurait sa marionnette à remplir son devoir et cela créait une part d'incertitude qui l'agaçait. En même temps, elle avait eu le temps de la préparer, et ce depuis si longtemps, alors pourquoi penser à l'échec, tout était parfait, retord et cruel, comme elle l'avait imaginé.

Elle laissa son esprit vagabonder dans les enfers, elle aimait tellement voir les hommes souffrir, cela la calma un peu. Son plan allait s'étaler sur des siècles, sa marionnette ne serait pas prête avant, mais il lui fallait le déclencher maintenant, avant que son frère ne comprenne qu'elle manigançait quelque chose. Son esprit effleura celui d'un dieu sauvage, primaire et brutal. Il ne comprit pas ce qui se passait et crut que ses pouvoirs et sa force brute lui avaient permis de comprendre le tracé qui s'affichait maintenant dans son esprit. Il ne perçut pas qu'en réalité il se faisait manipuler. Il poussa un rugissement de victoire et traça dans l'air les lignes issues de sa pensée, espérant ainsi avoir accès à un nouveau monde afin de l'envahir avant d'y asseoir son autorité. Lannu sourit en elle-même, ce dieu arrogant était aussi stupide qu'ignorant. Elle partit d'un petit rire cristallin un peu forcé : allons, les dés étaient jetés, il était temps pour elle de s'amuser un peu.

Shaïna et le jugement des âmes perdues

Prologue

L'enfant courait dans la nuit se servant des faibles forces que lui conféraient encore ses frêles jambes. Ses pieds nus couvert de sang glissant parfois sur les pavés détrempés de la rue, l'entraînant dans un équilibre précaire qu'elle avait bien du mal à rétablir. L'épuisement la gagnait, elle en avait parfaitement conscience et avec lui, la peur, s'insinuant en elle, insidieuse et incontrôlable faisant trembler ses lèvres et couvrant son visage de tics nerveux.

La pluie tombait inlassablement sur sa chevelure blonde détrempée, collant ses longues mèches sur son visage émacié et brouillant sa vue. Ses vêtements étaient gorgés d'eau et une légère brume liée à l'évaporation de la transpiration en émanait, autant causée par sa course que par cette peur qui lui tordait le ventre. Sa respiration était hachée et sa poitrine aux côtes saillantes la brûlait. Elle n'avait que dix ans et était plutôt petite et fluette. Son manque de nourriture et sa vie précaire ne lui permettaient pas de supporter un effort aussi violent et elle n'y était pas habituée non plus.

La rue était large et les luminaires censés l'éclairer diffusaient une lumière glauque et peu efficace, donnant aux ombres des formes étranges et biscornues sur lesquelles, en temps normal, son imagination voyageait vers des mondes obscurs et violents.

Mais ce soir, elle ne les voyait même pas, obnubilée qu'elle était par son angoisse.

Elle courait depuis trop longtemps maintenant pour échapper à ses poursuivants et arrivait au bout de sa résistance. Elle avait peur car elle savait bien que ceux qui en avaient après elle n'auraient aucune pitié. Depuis trop longtemps elle leur échappait et le piège qu'ils lui avaient tendu ce soir se refermait sur elle comme une nasse, ne lui laissant aucune chance. Sa préparation en avait été bien conçue. Elle, que les hommes à sa poursuite nommaient « le fantôme », ne savait plus trop quoi faire. Dans chaque rue, chaque ruelle, au moins quatre hommes, adolescents ou gardes l'attendaient matraque à la main. Elle pouvait s'effacer de la pensée d'un ou deux voire trois hommes, pas de quatre, et encore moins de cinq.

Les individus étaient apparus tranquillement, les uns après les autres, se faisant passer pour des passants déambulant sans réel but et elle ne s'était pas suffisamment méfiée, trop occupée à contempler les étals des marchands à la recherche d'une proie ou simplement de nourriture. Lorsque le premier homme lui était apparu dans son esprit, elle avait simplement voulu changer de rue afin d'être tranquille, pour réaliser qu'un autre groupe s'y trouvait déjà, elle en était donc partie également, légèrement inquiète, et progressivement elle s'était retrouvée ainsi coincée dans cette longue artère qui la menait droit dans le piège tendu.

Elle savait qu'une quinzaine d'hommes l'attendaient patiemment à son extrémité, certains d'avoir piégé leur proie maintenant et se réjouissant par avance à l'idée des supplices qu'ils allaient lui infliger.

Il ne lui restait qu'une seule chance, mais elle ne savait pas si ce choix n'était pas encore pire. Cet endroit que les habitants nommaient catacombes. Une entrée se trouvait à une trentaine de mètres devant elle et elle l'atteindrait avant que ses poursuivants ne la rejoignent. Mais personne n'entrait jamais dans les catacombes, elles étaient hantées et depuis le retour des mages du temple, les âmes errantes devenaient de plus en plus agressives. Elle en avait elle-même fait l'amère expérience.

Quelques années auparavant, elle les empruntait régulièrement sans d'autres soucis que cette impression étrange de présences cherchant à pénétrer dans ses pensées. Elle les repoussait alors facilement, mais petit à petit ces présences étaient devenues prégnantes, la rendant nauséeuse et effrayée. La dernière fois qu'elle s'y était aventurée, elle avait cru percevoir son nom murmuré, alors que certaines des âmes perdues semblaient vouloir prendre consistance. Elle en était ressortie le plus rapidement possible et une voix froide et lugubre avait murmuré en elle, presque distinctement.

— Ne reviens jamais.

Pourtant elle allait y retourner, elle avait fait son choix. Ce n'est pas tant l'idée d'être torturée puis tuée qui l'effrayait, c'était l'idée d'être restituée à « Madame », de se retrouver attachée à un lit puant dans un bouge immonde et de devoir subir l'assaut d'hommes répugnants toute la journée.

Elle atteignit l'entrée des catacombes alors même qu'elle commençait à distinguer les silhouettes de ses poursuivants dans la nuit. L'entrée n'était qu'un trou dans le sol fermé par une simple plaque de métal. Elle fit glisser la plaque, elle était lourde et ses bras n'étaient pas très musclés, mais la peur lui donnait une force insoupçonnée.

Le trou était étroit, juste assez large pour elle et elle s'y glissa sans hésiter. Elle se suspendit un instant par les bras puis se laissa tomber. La chute ne fut pas longue, guère plus d'un mètre séparait le sol du plafond et elle se retrouva à quatre pattes dans un goulet puant les égouts.

La sortie qu'elle espérait atteindre se situait à plus de cinq cents mètres, le tunnel comportait plusieurs embranchements dont certains ne menaient nulle part et l'on pouvait s'y perdre facilement. La voie qu'elle devait emprunter se terminait par un étroit boyau où il lui fallait se faufiler pour sortir et débouchait sur des ruines instables.

Il n'y avait aucune lumière ni aucun point de repère pour se diriger dans ces catacombes et le lieu était un véritable labyrinthe. Heureusement elle connaissait la route, elle n'oubliait jamais rien et il lui suffisait d'avoir déjà emprunté un chemin, même dans le noir le plus complet, pour s'en souvenir et c'était le cas. Elle ne risquait donc pas de s'égarer et de se retrouver coincée dans ce dédale courant sous la ville.

Dès qu'elle posa un pied au sol, elle les sentit, ils venaient vers elle, pressurisant son âme pour tenter d'y pénétrer. Elle tenta de les repousser de toute sa volonté mais n'y parvint que très partiellement. Des voix résonnèrent dans son esprit et se mirent à répéter son prénom de manière glaciale, angoissante et répétitive.

— Shaïna, Shaïna, Shaïna.

Chaque mot prononcé résonnait douloureusement en elle et le suivant arrivait avant que l'écho du premier ne se fût éteint, la déstabilisant complètement.

Elle se reprit, elle ne devait pas céder, résister, seule sa volonté de vivre pouvait l'aider. Elle laissa les voix résonner en elle, la traverser puis revenir. Elle y trouva une forme d'équilibre et se dirigea alors vers la sortie aussi vite que lui permettaient ses jambes épuisées par la course poursuite.

Sa respiration était difficile, l'air dans ce goulet était rare et les autres fois qu'elle s'y était aventurée, elle n'avait pas eu à se précipiter ainsi. Progressant dans les endroits plus étroits à quatre pattes afin d'éviter de se cogner la tête sur la pierre, ses pieds glissant sur le sol gras et humide, son avancée fut laborieuse. Le lieu était vide de tout habitant, même les rats ne s'y aventuraient pas et même si elle avait trouvé ça étrange les premières fois, elle en avait été plutôt soulagée, elle n'aimait pas beaucoup les rats d'autant qu'ils pouvaient être très agressifs. À mi-parcours sa tête commença à tourner et elle dut s'arrêter un peu pour reprendre son souffle. Les spectres s'amoncelèrent alors autour d'elle, toujours aussi harcelants, hurlant dans sa tête.

— Shaïna, Shaïna.

Et c'est alors qu'elle l'aperçut. Un spectre cherchait à prendre consistance, créant dans le noir total une aura lumineuse autour de lui, blafarde, jaunâtre et lugubre.

Si elle avait pu hurler, elle l'aurait fait, mais aucun son n'était jamais sorti de sa bouche. L'expression de son horreur la poussa un court instant vers l'abandon de toute volonté et le désespoir. Mais elle se reprit et même si son hurlement intérieur fut tout aussi violent qu'un vrai, elle ne céda pas à la folie qui la guettait. Les yeux exorbités, elle repartit, utilisant les faibles forces qui lui restaient, la panique l'avait maintenant totalement envahie et les voix dans sa tête étaient devenues des hurlements lugubres la faisant parfois tituber.

Enfin, alors que la démence était proche de l'ensevelir, elle aperçut la sortie. Un petit cercle lumineux porteur de ses derniers espoirs.

Les catacombes débouchaient à cet endroit dans des ruines situées près des remparts de la ville. À l'origine il y avait une porte, mais celle-ci avait été arrachée depuis longtemps et ce n'était plus qu'une petite ouverture, très étroite mais facilement accessible pour sa petite taille et sa maigreur.

Elle allait l'atteindre et sentait l'espoir revenir en elle lorsqu'une main glaciale se saisit de son bras. Elle se retourna complètement paniquée, le spectre, il était presque revenu. Ses yeux s'agrandirent à nouveau sous l'effet de la peur et de l'effroi. Il n'était qu'une parodie d'être humain, moitié présent, moitié ailleurs, dont les traits déformés gardaient les stigmates de la mort et du pourrissement, c'était un monstre !

Elle frappa de sa main libre l'être blafard qui la retenait, exprimant ainsi toute la répugnance qu'elle pouvait ressentir mais lui faisant aussi lâcher prise. Elle en profita et se précipita au dehors des catacombes continuant à hurler intérieurement. Des larmes salées coulaient sur son maigre visage brouillant sa vue, rendant le monde autour d'elle flou.

Elle franchit le seuil des catacombes en catastrophe, s'éloignant aussitôt et le plus rapidement possible de plusieurs dizaines de mètres de l'entrée, la vue brouillée par les larmes, titubant sur les pierres instables d'une maison effondrée, indifférente aux dangers d'une chute potentielle. Il lui sembla apercevoir comme une ombre sortir derrière elle, mais ce ne fut qu'une ombre et elle était bien trop effrayée pour essayer de comprendre. Les voix dans sa tête se turent enfin et elle put respirer l'air froid de la nuit. La pluie tombait toujours et elle accepta le choc des gouttes glaciales sur son visage avec joie. Au moins, ça, c'était naturel.

Jamais au grand jamais elle ne retournerait dans ce tunnel immonde. De toute manière, il lui fallait fuir la ville, trop de gens la recherchaient maintenant, rester signifiait se faire prendre et mourir.

Elle se dirigea vers sa cache située au milieu des ruines où personne ne venait jamais, sauf elle. Elle avait volé la cape et les bottes d'un enfant de pèlerin le mois dernier, elle allait s'en servir pour se protéger un peu de la pluie et changer d'apparence pour essayer de s'échapper, même si elle n'avait aucune idée de l'endroit où aller.

La petite enfance

L’enfant prit conscience dans le ventre de sa mère et même s’il eut l’impression de sortir d’un rêve et que son environnement lui parut étrange et déstabilisant, il fut aussitôt à l’affût du monde autour de lui. Il écouta la voix forte pleine de colère qui l’avait incité à prendre vie.

— Je vous préviens, madame, si vous me faites encore une fille, je la jette aux chiens.

La femme qui la portait se mit à sangloter sans répondre.

Pourquoi cette voix disait-elle cela ? Parlait-on de lui ? Et qu’était une fille ?

Il sentit l’angoisse l’étreindre et il eut peur, puis sa conscience s’évapora et il repartit dans les limbes de la nuit.

— Poussez madame, poussez plus fort.

Elle reprit conscience alors que sa tête sortait du corps de sa génitrice. Deux mains se saisirent d’elle tandis que sa mère hurlait de plus en plus fort et elle fut expulsée de son corps.

La femme qui la tenait se mit à la frapper sur les fesses, c’était douloureux, mais aucun son ne sortit de sa bouche, aucun son n’en sortirait jamais d’ailleurs, elle le savait déjà comme une évidence.

— C’est une fille madame, mais elle ne veut pas crier.

— Est-elle vivante ?

— Oui madame.

— Alors, prétendons qu'elle est morte, cela lui évitera d'être jetée aux chiens, emmène-la loin d'ici et fais en ce que tu veux. »

La femme qui l'avait accouchée se saisit d'elle et sortit de la pièce par une petite porte. Elle entendit vaguement une voix crier.

— Alors, madame ?

Puis elle s'endormit.

Lorsqu'elle se réveilla, elle se trouvait dans une toute petite pièce avec pour toute lumière celle provenant d'une étroite ouverture au-dessus de sa tête.

Elle se souvenait de tout. D'ailleurs cela deviendrait un des fondements de sa vie, elle se souviendrait toujours de tout, n'oubliant rien et analysant chaque instant de sa vie. Elle n'était pas vraiment un bébé, même si son corps en était un, mais n'avait aucune idée de ce qu'elle était.

La porte du débarras qui allait lui servir de chambre durant les années à venir s'ouvrit et une femme épaisse apparut dans son champ de vision.

— Allons viens te nourrir, il faut que tu survives si je veux rentabiliser mon investissement.

Elle ne proféra aucun son se contentant de saisir avidement le sein que la femme lui offrait.

— Au fait ta mère, avant de t'abandonner, t'a nommé Shaïna, tu feras avec.

Ce monde-ci dura quatre ans, quatre ans durant lesquels elle ne sortit de sa minuscule chambre que deux heures par jour pour rejoindre les autres enfants de celle qui se faisait appeler « la matrone ». Ces enfants qui étaient la descendance de cette femme ne l'aimaient pas, la frappant souvent, ne jouant jamais avec elle ou ne faisant aucun cas de sa présence. Son handicap ne l'aidait pas, aucun son n'étant jamais sorti de sa bouche depuis sa naissance, pas même un sanglot ou un cri mal articulé. Elle n'était pas seulement muette, sa bouche n'était simplement pas capable de préférer le moindre bruit. Alors elle s'était renfermée sur elle-même, devenant spectatrice du monde qui l'entourait, sans chercher à y participer ni à s'intégrer.

C'est vers deux ans qu'elle mit son don en pratique pour la première fois, elle savait qu'elle le possédait, mais ne savait ni comment l'utiliser, ni à quoi il pouvait bien servir. Un des enfants de « la matrone » s'approcha d'elle pour la frapper, elle le percevait, le voyait dans son esprit, alors elle s'effaça de ses pensées, lui faisant oublier sa présence. L'enfant parut déconcerté, ne sachant plus vraiment pourquoi il était là, puis il retourna vers ses frères et sœurs, l'air un peu perdu.

Shaïna fut soulagée, l'enfant dont elle venait de s'effacer était le plus méchant de tous, la griffant trop souvent ou la mordant jusqu'au sang, et ce, visiblement avec plaisir.

Le reste du temps, elle le passait enfermée dans le débarras qui lui servait de chambre. Elle jouait un peu avec des morceaux de chiffons, contemplait le ciel, les étoiles, écoutait la pluie tambouriner sur le toit et se remémorait chaque instant de sa vie, car elle se souvenait de tout et, si ses capacités de réflexion n'étaient pas celles d'une enfant en bas âge, elle n'en avait nulle conscience. Son absence de liens sociaux ne lui permettait pas de comprendre à quel point elle était différente. Elle savait qu'elle ne pouvait pas parler, c'est tout. Même le misérabilisme de sa vie lui paraissait normal, elle n'avait aucune autre comparaison. Elle pensait qu'avoir faim était logique, qu'elle était frappée parce qu'elle était handicapée et que c'était de sa faute. La voix qui l'avait condamnée résonnait toujours dans sa tête, alors elle s'était faite à l'idée qu'être une fille c'était « mal ».

Elle survivait perdue dans des pensées dont elle avait organisé les finalités pour ne pas trop souffrir mentalement et acceptait son sort avec placidité car les choix n'existaient pas.

« La matrone » la frappait souvent ne supportant ni son silence ni son absence de larmes, certains des coups étaient si violents qu'elle finissait régulièrement la journée couverte de bleus, d'ecchymoses voir complètement sonnée ou saignant abondamment. Mais là non plus, à part se cacher, elle ne pouvait pas faire grand-chose pour éviter cette maltraitance, alors, quelque part, elle l'acceptait.

Lorsqu'arrivèrent ses trois ans, son corps maigre, presque famélique aux côtes saillantes, était couvert de cicatrices. Pourtant, malgré l'horreur de ces conditions, elle sentait une vitalité, une force en elle et se savait capable de résister à presque tout. Les autres enfants de la maison n'étaient plus un problème, dès qu'ils voulaient s'en prendre à elle, elle s'effaçait de leurs pensées et ils retournaient à leur occupation. Elle avait longtemps hésité avant d'essayer de s'effacer de « la matrone », la peur qu'elle ressentait envers elle était trop forte, et puis, elle était rapide malgré ses petites jambes et avait appris à la fuir pour éviter ses colères, alors elle hésitait à prendre ce risque.

La faim restait le plus dur, ses repas consistaient la plupart du temps à une bouillie innommable une fois par jour, souvent le soir et à un pichet d'eau froide et son ventre lui faisait parfois très mal avec des crampes importantes dues à la faim qu'elle ressentait.

Il n'y avait nul chauffage dans sa chambre et l'hiver elle claquait des dents sous une couverture mitée, incapable de se réchauffer. Avoir froid faisait partie de sa vie, tout comme la chaleur étouffante de l'été ou la pluie s'insinuant dans une toiture mal isolée. Alors elle s'en contentait, acceptant ces épreuves comme une autre normalité parmi les souffrances de sa vie.

C'est vers ses trois ans qu'elle osa pour la première fois s'effacer des pensées de « la matrone ». Celle-ci était dans une rage folle et avait décidé de s'en prendre à elle. Armée d'une ceinture au bout métallique elle s'était dirigée vers elle le regard plein de haine et la bouche proférant un flot ininterrompu d'insanités. Alors elle s'était effacée de ses pensées et avait fui dans son réduit, la laissant perdue au milieu de la pièce à la recherche de ce qu'elle voulait faire. Une fois dans le débarras qui lui servait de chambre, elle s'était jetée sur sa paillasse et avait attendu, morte d'inquiétude. Elle était persuadée que dès que « la matrone » reprendrait ses esprits elle viendrait la fouetter à coup de ceinturon ivre de rage et de haine. Mais rien ne se produisit et le soulagement qu'elle ressentit alors fut comme une victoire. Elle comprenait bien que dorénavant elle pourrait vivre dans cette famille sans en subir la violence.

Ses quatre ans approchaient, personne ne fêterait son anniversaire bien sûr, mais elle, elle le savait, elle n'oubliait rien. Quatre ans de privations, de souffrances, de rejets et elle se demandait bien ce qui allait se passer. Allait-on la frapper ? Elle pouvait s'effacer d'une personne, pas d'un groupe. Ou ce jour serait-il simplement comme tous les autres ? Elle angoissait un peu, mais comme chaque fois, son esprit décida qu'il en était ainsi et elle cessa de se soucier.

Quatre ans

— Shaïna descend me voir immédiatement.

Shaïna se crispa, la voix de « la matrone » n'exprimait pas trop de colère, même si le ton en était impératif, mais elle craignait toujours ses réactions aussi violentes qu'imprévisibles.

Alors elle s'empressa d'obéir, quittant à regret la relative quiétude de son débarras pour descendre quatre à quatre les escaliers. La femme qui lui servait de mère l'attendait, les mains sur les hanches, un sourire narquois sur son visage bouffi. Elle avait encore gonflé ces derniers mois et était vraiment énorme, se déplaçant avec difficulté, sauf dans ses crises de colère où elle retrouvait soudainement toute sa vivacité.

— Shaïna, mon enfant.

Shaïna commença à paniquer, jamais, durant toutes ces années elle ne l'avait appelé « mon enfant », cela ne présageait rien de bon.

— Si mes comptes sont bons, cela fait maintenant quatre ans que je te loge et te nourris. Il est temps que tu commences à me rendre la pareille.

Elle reprit son souffle et ses yeux se mirent à briller alors qu'elle posait une main replète sur sa maigre épaule, lui déclenchant un frisson de dégoût qu'heureusement pour elle, « la matrone » ne remarqua pas.

— À partir d'aujourd'hui, il te faut gagner ta vie, tu as quatre ans, tu devras me ramener quatre pièces de cuivre pour gagner ta pitance et deux pour ton logement, sinon tu ne mangeras pas ou dormiras dans la cour.

Shaïna ne comprenait pas, comment pouvait-elle gagner des pièces de cuivre et déjà c'était quoi une pièce ?

— Tu iras mendier ta pitance dans la rue, mais prends garde, elle appartient à la bande des marais, s'ils t'attrapent, tu devras également travailler pour eux, à toi de te débrouiller. Maintenant dehors ! Et ne reviens qu'avec tes pièces.

Shaïna réalisa soudain qu'elle allait sortir. Pour la première fois de sa vie, elle allait quitter cet endroit, sa crasse, ses cris, sa violence pour découvrir le monde extérieur. Elle ne put s'empêcher d'esquisser une sorte de sourire, elle avait l'impression qu'un autre monde s'ouvrait, plein de promesses devant elle.

— Souris, petite idiote, souris, tu auras vite fait de déchanter. Allez dehors.

Il y avait presque de la compassion dans la voix de sa « mère » et Shaïna se dit qu'elle devait avoir mal entendu ou mal interprété, elle ne s'en précipita pas moins vers la porte de cette maison infernale et l'ouvrit comme une délivrance pour se précipiter dans la rue.

Ce fut pour elle l'expression d'une renaissance, la rue lui apparut dans toutes ses facettes, grouillante, grondante, puante, mais surtout vivante. Elle qui avait été enterrée pendant les quatre premières années de sa vie, vivait cet instant comme une explosion remplie de saveurs et de joies.

Elle courut sur ses petites jambes droit devant elle sans se soucier de rien d'autre que de découvrir ce monde étrange et fascinant. Elle n'avait pas peur de se perdre, il lui suffirait de se souvenir du chemin emprunté.

Ce monde était complètement différent de ce qu'elle s'était imaginé dans sa petite chambre. Il était encore plus vaste et plus bruyant. La chaleur étouffante, presque épaisse renforçait les odeurs, mélange d'épices et d'excréments, alors que la moiteur ambiante rendait les pavés disjoints de la chaussée glissants. Mais ce qui la frappait avant tout, c'était cette multitude de personnes, ces gens aux vêtements bariolés, parfois même criards dans leurs couleurs, courant, marchant, bousculant tout et chacun dans l'indifférence générale. Après quatre années passées enfermées la plupart du temps dans un minuscule réduit, ce monde lui parut complètement fou.

La rue dans laquelle se trouvait sa maison était plutôt étroite. La maison en elle-même était assez grande et accolée à d'autres maisons identiques, mais on voyait bien qu'elle était mal entretenue. Les poutres y étaient apparentes de l'extérieur, ses murs étaient faits de torchis, rendu gris par le temps et les fenêtres lui parurent à cet instant aussi petites que sales. Les étages des maisons s'élargissaient au fur et à mesure jusqu'à presque se rejoindre, ne laissaient que peu de lumière accéder à la ruelle, mais même cette demi-obscurité lui parut alors merveilleuse. Tous ces mots-là, ce vocabulaire, elle les apprendrait plus tard bien sûr, aujourd'hui, du haut de ses quatre ans, la maison lui paraissait juste comme un lieu de souffrances et la rue comme un paradis. Elle leva les yeux vers l'endroit où devait se situer sa petite chambre. C'était donc là qu'elle vivait ou du moins survivait, quelque part en elle se forma l'idée que tout ceci n'était que transitoire et qu'un jour elle partirait.

Elle rapporta son attention sur le monde autour d'elle. La rue n'était pas longue et débouchait sur une bien plus grande, une des rues principales de la ville apprendrait elle. Ses pavés n'en étaient pas moins disjoints comme dans la ruelle et la puanteur tout autant prégnante.

Elle s'y engagea cependant sans hésiter. Maintenant le premier choc passé, elle força son esprit à se tourner vers les gens. Personne ne pensait à elle, et elle en fut quelque part soulagée. Les gens vaquaient à leurs occupations, complètement indifférents aux autres comme si leur propre existence était la seule importante. Alors elle déambula dans la ville, avide de tout, fouinant partout à la découverte de ce monde nouveau. Elle croisa bien deux ou trois enfants de son âge, mais ceux-ci paraissaient surtout apeurés, assis dans un coin, la main tendue et la tête baissée dans l'attente de quelque chose.

Elle réalisa à quel point elle était différente et cela la perturba un peu, puis la folie de la ville ré accapara son attention et elle oublia vite ces malheureux en train de mendier.

Elle finit par arriver sur ce qui était dans ses yeux d'enfants : un immense endroit sans maison et rempli de gens, sur lequel une multitude d'étals étaient alignés devant lesquels les gens se bousculaient, criaient, hurlaient même, mais avaient l'air heureux. En fait, un marché de plein air.

En débouchant sur la place, elle ouvrit des yeux ébahis, indifférente aux bousculades et aux insultes que son arrêt brutal suscita. Jamais elle n'avait imaginé qu'un tel monde puisse exister, les cris, les odeurs, la foule tout lui paraissait démesuré, lui faisant presque tourner la tête. Elle finit, après quelques instants d'hésitation, par s'y engager, les yeux grands ouverts devant la richesse et la multitude et la diversité des étals. Le monde était riche ! Elle commença à baver lorsque l'odeur des viandes rôties effleura ses papilles. Elle avait faim et n'avait jamais rien senti d'aussi appétissant. Elle observa un moment un marchand vendant des brioches toutes chaudes dont l'odeur la faisait chavirer de désir à l'idée de croquer dedans. Elle saliva de nouveau. Elle devait trouver le moyen d'obtenir ces brioches. Elle remarqua que les gens donnaient des petits ronds de cuivres en échange des brioches et comprit enfin pourquoi « la matrone » voulait qu'elle lui ramène des pièces.

Elle regarda autour d'elle. Certaines personnes avaient l'esprit fermé, mais d'autres étaient plus accessibles. Elle posa son image dans leurs pensées avant de se mettre devant eux, une main tirant sur ses haillons pour bien exprimer sa misère et l'autre tendue quémandant une aumône. Sans hésiter, les gens qu'elle avait choisis lui donnèrent alors une ou deux piécettes de cuivre. Elle sourit en elle-même, c'était facile et elle eut bientôt une dizaine de pièces dans sa main.

Elle en glissa six dans une petite poche située sur le devant de ses haillons et se dirigea avec empressement vers le marchand. Elle lui tendit trois pièces et il lui donna deux petites brioches encore chaudes en grommelant.

Shaïna ne l'écouta même pas et partit se réfugier en gambadant sur le perron d'une porte afin de profiter de son achat. Elle s'assit et croqua avec avidité dans la première brioche. Jamais elle n'avait mangé quelque chose d'aussi délicieux. La pâte encore chaude fondait dans sa bouche et le goût du sucre la faisait trembler de bonheur. La vie était si belle dans la rue.

Elle glissa la deuxième brioche dans ses haillons, elle n'était pas habituée à manger ainsi et se sentait déjà rassasiée. Elle voulait se promener encore dans les étals, découvrir les richesses de ce monde, lorsqu'elle les perçut. Deux garçons, d'une douzaine d'années se rapprochant d'elle l'air sournois. Elle se souvint de ce que lui avait dit « la matrone ». Ces deux-là voulaient certainement se saisir d'elle, pour la voler ou l'enrôler de force dans leur bande, mais elle s'était préparée intérieurement à ce moment et savait parfaitement quoi faire. Elle s'effaça de leur esprit et s'enfuit loin d'eux le plus rapidement possible, les laissant hagards, ne sachant plus pourquoi ils étaient là.

Un peu plus loin c'est un garde qu'elle croisa, il était bedonnant et affublé d'une grosse moustache. Il l'a regarda l'air soupçonneux et méchant. Elle préféra s'effacer également de son esprit, ses pensées lui paraissant malsaines et la grosse matraque qui pendait le long de sa jambe lui faisant peur. Elle quitta le marché en courant et s'engagea dans une petite rue. Cet endroit était aussi merveilleux que dangereux, elle devrait se méfier si elle ne voulait pas avoir de problèmes.

Elle passa le reste de la journée à visiter un peu la ville, ses petites jambes ne lui permettaient pas d'aller très loin et elle prenait le temps de tout découvrir, explorant le moindre recoin, la moindre ruelle. La ville était vaste, immense pour quelqu'un de sa taille, et il lui faudrait des mois pour la découvrir dans son ensemble.

Elle dû s'effacer à plusieurs reprises, la ville était quadrillée par des enfants visiblement mal intentionnés et par des gardes particulièrement violents envers eux. Mais pour la plupart, ils se cantonnaient aux artères passantes et aux grandes places et étaient faciles à éviter. Elle découvrit ainsi des dizaines de ruelles calmes et tranquilles dans lesquelles elle ne risquait rien ou pas grand-chose.

Elle finit par rentrer chez elle, juste avant que la nuit ne tombe. Elle était épuisée et heureuse, c'était sans aucun conteste la plus belle journée de sa vie.

Elle entra dans la maison, celle-ci était sale, comme toujours, pleine de bibelots couverts de poussière avec une vieille table bancale et quelques tabourets, mais après cette journée dans la rue, elle lui parut encore plus immonde et répugnante que d'habitude.

« La matrone » l'attendait, les deux mains sur les hanches, une ceinture à la main et l'air goguenard. Shaïna comprit que « sa mère » était persuadée qu'elle ne ramènerait pas les six pièces demandées et qu'elle se préparait à la fouetter pour la punir.

Elle vint se placer devant la grosse femme dont l'odeur aigre agressa ses narines encore remplies des senteurs d'épices et de cuissons du marché. Elle lui tendit les six pièces de cuivre, prenant garde à bien garder la tête baissée afin de ne pas la provoquer et attendit. La femme se saisit des pièces et éclata d'un rire gras.

— C'est bien, petite saloperie, c'est bien, va dans ta chambre maintenant. Tu seras privée de repas pour être rentrée si tard.

Shaïna se dit qu'elle avait bien fait de garder une brioche et se précipita aussi vite que lui permettait ses petites jambes vers sa chambre, son esprit déjà tourné vers la journée de demain, le monde lui paraissait beau et l'aventure ne faisait que commencer.

Six ans

C'est vers l'âge de six ans que Shaïna réussit pour la première fois à atteindre la fenêtre étroite de sa chambre. Après bien des efforts et s'aidant d'un couteau qu'elle avait « emprunté » en cuisine, elle arriva à l'entrebâiller suffisamment pour se faufiler à l'extérieur. Elle se glissa sur le toit de la maison et se hissa jusqu'à son faîte. Elle ne souffrait pas de vertige et la pente du toit était suffisamment douce pour qu'elle puisse s'y déplacer sans trop de difficultés. Elle s'assit et contempla la ville, assise à califourchon sur le haut du toit.

Sa vie avait bien changé depuis ses quatre ans, et même si chaque année sa marâtre lui demandait une pièce en plus pour la nourriture et le logis, elle était maintenant capable de subvenir à ses propres besoins. En fouinant partout, elle avait fini par trouver une cache dissimulée dans des ruines près des remparts, un endroit où personne ne venait car accessible uniquement par un boyau présumé hanté, où en escaladant des ruines instables et prêtes à s'effondrer au moindre faux pas. De plus, les ruines étaient supposées maudites, alors personne ne s'y aventurait jamais. On disait même que les morts avaient fait s'effondrer les maisons, c'est pourquoi personne n'y touchait de crainte de représailles de la part de ceux qui n'étaient plus. Les ruines restaient donc ainsi, abandonnées, et elle y avait trouvé une petite cache. Se faufilant sous un reste de toiture, elle avait découvert une étroite pièce intacte, le double de la taille de son réduit et en avait fait sa maison de cœur.

Elle utilisait indifféremment les deux chemins possibles pour s'y rendre, une petite rue aux maisons abandonnées ou les tunnels. Sa petite taille lui permettant de se faufiler sans trop de problèmes dans le goulet et son poids plume l'aidait à escalader les ruines sans encombre. Elle avait bien ressenti des choses désagréables, lui donnant parfois la chair de poule dans le boyau que les adultes appelaient catacombes, mais rien de suffisamment dangereux pour l'empêcher de l'explorer. Les catacombes couraient sous la ville, en réalité la ville actuelle avait été construite sur une ancienne ville et Shaïna avait trouvé dans ce labyrinthe des dizaines de sorties. Elle pouvait ainsi se déplacer d'un lieu à un autre de la ville complètement invisible et en totale sécurité. Quant aux pierres instables des ruines, il suffisait de faire attention de ne pas glisser, sa petite taille et son faible poids l'aidant bien pour cela.

Sa cachette était parfaite et elle s'était construit un véritable petit trésor de guerre, lui permettant d'avoir de quoi payer « la matrone » les jours où elle ne souhaitait pas mendier. De toute façon, c'était facile pour elle, son don s'était amélioré et il lui était aisé de suggérer à une personne bien attentionnée de lui donner de l'argent, deux, trois, cinq pièces. Elle avait même ses « habitués » qui lui donnaient quelques pièces lorsqu'ils la voyaient sans même qu'elle ait encore besoin de réclamer.

Le problème c'était plutôt la bande d'enfants des marais. Ils avaient pris conscience de son existence et la traquaient sans relâche, mais jusqu'à deux voire trois enfants, elle pouvait s'effacer de leur esprit et ils restaient là, bredouilles, incapables de comprendre la raison de leur présence à cet endroit. Mais il lui fallait rester perpétuellement sur le qui-vive, l'esprit ouvert à la recherche d'une pensée tournée vers elle.

Les gardes commençaient aussi à être un problème. Une forme de connivence existait entre eux et la bande d'enfants, faite de corruptions la plupart du temps. Elle soupçonnait même que la bande d'enfants puisse être dirigée par un garde. En tout cas ceux-ci s'étaient mis aussi à sa recherche. Mais aucun d'entre eux ne savait qui ils devaient vraiment chercher, elle faisait bien attention de s'effacer complètement de leurs pensées lorsque c'était nécessaire. Alors ils étaient tous dans le doute le plus complet. Ils avaient bien réalisé qu'il y avait quelqu'un qui mendiait dans la ville sans leur autorisation, mais ils n'avaient pas conscience de qui elle était. Ils l'avaient surnommée « le fantôme », ne sachant pas de quel sexe elle était, voire se demandant si elle était vraiment humaine.

Il lui fallait trouver un endroit d'où descendre du toit. Elle avait décidé de visiter la ville la nuit. Ce n'était pas possible de passer par la porte, mais par le toit certainement. Elle passa de toiture en toiture, toutes faites de tuiles ocres parfois un peu instables, mais elle était habituée à se déplacer dans les ruines donc cette instabilité relative ne lui posait guère de problèmes. Elle finit par trouver à l'extrémité de la dernière maison un muret effondré et accessible depuis la rue. Elle tenta l'expérience, descendant du toit et y remontant à plusieurs reprises afin d'être certaine de pouvoir le faire facilement une fois la nuit tombée. Il ne lui restait plus qu'à attendre.

La journée fut chaude, voire étouffante, le soleil dardait ses rayons sur les pavés, les rendant brûlants. Les odeurs étaient exacerbées rendant certaines rues nauséabondes de puanteur et Shaïna préféra passer sa journée dans les ruines, loin de la crasse et de la foule. C'était décidé, cette nuit elle quitterait la maison pour vagabonder dans les rues de la ville.

Le soir, après avoir avalé la mixture infecte que « la matrone » lui servit comme repas, elle monta dans son réduit et attendit patiemment que la maison devienne silencieuse. Elle était excitée, presque nerveuse pour cette première sortie nocturne, mais elle devait être patiente, il ne fallait pas qu'elle soit découverte.

Enfin, alors que la lune faisait son apparition dans le ciel, elle put se hisser sur le toit et en descendre souplement, comme un « fantôme » dans la rue. Elle retint son souffle un instant, pas un bruit, pas une âme qui vive, tout était calme, bien loin des cris et des fureurs du jour.

La nuit ne la gênait pas, elle connaissait chaque rue, ruelle, recoin et même pavé disjoints par cœur. Elle aurait pu s'y déplacer les yeux fermés.

Elle se dirigea un peu au hasard, profitant de la douceur nocturne. La nuit les odeurs étaient moins fortes, mais chaque bruit était amplifié au centuple. Elle sursauta plusieurs fois lorsque des chats se mirent à miauler ou à renverser quelques objets laissés là, avant de réaliser qu'il n'y avait nul danger et que la vie nocturne appartenait plus aux chats qu'aux êtres humains.

Inconsciemment elle se dirigea vers la place du marché. Elle était déserte. Elle porta son attention sur une ruelle située sur la droite de la place. Une lumière jaunâtre, mais forte en comparaison au noir complet régnant sur la place, en jaillissait. Elle s'y dirigea, rasant les murs. Elle n'avait pas trop confiance, elle était plutôt craintive et précautionneuse, c'est ce qui l'avait toujours sauvée et là, elle découvrait ce monde nocturne, alors il n'était pas question de relâcher son attention.

Elle s'arrêta à l'entrée de la ruelle et contempla le bâtiment d'où émanait la lumière. Elle provenait de fenêtres ouvertes sur la ruelle, en parvenait aussi des rires gras et des chants grivois hurlés plus que chantés. Elle connaissait ce bâtiment, mais la journée il était fermé. Elle y avait souvent jeté un coup d'œil, surprise par ces alignements de tables et de chaises. Quant aux chants, elle aimait bien, un homme venait quelques fois sur la place mendier tout en chantant des chansons à l'aide d'un instrument à cordes. Elle aimait bien l'écouter un peu, tout en se tenant à distance respectueuse. Les enfants venaient souvent fouiner autour de lui et il ne fallait pas qu'ils la découvrent. Mais là, les chansons n'étaient ni douces ni harmonieuses, elles étaient plus hurlées qu'autre chose.

Elle fit une grimace et allait s'éloigner lorsque la porte de la maison s'ouvrit brutalement et un homme fut projeté sans aucun ménagement en dehors de l'établissement. Un tenancier vêtu d'un tablier qui, même avec le peu de lumière, paraissait crasseux et s'exprimant d'une voix roque, presque cassée, hurla à son encontre.

— Ne reviens jamais ici où je te casse la tête, saloperie d'ivrogne.

Shaïna se demanda ce que pouvait bien être un ivrogne. L'homme s'avança dans sa direction, mais ses pensées étaient confuses et incohérentes. Il finit par s'asseoir ou plutôt s'effondrer à quelques pas d'elle et s'endormit d'un coup.

Shaïna sortit de l'ombre et s'en approcha subrepticement. L'homme était gros, le visage bouffi et un filet de bave coulaient le long de son menton. La scène, éclairée par les lumières de l'établissement avait quelque chose d'irréel, comme dans un rêve malsain.

Shaïna posa un doigt sur la joue épaisse de l'homme et poussa dessus. L'homme ne réagit pas. Elle hésita une seconde puis sa main descendit vers la ceinture de l'homme, là où elle savait que devait se trouver sa bourse. Elle y était, et bien remplie. Elle s'en saisit sans aucune hésitation et s'éloigna en trottinant presque joyeusement de l'homme qu'elle venait de dépouiller.

C'était la première fois qu'elle volait quelque chose ou quelqu'un et elle se dit que cela avait été vraiment trop facile et se promit de recommencer. Mais maintenant elle se sentait fatiguée, alors elle se dépêcha de rentrer dans sa maison. Cette première expérience ayant été plus que concluante et agréable.

Shaïna vola pour la deuxième fois dès le lendemain matin. Elle n'aimait pas les sensations que l'on pouvait ressentir lorsqu'elle prenait des risques, ou lorsque les enfants à sa recherche étaient proches de la découvrir. Ses jambes se mettaient alors à trembler et l'envie de vomir la saisissait. Mendier était une facilité, mais qui ne rapportait pas énormément et la forçait à s'exposer aux regards de tous. Voler semblait plus facile et plus discret.

Elle décida d'essayer de voler un homme dont l'attitude méprisante et le manque d'empathie envers les gens pauvres le classaient dans la catégorie des inaccessibles pour la mendicité. Après tout, c'étaient toujours les mêmes personnes qui subvenaient à ses besoins, alors autant s'en prendre à quelqu'un d'autre.

Elle s'approcha de lui, l'homme était tourné vers un étal d'armes. Il en avait saisi une, une épée, et en observait le tranchant avec attention, indifférent ou méprisant envers la populace autour de lui.

Shaïna s'effaça avant même que l'homme ne puisse la voir, se rendant ainsi complètement invisible, le forçant quelque part à garder son attention sur l'arme et à oublier le monde qui gravitait autour de lui. Pour lui maintenant, seule l'arme qu'il contemplait existait dans ses pensées. Elle se saisit de sa bourse et s'enfuit en courant sous le regard indifférent des personnes gravitant tout autour et qui de toute manière n'avait rien remarqué.

Elle courut folle d'angoisse d'être découverte, jusqu'à sa cachette située dans les ruines, passant par les catacombes, utilisant une entrée située derrière un bâtiment à quelques ruelles de la place puis, une fois arrivée, s'assit sur une large pierre plate afin de contempler son butin.

Dix pièces d'argent, elle tenait dans ses mains dix pièces d'argent, son cœur battait à tout va avant de réaliser qu'en réalité, elle ne pouvait rien en faire. Une enfant de six ans vêtue de guenilles avec des pièces d'argent, quel meilleur moyen pour attirer l'attention. Elle fit la grimace et rangea la bourse avec ses autres trésors. Des pièces de cuivre principalement, ainsi que la bourse de l'homme ivre. Mais si la bourse était belle, son contenu n'était fait que de piécettes de moindre valeur. Elle se dit qu'elle trouverait bien quoi faire de ce trésor un jour ou l'autre et s'en désintéressa.

Elle retourna gambader dans les rues, elle n'avait pas envie de mendier aujourd'hui, encore auréolée de son exploit. Ses pas la menèrent vers la partie haute de la ville. Elle finit par s'arrêter, les gens lui jetaient des regards de coin, hostile pour la plupart et elle avait déjà dû s'effacer à trois reprises dans l'esprit de personnes prêtes à la dénoncer. La partie haute de la ville était réservée aux riches et une souillon de son genre n'avait rien à y faire. De plus ici, il n'y avait nulle ruelle, mais uniquement des larges artères où se dissimuler était compliqué. Alors elle préféra faire demi-tour retournant dans des quartiers plus en relation avec sa condition.

Elle avait le sentiment de se trouver dans une impasse, elle pouvait voler, mais ne pouvait pas utiliser son butin, elle souhaitait découvrir cette partie de ville, mais elle était sale et vêtue de haillons incompatibles avec cet endroit.

Elle se décida : elle allait voler ou plutôt acheter une jolie robe ou mieux encore, des vêtements de garçon et des chaussures. Se laver pour ne plus paraître comme une souillon ne posait pas de problème, un filet d'eau provenant d'une petite source coulait sans interruption dans les ruines et elle pourrait toujours se passer le visage de poussière avant de retourner chez elle. Il n'était pas question que « la matrone » puisse penser qu'elle était autre chose qu'une souillon et une mendiante.

Sa décision était prise, elle descendit des ruines précautionneusement. Elle ne pouvait pas emprunter les catacombes dans ce sens-là, car la sortie qu'elle aurait aimé utiliser se situait en hauteur et était fermée par une plaque de fer. Elle arrivait à la déplacer dans l'autre sens pour y entrer, mais pas pour en sortir.

Arrivée aux pieds des ruines, elle s'arrêta et se cacha dans un trou. Deux adolescents approchaient armés de matraques de bois. Ils s'arrêtèrent à quelques pas d'elle l'air indécis.

— Je t'ai dit que j'ai vu quelqu'un se faufiler l'autre jour par ici.

La voix du jeune homme manquait de certitude, pleine de doutes mais aussi de craintes.

— Tu dis n'importe quoi, personne ne viendrait aussi prêt de la sortie des catacombes, de plus ces ruines sont tellement instables que quiconque y mettrait les pieds ferait tout s'ébouler.

Les deux garçons restèrent sans bouger quelques instants, visiblement indécis.

— Tu as raison, j'ai dû rêver, vient partons de ce lieu maudit.

— Oui rappelles toi ce que les prêtres ont dit : « les âmes perdues se réveillent méfiez-vous ! »

Les deux adolescents firent demi-tour et s'éloignèrent rapidement jetant des regards inquiets autour d'eux et Shaïna sourit intérieurement. Ils étaient peut-être bien plus forts qu'elle et plus méchants de surcroît, mais vraiment pas très malins.

Elle se dirigea vers le marché aux vêtements et tissus. Elle y allait rarement, ce n'était pas un endroit très intéressant et les gens y étaient souvent mesquins, quant aux marchands ils ne supportaient pas les souillons comme elle, mais c'était le seul endroit où elle pouvait trouver les vêtements nécessaires à son plan.

Elle ne pénétra pas dans le marché à proprement parler, elle s'arrêta devant l'étal du premier marchand qu'elle croisa et acheta les vêtements de garçons placés sur le haut de la pile, des vêtements d'occasion. Ils seraient trop grands bien sûr, mais elle se sentait vraiment en danger, se découvrant beaucoup trop aux yeux des gens mal intentionnés. Le marchand lui jetait des regards soupçonneux et peu amènes. Elle se dépêcha de le payer, ce qui lui coûta la totalité de la bourse de l'ivrogne, et de s'éloigner. Les ruelles environnantes étaient verrouillées par des patrouilles de polices à la recherche d'éventuels voleurs et il lui fallut beaucoup de temps pour en sortir, l'obligeant à s'effacer à de trop nombreuses reprises.

Elle avait pris un gros risque. Sa sauvegarde consistait dans sa capacité à ne pas exister. Là, elle s'était vraiment mise en danger. Il fallait espérer que le marchand ne la dénonce pas. Elle avait bien pensé s'effacer de son esprit, mais cela n'aurait été que transitoire, il aurait fini par reprendre ses esprits et l'histoire n'aurait fait que susciter encore plus de doutes à son égard. Cet homme était soupçonneux et aurait remarqué la disparition des vêtements qu'elle venait d'acheter. Elle avait pris la bonne décision.

Elle partit poser ses affaires dans sa cachette, prenant garde de ne pas être suivie mais aussi que les ruines ne soient pas gardées. Puis elle se décida de rentrer chez elle, elle avait eu suffisamment d'émotions pour aujourd'hui. Cette nuit, elle resterait chez elle pour se reposer, et demain elle irait faire un tour dans la ville haute. Un petit tour : elle ne voulait pas prendre des risques inutiles.

Rentrée chez elle, elle constata que sa « matrone » la contemplait d'un air étrange. Se doutait-elle de quelque chose ? Il lui fallait être précautionneuse, sa vie secrète ne devait pas être découverte.

— Viens ici, Shaïna.

La peur lui tordit le ventre, cette femme était tellement violente.

Elle s'adressa à elle avec une étrange douceur, ce qui n'était pas rassurant, bien au contraire, sa fausse douceur étant souvent suivie de crises de violences incontrôlables.

— Vois-tu, depuis tes quatre ans, chaque jour qu'Enki offre à notre cité, tu m'as rapporté les sommes dues pour ta nourriture et ton logement.

Elle marqua une pause pendant laquelle Shaïna debout devant elle, tête baissée se tordait les doigts derrière le dos. Où voulait-elle en venir ?

— Je sais que tu ne fais partie d'aucune bande, on me l'aurait rapporté. Mais alors

Sa voix se fit plus dure :

— Comment fais-tu mon enfant ? Personne ne peut rapporter huit pièces de cuivres tous les jours et éviter les bandes. Je m'interroge, quels subterfuges utilises-tu ?

Shaïna se contenta de baisser un peu plus la tête, elle se sentait prise à son propre piège, à vouloir éviter les problèmes, elle en avait soulevé un autre.

La grosse femme soupira.

— C'est vrai que tu es muette.

Elle sembla hésiter entre se mettre en fureur et la frapper ou rester calme. Shaïna était paralysée de peur, si sa marâtre se mettait en colère, elle était battue, à moins qu'elle ne s'efface, mais elle hésitait toujours à le faire avec « la matrone », elle était terrorisée à l'idée qu'elle s'en rende compte et finisse par la battre à mort.

La grosse femme poussa une sorte de soupir énervé.

— Et puis après tout qu'importe tant que tu me ramènes l'argent. File dans ta chambre, je t'ai déjà trop vu et trop parlé, dégage !

Le « dégage » ayant été hurlé d'une voix pleine de rage, Shaïna ne se le fit pas dire deux fois et se précipita dans l'escalier pour aller se réfugier dans son débarras. Qu'importe cette furie, maintenant qu'elle possédait des vêtements autres que ses haillons, sa vie allait changer, elle en était persuadée.

Sept ans

Shaïna se sentait comme un petit prince, elle avait enfilé ses vêtements de garçon, s'était nettoyée le visage avait tiré ses longs cheveux blonds vers l'arrière en une queue comme le faisait les jeunes adolescents pour imiter les guerriers. Ceux-ci étaient rares en ville la journée mais nombreux dans les différentes tavernes le soir et Shaïna avait pu les observer avec attention. Il était dangereux de s'approcher d'eux sans y être invité, mais ils suscitaient une attraction un peu malsaine de la part des adolescents mâles.

Affublée de cette façon, elle pouvait passer pour un jeune servant s'identifiant à un guerrier. Cet accoutrement lui permettait d'être complètement transparent pour les adultes. Vêtue de haillons, elle suscitait la pitié ou le rejet, voir la haine, mais ainsi, les gens ne la remarquait même pas. Cela lui permettait de se promener dans chaque partie de la ville, presque invisible sans même avoir besoin de s'effacer, mais aussi de s'approcher suffisamment de ceux qu'elle avait décidé de voler. Car elle ne mendiait plus, n'en voyant plus l'utilité. Voler était bien plus amusant et la nuit il lui arrivait même d'obtenir de quoi subvenir à ses besoins pendant plusieurs jours voire semaines, alors pourquoi se priver. Elle ne voyait pas ces hommes ou ces femmes qu'elle détroussait comme des victimes, mais plutôt comme des personnes participant à sa survie.

Partout circulaient des rumeurs parlant des mages, issus d'une branche active mais interdite de la religion d'Enki, de leur retour en grâce afin que leur magie permette au roi d'avoir enfin un héritier et non des filles. Mais aussi des rumeurs de guerres avec d'autres cités impies et adorant de faux dieux. Les gens se plaignaient des impôts devenus exorbitants afin d'entretenir les mages et les mercenaires, alors que dans le même temps, les prêtres du dieu Enki demandaient de plus en plus de sacrifices et d'actes de dévotions. Le combat larvé entre les prêtres contemplatifs du temple et les mages s'incrustant dans la vie courante de la cité rejaillissait sur le peuple obligé de subvenir aux besoins des uns et des autres et de faire acte de contritions aux deux. Mais pour Shaïna, leurs bourses semblaient être toujours bien remplies, alors elle s'en moquait éperdument.

Elle avait sept ans depuis trois jours, mais à part son augmentation de loyer, il ne s'était rien passé d'inhabituel et c'était tant mieux. Sa marâtre ne lui posait plus de questions sur sa capacité à ramener chaque soir la somme réclamée. Elle se contentait d'encaisser l'argent sans aucun commentaire, et même si elle continuait à se sentir angoissée à chaque fois qu'elle lui tendait sa main remplie de piécettes, il ne se passait rien de particulier si ce n'était une claque violente de temps à autre et sans aucune raison précise, juste de la violence gratuite à son égard ou une manière de lui faire comprendre qu'elle était toujours à la merci de « la matrone ».

Aujourd'hui, alors qu'un soleil printanier donnait à l'air ambiant une sensation de légèreté agréable, ses pas et déambulations la menèrent vers la ville haute.

Elle y venait parfois pour contempler les belles maisons avec leurs jardins. Elle ne connaissait pas la nature, son univers se limitant aux rues, ruelles et ruines. Le vert des arbres, des pelouses, la rendait presque euphorique tandis que le chant des oiseaux la faisait vibrer en son intérieur, lui donnant un sentiment de plénitude et de paix. Alors elle venait parfois ici contempler les fleurs et écouter les oiseaux, y trouvant un moment de paix et de sérénité, même si elle avait bien conscience que ce n'était qu'illusoire.

La ville était ainsi faite que plus l'on montait, plus les maisons exprimaient de la richesse. Le niveau social suivait celui de la colline. En son sommet se trouvait le temple d'Enki Dieu tout puissant de la cité dont les serviteurs les plus élevés vivaient une vie ascétique et contemplative. Les prêtres subalternes étant eux chargés d'encourager ou de forcer la population à venir faire des sacrifices afin qu'Enki continue à poser un regard bienveillant sur la cité. Elle savait que dans les moments difficiles comme les épidémies ou les périodes de sécheresse, certains sacrifices étaient humains. Alors elle fuyait les prêtres comme les gardes ou les enfants. La prévoyance et la méfiance étaient ses seules vraies chances de survie.

Juxtaposé au temple trônait, imposant, le château du roi, démesuré par la taille en comparaison aux autres demeures. Entouré d'un rempart, plus décoratif que défensif, son entrée se situait après une grande esplanade. À droite, l'entrée du château, à gauche celle du temple. La place était interdite aux marchands ou colporteurs, restant ainsi dégagée et permettant aux gardes de voir venir tout visiteur de loin. Des gardes par ailleurs habituellement peu commodes et armés de piques et d'épées, le corps et la tête couverts de plaques de fer.

Sa déambulation du jour la mena devant la place et elle s'y engagea. Elle se sentait insouciante, elle ne risquait pas grand-chose habillée de la sorte, personne ne s'intéressait à elle et l'air printanier l'euphorisait. Seuls deux soldats gardaient la porte du château, peu impliqués face à cette place déserte. Alors, comme poussée par une intuition, presque malgré elle et en contradiction totale avec ses préceptes de prudence, elle s'effaça de leurs esprits et pénétra dans le palais.

Ce n'est qu'une fois à l'intérieur qu'elle réalisa ce qu'elle venait de faire, si elle croisait un groupe de soldats, elle était perdue. Elle ne comprenait pas ce qui l'avait poussé à enfreindre ainsi ses propres règles. Elle hésita à ressortir, elle ne devait pas rester là, mais la curiosité fut la plus forte et, tout en restant près des murs et des éventuels recoins, elle s'engagea précautionneusement dans le grand hall du palais.

Tout était magnifique à ses yeux, le plafond avec ses fresques guerrières, les murs décorés de tentures aux larges fenêtres remplies de vitraux où elle put reconnaître des personnages religieux glorifiant Enki. Le sol fait de larges dalles bien posées, bien droites et bien lisses contrairement aux rues de la ville.

Elle se dirigea vers l'immense escalier montant vers les étages supérieurs et hésita. Le hall était désert, oserait-elle ?

Elle s'y engagea rapidement, la tête basse et le ventre serré. Elle était presque arrivée en haut des marches lorsqu'une voix l'interpella :

— Et ! Toi ! Que fais-tu...

Elle s'effaça des pensées de la personne, la contourna rapidement. Un serviteur certainement, elle ouvrit doucement une grande porte, la referma sans bruit et s'engagea dans une longue pièce aux murs revêtus de bois et possédant de larges fenêtres ouvertes sur la place. Sur les murs étaient accrochés des dizaines de tableaux représentant des hommes fiers portant une couronne sur la tête. La dynastie des rois probablement. La pièce n'était guère meublée si ce n'était deux petits bureaux finement sculptés mais vides et dont la présence semblait un peu incongrue en ce lieu.

Elle était en train de se demander quoi faire, sa folie l'avait conduite dans cette espèce de galerie, et maintenant ? Lorsque, soudain, des éclats de voix lui parvinrent de derrière la porte du fond. Affolée, elle se dépêcha de venir s'accroupir derrière un des bureaux, espérant ainsi devenir presque invisible tout en pouvant parfaitement observer. La porte s'ouvrit et une femme d'une grande prestance apparut entourée de trois servantes plus obséquieuses les unes que les autres. Celle qui semblait la plus âgée des trois s'adressait à la femme exprimant une forme de panique :

— Ma reine, ma reine, nous ne pouvons pas faire cela, l'éthique !

Ainsi donc elle se trouvait dans la même pièce que la reine, elle paniqua, si on la découvrait on lui trancherait la tête. Quelle folie l'avait poussée à venir ici.

Elle porta son attention sur le visage de la reine, au même moment que celle-ci répondait à la suivante :

— Je me moque de l'éthique.

Son monde s'écroula, son cœur s'arrêta de battre un instant et elle sentit ses jambes se dérober sous elle.

Le visage de la reine, pâle, presque blanc avec ses grands yeux clairs ses taches de rousseur et ses cheveux blonds, c'était le sien, en plus âgé, mais le sien. Et cette voix, elle n'avait pas oublié, c'était celle de cette femme qui l'avait mis au monde pour ensuite se débarrasser d'elle comme d'un déchet, celle de sa vraie mère.

Son cœur hurlait, vacillant entre l'amour et le dégoût. Elle aurait voulu se jeter dans ses bras, s'y réfugier lui demander de la sauver et en même temps elle avait envie de lui cracher dessus.

Les femmes approchaient et Shaïna était comme paralysée, abasourdie. Puis quelque chose se brisa dans son âme, elle se redressa et vint se placer juste devant sa mère tout en effaçant sa présence de l'esprit des servantes. Elle ne s'était jamais effacée devant autant de personnes et cela lui demanda énormément d'énergie, mais elle voulait regarder cette mère qui l'avait ainsi rejetée dans les yeux.

La bouche de la reine s'ouvrit visiblement dans le but de l'insulter ou d'appeler la garde, puis ses yeux s'arrondirent, ses lèvres se mirent à trembler et en sortit un « non » tremblant et incertain.

Alors Shaïna s'effaça aussi de son esprit, mais pas complètement, cette femme se souviendrait d'elle comme d'une image, d'un fantôme, suffisamment pour la perturber peut-être pour le reste de ses jours. Mais qu'était-ce en comparaison de l'enfer qu'elle lui avait obligé à vivre ?

Puis Shaïna s'enfuit, les yeux emplis de larmes, heureusement le hall était désert et les deux gardes de l'entrée la regardèrent sortir sans comprendre ni réagir.

Alors elle courut, traversant la partie riche de la ville sans un regard autour d'elle, les larmes coulaient sur ses joues sans s'arrêter. C'était la première fois qu'elle pleurait et elle avait l'impression que cette eau au goût salé coulant sur son visage dévorait ses joues, emportant avec elle le reste de son humanité.

Elle courut se réfugier dans un recoin de sa connaissance et s'effondra sur elle-même. Tout lui paraissait sale, laid, cruel, elle haïssait sa vie, « la matrone » tout.

Elle finit par se reprendre, elle avait sept ans, elle n'avait connu que la misère, alors au fond d'elle-même elle décida qu'elle devait devenir riche. Cette nuit, elle irait écumer les alentours des différents bouges et voler le plus d'argent possible. Il lui fallait réagir, mais maintenant il était temps de renfiler ses haillons et de retourner « chez elle ». De reprendre sa vie « normale ».

Le soir venu, elle se faufila dans les ruelles les plus sombres, le cœur et l'âme toujours meurtris par la découverte qu'elle avait faite. Elle s'enfonça ainsi sans réfléchir dans le quartier le plus sordide de la ville, devant la devanture d'un bouge réputé comme le plus immonde du quartier dans lequel elle se trouvait. Elle se dissimula dans une encoignure et attendit. Il se passait toujours quelque chose ici, il suffisait d'être patient. Elle n'eut pas très longtemps à attendre, un homme sortit de l'établissement, titubant un peu, suivit de près par trois hommes armés de matraques. Elle fit la grimace, il n'y aurait pas grand-chose à récupérer derrière eux, elle allait être obligée d'intervenir.

Les trois hommes ne prirent même pas la peine d'attendre de s'être éloignés de l'établissement et agressèrent l'homme à quelques pas de celui-ci. Shaïna hésita un court instant, mais après ce qu'elle avait vécu ce matin, elle ne voulait plus subir sa vie de la sorte. Sa peur ne devait plus être une excuse. Elle sortit de l'ombre et s'approcha sans aucun bruit des hommes. L'homme soûl s'était retourné et contemplait ses agresseurs cherchant à comprendre ce qui lui arrivait. Puis la peur se refléta sur son visage éclairé par les lumières jaunâtres du bouge. Il leva le bras en une défense illusoire déclenchant des ricanements chez ses agresseurs.

Shaïna sortit de ses vêtements un long couteau qu'elle avait volé chez un marchand d'armes et le planta dans la cuisse de l'homme le plus proche qui hurla comme un goret. Ses deux compagnons se retournèrent vers elle, mais elle s'effaça de leur esprit et planta son couteau dans le ventre du deuxième avant d'aller se cacher dans les ombres.

Les trois hommes étaient complètement désorientés, deux d'entre eux venaient d'être blessés grièvement et ils ne savaient ni par qui ni comment. Shaïna connaissait parfaitement leur engeance, elles les avaient fuis, évités, sa vie durant et savaient bien comment ils allaient réagir. Ils s'enfuirent, comme prévu, sans demander leur reste, se soutenant les uns les autres et Shaïna put ressortir de l'ombre.

L'homme soûl s'était assis et vomissait entre ses jambes, l'air visiblement choqué. Shaïna l'observa, il n'avait pas ce regard vide et brutal des gens que l'on croisait ici, mais qu'était-il venu faire en ce lieu ?

Il leva les yeux vers elle.

— Je ne sais comment vous remerciez, je vous dois la vie.

Shaïna hocha la tête puis sans un mot, comment aurait-elle pu ? Elle commença à le fouiller, le menaçant vaguement de son arme.

L'homme la laissa se saisir de sa bourse et de son sac qu'il portait en bandoulière, et murmura presque gentiment :

— Dedans il n'y a qu'un livre, vous n'en tirerez rien, mais si vous m'aidez à rentrer chez moi, je vous apprendrai, je vous le promets.

Shaïna se redressa d'un coup, elle savait ce qu'était un livre et elle avait toujours pensé qu'avec son handicap et la misère dans laquelle elle vivait, leurs contenus lui resteraient toujours inaccessibles. Elle n'hésita pas, elle avait toujours souhaité pouvoir déchiffrer les pages d'un livre. Elle aida l'homme à se remettre sur pied et, tout en conservant sa bourse, entreprit de le ramener vers une partie mieux fréquentée de la ville. Il fallait espérer qu'ils ne croisent personne, si elle pouvait s'effacer, elle ne pouvait pas le faire pour quelqu'un d'autre.

Tout se passa sans encombre et ils finirent, suivant les explications difficilement articulées de l'homme, par arriver devant une maison à la limite des quartiers riches de la ville. L'homme sortit avec quelques difficultés une clé de sa poche et la fit tomber au sol avant de vomir de nouveau en essayant de la ramasser.

Shaïna trouva ça pathétique mais se contenta d'attendre patiemment. Ensuite, et après plusieurs échecs, l'homme finit par ouvrir sa porte et s'effondra sur le seuil plus qu'il n'entra dans sa maison. Il se redressa difficilement, s'aidant de la poignée de la porte et lui dit d'une voix pâteuse :

— Reviens demain après-midi et je m'occuperai de toi.

Puis il referma la porte, laissant Shaïna sur le perron un peu surprise. Puisqu'il lui avait proposé, elle reviendrait demain après-midi, elle verrait bien comment il allait l'accueillir et s'il ne l'aurait pas oubliée d'ici là. Elle en avait assez pour cette nuit, la bourse pesait lourd dans sa poche et elle avait sommeil.

Le lendemain, le soleil printanier venant juste de prendre sa courbe descendante, elle se présenta devant la porte de l'homme, partagée entre l'impatience et le doute. Ce serment d'ivrogne avait-il une valeur réelle ou l'homme allait-il lui refermer sa porte au nez, ou pire, appeler la garde ?

Après quelques instants la porte s'ouvrit sur l'homme de la veille. Il était de taille moyenne, les yeux bruns rougis par le manque de sommeil, le teint pâle et la bouche ouverte comme à la recherche d'un air frais. Shaïna passa d'un pied sur l'autre entre l'inquiétude et la curiosité.

— Entre mon enfant.

Sa voix la fit presque sursauter, elle n'avait plus rien à voir avec celle d'hier soir, la profondeur et le calme avaient remplacé la peur et les balbutiements d'ivrogne. Elle n'hésita pas et entra dans la maison, les yeux grands ouverts. C'était la première fois qu'elle entrait dans une maison autre que la « sienne ». Sa maison était un mélange de crasse et d'odeurs infectes. Ici tout était rangé, policé, propre. Elle entra directement dans une grande pièce carrée avec une cheminée en pierre taillée, le sol était en bois et les murs lisses et blancs étaient agrémentés de nombreux tableaux de paysages. L'un d'entre eux attira particulièrement son attention, il représentait une immense étendue d'eau déchaînée. Shaïna s'arrêta devant, se demandant bien ce que pouvait représenter ce tableau.

— Assieds-toi mon enfant.

Shaïna regarda autour d'elle, les seuls endroits où s'asseoir étaient sur de larges fauteuils placés autour de la cheminée. Elle choisit le plus petit et s'installa en tailleur dessus. Elle ne s'était jamais assise sur un fauteuil et trouva son moelleux absolument délicieux. Elle se permit de se relâcher un peu et observa son hôte. Celui-ci semblait presque joyeux de sa présence et cela la rassura. Il s'assit sur le fauteuil à côté d'elle et l'observa avec attention. D'être scruté ainsi la troubla, mais elle se contint et attendit.

— J'ai compris.

Elle sursauta, l'homme venait de s'exclamer après un long silence et elle en fut presque surprise. Le silence faisait partie de sa vie, la seule personne qui s'adressait à elle en criant était sa marâtre et elle avait toujours peur lorsque celle-ci lui criait dessus. Alors la voix forte et soudaine de l'homme raviva des craintes profondes.

— Excuse-moi, je ne voulais pas te faire peur.

Sa voix était devenue plus douce presque chaude et elle se détendit un peu.

— Excuse-moi de nouveau, mais tu es muette n'est-ce pas ?

Shaïna hocha la tête.

— Je comprends mieux maintenant. Mais une promesse est une promesse, tu m'as sauvé la vie, alors je vais payer ma dette en t'apprenant à lire et écrire. Je t'apprendrais aussi la langue des signes utilisée par les soldats. Elle est certes un peu succincte, mais nous permettra de nous comprendre plus facilement.

Il reprit son souffle.

— Tu viendras tous les après-midi, comme aujourd'hui et je m'occuperai de toi. Je n'ai rien d'autre à faire, alors ça m'occupera également.

Il se leva et se dirigea vers un guéridon placé dans l'angle du mur situé sur la gauche de la cheminée, au fond de la pièce.

— Comme je n'ai aucun livre dédié, j'ai pensé que tu aimerais utiliser le livre que tu voulais me voler hier. Il est un peu ardu, il traite de botanique, mais bon, celui-là ou un autre !

Il se saisit du livre et s'approcha d'elle, l'ouvrit à une page quelconque et le posa sur ses genoux.

Shaïna contemplait le livre, fascinée. Elle n'avait jamais ouvert un livre de sa vie et celui-ci lui parut merveilleux, couvert d'écritures et d'images de fleurs et de plantes toutes plus belles les unes que les autres.

— Bien nous allons commencer, tu ne sais ni lire ni écrire et je n'ai jamais enseigné. En plus, tu es muette, cela va être cocasse je le crains. Vois-tu cette lettre-là.

Il pointa un dessin sur la page d'un doigt long et fin et la leçon put commencer.

Les premiers mois furent fastidieux, Shaïna ne parlant pas et lui ne sachant trop comment faire. Mais ils finirent par s'adapter l'un à l'autre, d'autant que Shaïna progressait à toute allure. Elle n'oubliait rien et analysait tout. Alors en quelques mois elle était capable de lire des phrases entières sans trop de difficultés tandis que la langue des signes n'avait déjà plus aucun secret pour elle. Ce qui était difficile c'était de savoir si elle ne se trompait pas puisque ses lectures étaient faites uniquement dans sa tête. Mais son hôte qui lui avait dit s'appeler Aldrick, répétait après elle et elle acquiesçait lorsqu'elle ne s'était pas trompée, c'est-à-dire neuf fois sur dix.

Son enseignant lui avait fourni une tablette noire sur laquelle elle pouvait écrire avec des petits bâtonnets blancs, de la craie et une ardoise, lui avait-il expliqué. Alors dès qu'elle le pouvait elle écrivait encore et encore, copiant les lettres puis les mots et enfin de courtes phrases.

Au bout de quelques semaines, elle écrivit sur son ardoise :

— Pourquoi toi mauvais endroit.

L'homme l'observa l'air triste.

— Un chagrin d'amour, la femme que j'aimais est partie avec un autre, j'étais désespéré.

Shaïna l'observa droit dans les yeux. Elle ne comprenait pas et ne savait même pas ce qu'aimer pouvait bien vouloir dire. Elle écrivit sur son ardoise.

— Emer ?

La tristesse qui traversa les yeux de son hôte la troubla profondément et elle se réfugia le plus possible dans le dossier de son fauteuil. L'homme fit alors un geste qu'elle n'oublierait jamais, il se pencha vers elle et posa doucement une main sur sa joue tout en murmurant :

— Pauvre enfant.

Shaïna crut un instant qu'elle allait se faire pipi dessus tellement cette main sur sa joue la faisait frissonner de partout. Elle se rejeta en arrière, remplie de peur et d'incompréhension. Elle comprenait que l'homme ne lui voulait pas de mal, mais cette main sur sa joue, c'était étrange, troublant, effrayant.

— Pardon petite fille.

Que l'homme s'excuse ainsi la soulagea un peu et elle lui sourit gentiment. Cela aussi c'était nouveau pour elle, sourire, c'est lui qui lui avait aussi appris. Elle regarda cet homme tendrement, certes elle lui avait sauvé la vie pour le voler, mais elle lui devait beaucoup.

***

Après presque un an, elle sut lire et écrire parfaitement. Elle venait toujours voir Aldrick, mais ne prenait plus de cours. Elle se servait dans la grande bibliothèque située dans une petite pièce et lisait, dévorant les livres les uns après les autres à toute allure. Son hôte lui servait souvent une boisson chaude qu'il appelait thé et qu'elle adorait agrémentée de petites brioches qu'elle s'empressait de dévorer. Ils passaient ainsi une heure ou deux dans une forme de complicité agréable.

C'est à cette époque qu'elle se décida de visiter le quartier des artisans. Avant l'apprentissage de la lecture, elle n'en voyait pas l'intérêt, mais en apprenant à lire, elle était devenue curieuse. L'avantage c'est qu'aucun des jeunes à sa recherche ne mettait jamais les pieds dans ce quartier. Elle y observa avec attention le travail des forgerons, comprit comment forger une épée, celui des menuisiers qu'elle trouva nobles et beaux, des tanneurs, des potiers, tous ces métiers étaient fascinant autant qu'enrichissant et sa vie d'enfant se poursuivit ainsi. Elle n'avait pas conscience de son incongruité, elle savait maintenant lire et écrire, connaissait de nombreux métiers pour les avoir observés jusqu'à être capable de répéter leurs gestuelles dans sa tête. Elle volait pour survivre et était son propre maître. Bien sûr la vie dans sa maison était toujours un calvaire, mais plus personne ne la frappait, pas même sa marâtre qui se contentait d'empocher son argent et de lui donner à manger cette bouillie infâme qu'elle lui servait tous les jours. Sans aucune comparaison avec d'autres vies, celle-ci lui plaisait, seul le souvenir de sa mère la gênait et l'attristait, mais le monde allait ainsi alors.

Huit ans

Ce que Shaïna aimait par-dessus tout la nuit, c'était marcher dans les ruelles obscures avec comme seul éclairage, la lune et les étoiles. Elle ne risquait ni de se perdre ni même de trébucher, elle connaissait chaque pavé, chaque recoin par cœur. Des fois même, elle marchait les yeux fermés, se déplaçant comme un fantôme. Après tout, c'était bien là son surnom.

Un soir d'automne, alors qu'elle déambulait, indifférente à l'air devenu vif et qui lui donnait parfois la chair de poule, respirant au contraire l'air frais et clair à pleins poumons, elle aperçut une lueur venant dans sa direction.

Aussitôt elle angoissa et préféra se dissimuler derrière une charrette. Elle ne voulait prendre aucun risque inutile. Elle ne venait pas souvent dans cette partie de la ville et la présence d'une lumière à cette heure de la nuit signifiait soit la présence de gardes soit celle de voyous. À force d'être recherchée, elle était devenue craintive et précautionneuse. Trois hommes approchèrent et Shaïna put les distinguer à la lumière de leurs lanternes à huile. Un garde et deux grands adolescents, tous trois armés de matraques, marchant vite, l'air frigorifiés.

Ainsi comme elle le pensait certains gardes étaient de connivence avec la bande du marais. Poussée par une curiosité plus puissante que sa peur, elle se décida à les suivre, restant bien au-delà de la lumière émise par les lanternes pour ne pas être repérée.

Les trois hommes marchaient sans se soucier de leur environnement et n'avaient donc aucune chance de prendre simplement conscience de sa présence. Arrivés à un croisement, ils furent rejoints par trois autres jeunes, armés eux aussi de matraques. Shaïna resta bien à distance pour les observer. On aurait dit qu'ils chassaient une proie, mais sans grande conviction. Elle se douta bien que quelque part ils patrouillaient à la recherche du « fantôme » sans se douter qu'il était juste derrière eux.

Ils se dirigèrent ensuite vers une petite place située dans le quartier le plus pauvre de la ville. Elle se situait en contrebas par rapport aux rues qui en débouchaient et il fallait descendre une dizaine de marches pour y accéder.

La place était emplie de lumière et des dizaines de jeunes et de gardes s'agglutinaient autour d'un grand feu de bois.

Les six hommes s'y précipitèrent, dévalant les marches, poussant des cris de joie, interpellant leurs congénères tout en se dirigeant vers le grand feu. Dans l'optique de se réchauffer probablement.

Shaïna rampa jusqu'à un petit promontoire afin de les observer. Voilà donc la bande qui la recherchait depuis sa petite enfance. Elle avait décidé de venir les observer à cet endroit particulier car elle avait remarqué une sorte de fluctuation dans les ombres derrière elle correspondant à l'entrée d'une catacombe. En cas de problème, elle pourrait s'y réfugier et s'enfuir.

Le premier coup d'œil qu'elle osa lancer sur la place lui donna une impression plutôt sympathique, on y voyait des garçons et des filles rire et danser autour du feu, mais en y regardant de plus près, ils n'étaient qu'une minorité, un grand nombre d'enfants se tenait à l'écart, certains à genoux les mains sur la tête, d'autres étant même attachés. Shaïna fit la grimace : quel endroit sordide tout compte fait.

Sur la gauche, assis sur une grande chaise, un garde semblait dominer tout le monde. Shaïna comprit qu'il était le chef de la bande. Ainsi c'était bien un garde qui dirigeait la bande de voleurs. La connivence entre ces deux mondes supposés opposés ne la gênait pas, mais elle devrait en tenir compte. Il était en grande discussion avec un prêtre d'Enki. Ça aussi c'était à la fois troublant et porteur de danger. Le prêtre désigna les enfants attachés du bras et au fond d'elle Shaïna comprit qu'il cherchait à en marchander l'achat. Pour quoi faire ? Les sacrifier à son dieu ?

— Que fais-tu là ?

Shaïna fut tellement surprise qu'elle sursauta violemment. Sans même réfléchir, elle s'effaça, avec toute la force de sa terreur ressentie, dans la tête du garde qui venait de la surprendre. Celui-ci hurla et bascula en arrière, battant des bras pour retrouver son équilibre puis tomba toujours hurlant sur la place en contrebas la tête la première. Celle-ci sembla exploser au contact du sol et tous les regards convergèrent vers lui, puis vers l'endroit d'où il avait basculé, c'est-à-dire vers elle. Puis l'ensemble des enfants et gardes qui quelques secondes auparavant riaient et dansaient se précipitèrent dans sa direction.

Shaïna était complètement affolée, mais elle n'hésita pas et se faufila dans le trou étroit qui menait aux catacombes. Aussitôt, elle sentit les âmes l'entourer, elle les repoussa par la force de son esprit puis recula de quelques pas dans le noir profond. Se diriger n'était pas un problème, son sens de l'orientation lui disait toujours quel chemin prendre, quelle bifurcation emprunter, mais elle préféra attendre un peu, restant immobile. Elle avait peur que si elle trébuchait ou faisait le moindre bruit, ses poursuivants ne comprennent où elle se trouvait.

Au-dessus d'elle il y eut de nombreux piétinements puis des cris de rages et de déception.

— Et les catacombes ?

Shaïna sursauta et serra ses mains l'une contre l'autre. La voix de cet homme était dénuée de toute pitié et augmentait d'autant la peur qu'elle ressentait.

— Personne ne pénètre dans les catacombes « prince ».

— Va me chercher Preta, elle est suffisamment petite pour s'y faufiler, nous allons l'attacher à une corde et la remonterons si nécessaire.

Shaïna se tassa sur elle-même, la gorge nouée de peur, ils risquaient de découvrir son secret. Elle recula précautionneusement pour se trouver suffisamment loin afin qu'aucune lumière de lanterne ne puisse la dévoiler et attendit. Si celle qu'ils appelaient Preta s'engageait dans l'étroit tunnel, elle s'effacerait, voilà tout. Elle souffla doucement, cela allait mieux et sa terreur se transformait progressivement en certitude.

Une lumière tremblotante apparut à l'entrée de l'étroit goulet et une petite fille à l'air terrorisé descendit lentement maintenue par une corde et tenant d'un air désespéré une lanterne entre ses petites mains. Shaïna eut presque pitié d'elle, mais n'eut pas le temps d'y réfléchir. La lumière de la lanterne s'éteignit soudainement et la petite fille hurla comme une folle.

— Remontez-la ! remontez-la !

Un court silence s'ensuivit.

— Elle est morte, regardez son visage, elle est morte de peur, je vous l'avais dit « prince » : personne ne peut aller dans les catacombes.

Shaïna sourit, un peu désolée pour la petite fille, mais heureuse de ne pas avoir été découverte. Elle se demanda bien ce qui avait fait mourir de peur l'enfant, il n'y avait rien ici. Les âmes mortes revinrent l'entourer, tournant autour d'elle comme pour lui dire quelque chose. Elles étaient plus fortes que d'habitude et Shaïna se sentit un peu mal à l'aise. Une part d'elle lui disait qu'elles étaient responsables de la mort de l'enfant, même si elle ne savait pas comment ni pourquoi.

Elle se reprit, écarta les âmes de son esprit, un peu comme elle s'effaçait des intrus puis se dirigea vers une autre sortie. Il était temps de rentrer chez elle et elle se promit de ne plus jamais revenir dans cette partie de ville, elle était bien assez vaste sans qu'elle eût la nécessité de se mettre en danger en se rapprochant du repaire de ces monstres.

Neuf ans

Shaïna se sentait bien, il faisait beau sans qu'il fasse trop chaud et la bourse qu'elle venait de voler tintait joyeusement dans sa poche. Elle avait grandi dernièrement mais elle arrivait toujours à se cacher ou à se faufiler dans ces endroits où personne n'allait. Seules les catacombes la souciaient, elles étaient de plus en plus effrayantes et elle sentait les âmes venir la visiter, comme essayant de l'interpeller, lorsqu'elle s'y aventurait. Elles étaient troublées, harcelantes, si bien qu'elle hésitait maintenant à s'y déplacer. C'était pourtant l'endroit le plus sûr de la ville.

Elle avait entendu dire que sa génitrice avait accouché de deux garçons, des jumeaux et que le roi était ravi. Quelque part cela lui avait déchiré le cœur, rajoutant du dégoût à sa peine. Elle, elle était celle que l'on avait jetée comme on jette une ordure. Mais peut-être était-ce de sa faute, après tout, elle était une fille et de plus handicapée, peut-être ne méritait-elle pas l'amour d'une mère et que ce qu'elle vivait n'était que la conséquence de ses propres fautes. Mais cette pensée ne resta pas, elle aimait aussi sa vie, cette liberté, la lecture, le vol.

Les enfants n'étaient pas vraiment un problème, s'effacer était devenu un réflexe facile à utiliser. Quant à l'absence de tous liens sociaux, elle n'y pensait pas tout simplement, se complaisant dans sa solitude et dans sa relation avec Aldrick. Elle était devenue plus dure aussi, la crainte menait toujours sa vie, mais elle la ressentait comme une précaution nécessaire.

La nuit dernière, elle n'avait pas hésité à agresser un pèlerin venu rendre hommage à Enki pour la naissance des jumeaux du roi. Les pèlerinages étaient de plus en plus nombreux. Le temple de la ville, un endroit qu'elle évitait comme la peste, était réputé pour guérir les malades. Il fallait y croire, prier, laisser une belle somme d'argent ou participer à un sacrifice avec bœufs, moutons ou agneaux et parfois un miracle avait lieu. Mais les pèlerins n'hésitaient pas non plus à fréquenter les auberges et les maisons de plaisirs, en contradiction complète avec leurs croyances qui encourageaient fortement l'ascétisme.

Shaïna se moquait complètement de cette hypocrisie, pour elle ce n'était que des victimes potentielles.

Elle n'allait cependant jamais sur l'esplanade du temple, la seule fois où elle s'y était engagée à la recherche d'une proie, elle s'était fait interpeller par quatre mages. Elle ne les avaient pas vu venir. Elle observait un homme replet dont la bonhomie la faisait hésiter à le dépouiller lorsqu'une voix fluette l'avait interpellé dans le dos :

— Et que fais-tu ici jeune homme ?

Elle avait sursauté et s'était retournée dans l'intention de s'effacer, avant de réaliser qu'ils étaient quatre, vêtus de longues robes pourpres, le crâne rasé et le visage austère. Ils étaient trop nombreux pour elle et elle avait commencé à paniquer, ne sachant que faire. L'homme avait alors tracé une sorte de dessin devant son visage et Shaïna avait compris qu'il venait de lui lancer un sort de vérité. Elle ne savait pas comment ni pourquoi elle en était sûre, mais pour elle c'était une évidence. Elle s'était sentie soulagée, le sort n'avait aucun effet sur elle et elle allait pouvoir mentir tranquillement, ses interlocuteurs étant persuadés qu'elle disait la vérité.

— Je t'ai posé une question mon enfant, répond-moi maintenant.

Shaïna fit signe qu'elle était muette, prenant un air contrit et désolé.

— Ah tu es muet mon pauvre enfant et tu es venu ici pour obtenir un miracle d'Enki ?

Shaïna avait hoché la tête vigoureusement. L'homme s'était penché presque tendrement vers elle avant de lui sourire gentiment :

— Et où sont tes parents ?

Shaïna lui avait indiqué de la main un couple accompagné de deux enfants en train de quitter l'esplanade, lui faisant comprendre qu'elle souhaitait les rejoindre.

— Vas-y mon enfant rattrape tes parents, que la bénédiction d'Enki soit sur toi.

Elle ne se l'était pas fait dire deux fois et s'était enfuie en courant, non sans entendre le mage murmurer :

— Il ne pouvait mentir, je lui ai jeté un sort de vérité.

Les mages avaient une place un peu particulière, disciple d'Enki, ils n'en demeuraient pas moins libres dans leurs pratiques magiques, mais ils n'hésitaient pas non plus à se saisir de jeunes sans famille. Ces « âmes perdues » comme ils disaient étant la plupart du temps sacrifiées à leurs dieux, sans aucune pitié. Elle l'avait échappé belle. Si ces hommes avaient réalisé qu'elle n'était en fait qu'une voleuse, ils se seraient saisis d'elle et elle aurait probablement fini sur un autel sacrificiel.

Cet événement l'avait marqué et fait comprendre que non seulement elle devait rester perpétuellement sur ses gardes, mais qu'il valait mieux éviter certains lieux.

Elle portait, depuis cet événement, à sa ceinture, une courte lame étroite et bien dissimulée que certains auraient pu croire de décoration mais qui était bien tranchante et aiguisée. La veille, alors qu'elle rentrait chez elle vêtue de ses haillons, un pèlerin l'avait bousculée et insultée, levant même la main sur elle. C'était un homme bouffi, gras et visiblement imbu de lui-même. Elle s'était effacée de son esprit, s'était éloignée un peu, mais avait ressenti une colère sourde et violente se diffuser dans son esprit. Elle était rentrée chez elle, se promettant que si son chemin croisait de nouveau celui de cet homme, elle lui ferait payer son geste.

La nuit venue elle était allée fouiner dans la rue des maisons de plaisirs. Inconsciemment, elle était persuadée que c'était le bon endroit pour retrouver son agresseur. La chance lui avait souri, l'homme était sorti de la maison bleue, la plus réputée et la plus chère, l'air détendu et sûr de lui. Elle l'avait suivi discrètement jusqu'à ce qu'il s'engage dans une rue déserte. Elle l'avait alors rattrapée tout en se saisissant de son arme. L'homme s'était retourné vers elle mais elle s'était effacée puis, sans aucune hésitation, lui avait tranché la gorge de sa lame. L'homme s'était effondré après avoir tenté quelques secondes de stopper le sang s'écoulant en gros bouillon de sa gorge tranchée. Shaïna s'était alors approchée de lui, l'avait délesté de sa bourse bien pleine puis s'était éloignée sans autre regard.

Elle n'avait rien ressenti de particulier en tranchant la gorge de cet homme. Elle détestait ce type de personnages, imbus, suffisants et méprisants. Sa mort n'avait aucune importance.

Des cris avaient retenti derrière elle, la garde. Elle s'était faufilée dans une entrée étroite menant aux catacombes. Mal lui en prit, les âmes les peuplant l'avaient agressée comme jamais et elle avait pensé ne jamais pouvoir en sortir. La force de son esprit ne semblait plus suffisante pour éloigner ces âmes perdues qui l'avaient harcelée durant toute sa progression et cette voix, froide, glaçante même qui avait résonné dans sa tête :

— Ne reviens jamais.

Elle en frissonnait encore, non, elle n'était pas prête d'y retourner.

D'avoir tué cet homme ne modifia pas grand-chose dans sa vie, ce n'est pas qu'elle n'était pas capable d'empathie, mais elle n'avait aucune interaction sociale autre que celle avec Aldrick. Alors elle n'avait guère de ressenti pour les êtres humains. Il y avait ceux qu'elle pouvait voler ou au moins demander l'aumône et ceux qui lui étaient hostiles. Au cours de ces années, elle n'avait créé aucun lien affectif avec personne et n'y pensait même pas. Quant aux animaux comme les chats et les chiens errants, elle ne ressentait strictement rien non plus pour eux, les regardant avec méfiance et doute, les seuls animaux qu'elle appréciait étaient les oiseaux chantant dans les jardins des riches villas. Mais étaient-ce les oiseaux ou leur chant qu'elle appréciait ? Là encore elle ne se posait pas la question.

Cependant, elle avait conscience que le meurtre n'était pas la bonne solution, les gardes deviendraient plus agressifs et encore plus méfiants, lui rendant la vie encore plus compliquée. Il était de loin préférable à se cantonner aux vols. De plus, il n'y avait guère de différence quant aux sommes acquises. Elle décida donc de ne pas renouveler cette « expérience » sauf en cas de légitime défense bien sûr.

Ce qui la gênait était plutôt ce qui s'était passé dans les tunnels. Jusqu'alors elle avait toujours su contenir les âmes perdues, mais là, pour la première fois, elle avait vraiment eu peur. Que les catacombes deviennent inaccessibles était un réel problème qui la mettait en grand danger.

***

Plusieurs semaines après cet événement, son trésor étant devenu trop important, elle avait demandé à Edricht de lui changer ses nombreuses pièces d'argent en or. Il avait fini par accepter de mauvaise grâce. Il n'approuvait pas sa vie faite de vols et d'agressions, mais elle ne connaissait que celle-là et n'était pas prête d'en changer, elle lui convenait parfaitement. Il lui avait bien proposé de la prendre en charge, mais elle avait refusé. Elle imaginait bien la réaction de sa marâtre si elle disparaissait. Elle la ferait rechercher et finirait inévitablement par la retrouver. Elle n'hésiterait pas alors à faire assassiner Aldrick pour la récupérer, révélant de ce fait son existence aux yeux de ceux qui cherchaient tant à l'attraper. C'était mieux de rester ainsi.

Shaïna frappa à la porte qui s'ouvrit aussitôt. Contrairement à son habitude, Aldrick ne resta pas sur le perron pour la faire entrer, mais elle ne s'en offusqua pas et pénétra joyeusement dans la maison. Ce n'est qu'une fois assise dans son fauteuil habituel qu'Aldrick se décida à se tourner vers elle et qu'elle constata les nombreuses ecchymoses sur son visage. Elle se redressa d'un bon, se saisissant de sa lame, que ce passait-il ? Pourquoi l'avait-on frappé ? Était-elle en danger ?

— Je suis désolé Shaïna.

Shaïna sentit son cœur se serrer, l'avait-il trahi ? Elle espérait tellement que non, l'idée que la seule personne qu'elle aimait un tant soit peu puisse la trahir lui donnait la nausée. Puis une voix venue du fond de ses souvenirs déchira son esprit :

— Bonjour ma fille.

Elle se tourna, complètement affolée vers la porte, sa mère, la reine, elle se tenait-là sur le seuil, bloquant toutes possibilités de fuite. Elle recula, affolée en proie à une panique brouillant sa vision, jusqu'à se retrouver coincée dans l'angle nu de la pièce.

Ses jambes tremblaient sous elle et sa main lâcha son arme qui tomba en tintant sur le sol. Son ventre se contracta en spasme douloureux et elle sentit les larmes envahir ses yeux. Une petite voix résonnait dans sa tête :

— Pas elle, pas elle, pas elle.

Il fallait qu'elle s'efface, mais pour la première fois de sa vie, elle n'y parvint pas. Affolée elle regarda autour d'elle, jetant des regards désespérés à Aldrick qui gardait la tête baissée.

— Je t'en prie Shaïna mon enfant.

Si Shaïna en avait été capable, elle aurait hurlé. Elle n'était pas son enfant, elle n'était qu'un déchet tout juste bon pour les chiens, elle devait partir, elle devait fuir.

Son regard se porta sur celui de sa mère et constata qu'elle pleurait tout comme elle. Alors elle s'effondra sur elle-même, se recroquevilla sur le sol et laissa les larmes couler sur son visage. Elle ne contrôlait plus ses émotions, son monde s'effondrait et tout son corps tremblait dans un mélange de peur, de dégoût envers elle-même, mais aussi quelque part d'amour pour cette femme qui l'avait abandonnée.

Elle entendit sa mère s'approcher, chacun de ses pas étant une souffrance pour elle, comme une épée qui déchirerait son ventre. Enfin elle s'arrêta et Shaïna l'aperçut au travers de ses larmes, les bras ballants, les épaules voûtées. Elle semblait vraiment souffrir.

— Je suis tellement désolée mon enfant.

Shaïna se reprit. Ça servait à quoi d'être désolé ? En quoi cela changerait-il sa vie ? Elle se redressa brusquement et se précipita vers la porte, bousculant sa mère. Deux gardes se trouvaient en faction à l'extérieur, elle s'effaça de leurs pensées et s'enfuit dans la rue.

Elle ne comprenait pas pourquoi elle n'avait pas pu s'effacer de l'esprit de sa mère, à moins qu'elle ne le puisse pas, ce qui expliquerait pourquoi elle se souvenait d'elle. Elle essuya les larmes sur son visage, un jour elle partirait de cet endroit, si loin que ses souvenirs s'en effaceront de son esprit, elle s'en fit la promesse.

Elle ne retourna chez Aldrick que dix jours plus tard. Cette maison n'était plus le havre de paix qu'elle avait connu, mais elle devait récupérer ses pièces d'or.

Elle frappa à la porte de la maison, lançant des regards angoissés tout autour d'elle. Elle n'avait vu ni perçu aucun garde, mais elle était méfiante. Aldrick lui ouvrit la porte, il avait l'air triste et fatigué tandis que les ecchymoses sur son visage s'étaient transformées en bleus. Il lui fit signe d'entrer spécifiant à l'aide du langage des signes qu'elle n'avait rien à craindre.

Elle hésita un court instant puis pénétra dans la maison. L'angoisse liée à la rencontre avec sa mère lui tordait le ventre, elle craignait de la voir apparaître derrière chaque porte et elle se mit à trembler.

Aldrick lui lança un regard plein de tristesse et de compassion, puis se saisit d'une bourse posée sur le guéridon et la lui tendit.

— Voilà ton or Shaïna, cinquante pièces d'or, une fortune.

Elle se saisit de la bourse, la glissa dans sa veste de cuir et s'apprêta à repartir. Elle était triste, elle quittait le seul endroit où elle s'était sentie en sécurité depuis sa naissance et cet homme qu'elle avait appris à apprécier, presque à aimer.

— Tu ne reviendras pas, je suppose.

Aldrick paraissait vraiment triste et ses yeux étaient embués de larmes. Elle fit non de la tête, elle aussi était désolée, mais elle ne pouvait pas prendre le risque de se retrouver de nouveau face à sa mère. Et maintenant ce lieu était connu par elle bien sûr, mais aussi par les gardes et elles les savaient corrompus.

— Ta mère m'a confié ceci pour toi.

Aldrick lui tendit une bague munie d'une grosse pierre noire avec un étrange sigle gravé dessus.

— Elle n'a aucune valeur en soi, mais sert de sauf-conduit. Présente-la à n'importe quel représentant du roi ou de la reine et ils te laisseront passer, y compris les gardes et les soldats. Tout le monde connaît cette bague.

Shaïna se saisit de la bague tendue sans un mot et la fit glisser sur son pouce droit, ainsi elle lui allait parfaitement et elle ne risquait pas de la perdre. Elle ne savait pas trop si elle acceptait cette bague parce qu'elle venait de sa mère ou pour son utilité, mais elle en apprécia le contact sur sa peau.

Elle vint poser sa main ainsi parée sur l'avant-bras d'Aldrick et lui sourit gentiment. Elle recula d'un pas et lui fit merci d'un signe de la main puis s'enfuit dans la rue réprimant un sanglot. La vie sans lui allait être plus triste et elle en avait conscience.

Dix ans

Shaïna approchait de ses dix ans et la vie devenait de plus en plus difficile. Les catacombes étaient devenues inaccessibles, dès qu'elle s'en approchait elle entendait les âmes hurler dans sa tête. Les recherches entreprises pour la capturer étaient de plus en plus importantes et systématiques. La bande qui la traquait avait changé de chef, elle l'avait entendu dire par des enfants alors qu'elle était dissimulée dans une cache afin de les éviter. Il était plus violent, plus exigeant, mais surtout ne supportait pas qu'un « fantôme » puisse dépouiller ainsi des proies potentielles sans qu'il n'en profite lui-même. La chasse était lancée et elle se devait d'être plus précautionneuse que jamais.

Cette nuit, elle avait fait choux-blanc. Elle avait passé la nuit à s'effacer de jeunes et de gardes à sa recherche et elle rentrait sur le matin, frustrée et apeurée. Elle ne savait plus que faire.

Elle se faufila dans sa minuscule chambre. Elle avait grandi et la chambre était tout juste assez grande pour qu'elle puisse s'allonger. Tout allait de travers et pour la première fois, elle se posait vraiment des questions sur son avenir.

— Shaïna descend immédiatement !

Elle était rentrée juste à temps. Elle ouvrit la porte et descendit rapidement les escaliers. Sa matrone l'attendait, les mains sur les hanches et un large sourire sur le visage. Shaïna ne l'avait jamais vue sourire ainsi et elle sentit l'inquiétude grandir en elle. Elle était accompagnée par une belle femme brune d'une quarantaine d'années au visage doux mais aux yeux froids, indifférents. Elle était vêtue d'une robe bleue de grand prix et sentant bon le parfum, mais ces beaux atours n'arrivaient pas à dissimuler son absence de pitié.

Shaïna se dit que la présence de cette femme, si belle, si bien habillée faisait vraiment déplacé dans cette pièce immonde et crasseuse.

— La voilà comme promis.

Sa marâtre lui saisit le bras sans douceur et se saisissant d'un torchon crasseux et humide entreprit de lui nettoyer le visage qu'elle avait bien pris soin de salir avant de rentrer. Puis elle la poussa vers la femme qui la saisit par les cheveux, lui rejetant la tête en arrière. La femme lui faisait mal et Shaïna se demandait bien ce qu'elle devait faire, lorsque celle-ci lui lâcha soudainement les cheveux et éclata d'un rire presque cristallin.

« Hallucinant, je connais des gens qui vont payer des fortunes pour pouvoir profiter d'elle. »

Shaïna comprit enfin, « la matrone » était en train de la vendre et elle sut qui était cette femme. C'était la gérante de la maison bleue, cet endroit où les hommes fortunés venaient profiter du corps de femmes, consentantes ou non, contre de fortes sommes. L'horreur la saisit : on la vendait comme prostituée ! Elle comprit que « la matrone » savait tout de ses origines et qu'elle avait toujours prévu de la vendre. Quant à la femme, une enfant ressemblante tant à la reine était une aubaine, elle allait devenir le jouet sexuel de tous les détraqués de la ville.

La rage fit place à l'horreur, elle s'effaça de l'esprit des deux femmes avec une telle violence qu'elles s'évanouirent, s'effondrant sur le sol comme des poupées de chiffons. Elle profita de leur évanouissement et s'enfuit dans la ville, la haine lui déchirant le ventre. Encore une porte qui se refermait, il ne lui restait que les ruines comme lieux sûrs et même là, elle avait bien conscience qu'elle finirait par être découverte. Toutes les échappatoires se refermaient autour d'elle et elle se sentait piégée.

Une fois cachée au milieu des ruines, elle se détendit un peu, elle ne savait pas quoi faire et se sentait désespérée. Elle avait le sentiment que la vie qu'elle s'était construite avec tant de soin filait entre ses doigts sans possibilités de retour. Elle ne voyait aucune perspective devant elle autre que de se faire attraper, tuer ou vendre comme prostituée. Elle se sentait vraiment dans une impasse.

Elle resta deux jours et une nuit dans les ruines puis la faim l'obligea à en sortir. Il pleuvait et le temps était plutôt froid, voilà qui allait bien avec sa vie actuelle. Elle prit quelques pièces de son trésor, ce n'était pas le moment de se faire remarquer, alors elle allait acheter sa nourriture.

La ville était presque déserte et la nuit commençait à tomber lorsqu'elle se faufila dans une petite rue qu'elle connaissait bien et à l'entrée de laquelle un marchand de pain avait installé sa boutique. Elle allait y pénétrer lorsqu'elle remarqua le garde accompagné de trois adolescents à l'air vindicatif qui l'a remontaient. Elle fit demi-tour et se dirigea vers une autre rue. Elle se trouvait dans une partie de la ville fait d'un entrelacs de petites rues formant un véritable labyrinthe. Elle ne s'inquiéta donc pas particulièrement et se dirigea vers une autre boutique. Elle s'engagea dans une autre ruelle mais s'arrêta aussitôt. Là aussi un garde et trois adolescents la remontaient scrutant tous les enfants avec attention. Elle comprit, ils étaient à sa recherche.

Elle s'éclipsa rapidement, le quartier n'étant pas sûr mieux valait en sortir le plus rapidement possible.

Mais elle eut beau essayer de trouver un passage, quelle que soit la rue qu'elle empruntait, elle se retrouvait coincée et était obligée de rebrousser chemin. Petit à petit elle se retrouva repoussée sans pouvoir l'éviter, sur une des grandes artères de la ville, partout des gardes et des adolescents armés, ils étaient en train de la coincer. La nuit était complètement tombée maintenant et la peur la saisit, elle ne voulait pas être attrapée. Elle se mit à courir dans la rue, la peur au ventre. Il y avait une entrée dans les catacombes un peu plus loin, mais elles étaient devenues impraticables, les âmes perdues, oserait-elle les affronter ?

***

Shaïna se saisit de son sac, sa décision était prise. Elle s'était vêtue comme un garçon. Elle était persuadée que tous ses ennemis savaient maintenant qu'elle était une fille et que ses poursuivants étaient à la fois la bande auquel elle échappait depuis des années, mais aussi des hommes de mains de la femme qui voulait faire d'elle une prostituée. Alors mieux valait se faire passer pour un garçon. Elle s'était lié les cheveux à la mode guerrier, avait enfilé la pèlerine qu'elle avait volée, glissé son trésor dans des petites poches réparties dans sa ceinture et s'était coiffée d'un chapeau de feutre. Il était temps de quitter cette ville et elle avait idée de comment franchir les portes. Si elle arrivait jusqu'à là.

Elle descendit des ruines avec précaution, le sol était glissant et la nuit noire, elle avait beau en connaître chaque pierre, elle pouvait tout de même glisser et se blesser, se condamnant par là même. Arrivée au bas de celles-ci, elle se dirigea rapidement vers les rues avoisinantes. Elle avait peur, et si ses poursuivants étaient toujours là ? Elle se glissa dans une ruelle aux maisons pour la plupart abandonnées car trop proches des ruines, un endroit sûr habituellement, mais elle était méfiante, jusqu'où la poursuivait-on ? Le noir était vraiment total, aucune étoile, pas de lune et une pluie incessante qui dégoulinait dans ses yeux, lui brouillant la vue. Ainsi fut-elle surprise lorsqu'elle trébucha sur quelque chose. Elle se saisit de son arme, le cœur battant dans sa poitrine, qu'est-ce que c'était ?

Elle tâtonna le sol et réalisa aussitôt que l'obstacle rencontré était un corps. Elle se redressa et s'éloigna rapidement. Que faisait le corps d'un homme mort à cet endroit ? Avait-il été victime d'une agression ?

Elle eut la réponse à ses questions dès qu'elle s'engagea dans la rue suivante. Ici il y avait quelques lumières. C'était une rue importante et des luminaires à huile diffusant une faible lumière un peu glauque étaient placés tous les dix mètres, permettant ainsi aux passants nocturnes de se diriger.

Au milieu de la rue à quelques mètres d'un des luminaires, quatre corps gisaient, horriblement mutilés, les yeux crevés et le ventre ouvert, les boyaux étalés sur le sol.

Shaïna eut un haut-le-cœur. Elle avait reconnu un des groupes de ses poursuivants, mais la vision de ces cadavres était vraiment répugnante. Qui avait bien pu faire ça ?

Elle s'en approcha, la scène donnait l'impression que quelqu'un avait ouvert les corps et fouillé dedans avant de crever les yeux, c'était monstrueux.

Elle s'éloigna, ses jambes tremblaient un peu et sa main devenue moite malgré le froid et la pluie, s'ouvrait et se refermait nerveusement sur son arme. Elle déglutit difficilement.

Pourtant elle ne ressentait aucune présence autour d'elle. Mais si celui qui avait massacré ces hommes se trouvait encore dans les parages, elle était en grand danger.

Elle poursuivit son chemin tous ses sens aux aguets. Elle était décidée malgré la peur qui l'habitait et faisait trembler ses jambes, à quitter cette ville de malheurs, alors elle avança, se forçant à bouger.

Sa route fut jonchée de cadavres, dans chaque rue, chaque ruelle, le même spectacle de ces gardes et adolescents éviscérés, les yeux arrachés ou crevés. Combien étaient-ils, une centaine peut-être, mais pourquoi, par qui ?

Enfin elle finit, après un temps qui lui parut ne jamais s'arrêter, par arriver sur la place devant les portes de la ville. Elle était déserte et les portes fermées, comme elle s'y attendait, on était au milieu de la nuit maintenant.

Sans hésiter, elle se dirigea vers les portes gardées par une dizaine de soldats. Il pleuvait, il faisait froid et les gardes semblaient transis et de fort mauvaise humeur, mais elle n'hésita pas. Elle marcha droit vers celui qui semblait être le chef, c'était celui qui portait le plus de décorations sur ses épaules et qui paraissait le plus désagréable. Elle marchait d'un pas aussi décidé que possible, la tête haute malgré la pluie qui dégoulinait sur son visage.

L'homme la regarda approcher d'un air peu amené puis lui aboya :

— Dégage, rentre chez toi, tu n'as rien à faire ici !

Shaïna se planta devant lui et exprima par le langage des signes le fait de vouloir sortir.

L'homme devint menaçant, s'approchant d'elle la main levée.

— Dégage j'ai dit !

Alors Shaïna lui présenta d'un geste brusque la bague de la reine. Les yeux de l'homme s'écarquillèrent, il connaissait la bague bien sûr, mais il hésitait : que faisait une telle bague au doigt d'un enfant ?

Shaïna insista et par signe lui dit.

— Obéis ! ou subis-en les conséquences !

Elle se doutait bien que désobéir à une telle bague signifiait la mort, et l'homme ne pouvait pas savoir qu'elle n'avait aucune autorité pour la porter. Elle pariait sur le fait qu'il ne mettrait pas sa vie en danger pour un jeune garçon et elle avait raison.

L'homme se redressa l'air furieux, se tourna vers un de ses hommes et lui hurla :

— Ouvre la poterne, dépêche-toi incapable et laisse le sortir !

Shaïna sentit son cœur battre dans sa poitrine, elle quittait la ville, partait vers une autre vie et qu'importe tous ces cadavres qu'elle laissait derrière elle, elle était libre, enfin.

Dehors

Shaïna rêvait, un rêve qui avait d'ailleurs plutôt bien commencé. Elle déambulait dans les rues de la ville et les gens la saluaient poliment, visiblement heureux de la voir. Elle était vêtue d'une belle robe pleine de dentelle avec de jolies chaussures rouges. Elle sentait bon un parfum aux fragrances exotiques et le soleil faisait briller ses beaux cheveux blonds coiffés à la toute dernière mode. Elle se sentait heureuse, la vie lui appartenait et le monde était serein. Puis soudainement alors qu'elle s'engageait dans une ruelle plus sombre, la nuit tomba et ses beaux vêtements se couvrirent d'un sang gluant et chaud. Les gens avaient disparu comme volatilisés et des dizaines de morts, les yeux arrachés et les boyaux pendant de leur ventre ouvert, apparurent du coin de la rue. Ils avançaient vers elle et elle perçut dans ses propres tripes la souffrance causée par leur mise à mort, une douleur insoutenable qui la tordait en deux et semblait ne jamais vouloir disparaître. Elle aurait voulu s'enfuir, mais ses jambes ne lui obéissaient plus, comme paralysées. Elle ne pouvait que rester là, le ventre déchiré par la souffrance, les bras ballants, essayant de bouger ses jambes inertes sans y parvenir.

Les morts s'arrêtèrent à quelques pas pointant leurs doigts sales et couverts de sang vers elle.

— Tu nous as tués, assassin, assassin, assassin !

Puis les morts se mirent à avancer vers elle, répétant sans cesse leur accusation.

— Assassin, assassin.

Elle était toujours paralysée et l'horreur la poussait vers la folie lorsqu'une voix venue de l'extérieur de son rêve perça sa conscience, cette même voix glacée qui lui avait ordonné : « ne reviens jamais. » Et même si la voix paraissait plus douce et plus chaude, elle portait avec elle un sentiment d'urgence vitale qui la réveilla brusquement.

— Shaïna, Shaïna, réveille-toi, les hommes de la dame en bleue arrivent !

Elle ouvrit les yeux, son esprit encore perturbé par l'horreur de son cauchemar. Elle s'était endormie, assise contre le tronc d'un arbre déraciné par quelque tempête, engoncée dans sa pèlerine, recroquevillée sur elle-même pour essayer de se prémunir de la pluie qui n'avait cessé de tomber depuis son départ. Ses vêtements étaient trempés malgré sa cape. L'eau s'infiltrait partout, coulant dans son cou, le long de son dos, la faisant frissonner et trembler, avant de s'insinuer, glacée dans son pantalon. Son chapeau de feutre n'était en rien imperméable et était devenu une sorte de bout de chiffon détrempé posé sur sa tête.

Elle s'était effondrée là, épuisée, près d'un chêne dont le feuillage épais offrait une protection illusoire face aux intempéries, grelottant de froid et de fatigue, avant de s'endormir, trop souvent réveillée par des cauchemars où par l'humidité qui la faisait frissonner.

Il avait cessé de pleuvoir et c'était déjà ça. Le petit matin commençait juste à poindre et une légère brume s'élevait d'un sol gorgé d'humidité. Elle semblait vouloir s'évaporer à la lumière d'un timide soleil matinal dont les rayons encore faibles s'évertuaient à en percer l'opacité. La brume se diluait sous son action en d'étranges fumerolles aux couleurs pastels devenant éparses avant de disparaître. Ce soleil levant apportait une douceur agréable et réconfortante sur sa peau, loin du froid et de l'humidité de ces derniers jours et elle frissonna dans ses vêtements encore trempés.

Cela faisait deux jours et trois nuits qu'elle était partie, mais elle n'avait pas avancé tant que ça, la route était très empruntée et elle devait se cacher aux yeux des voyageurs. Il ne fallait pas que quiconque la remarque, elle se doutait bien que ses poursuivants, une fois le choc de la découverte des cadavres passé, se lanceraient à sa poursuite. Elle se devait de ne pas laisser d'indices si elle voulait avoir une chance de s'échapper. Les pèlerins et caravaniers voyageaient en groupes plus ou moins importants. Elle ne pouvait pas s'effacer de leurs esprits, ils étaient trop nombreux, elle n'en était pas capable. Elle devait donc se cacher à chaque fois qu'elle apercevait une caravane ou un groupe d'hommes, ce qui la ralentissait d'autant. Et puis il avait plu sans discontinuer depuis son départ et elle était complètement frigorifiée. La journée, elle arrivait bien à se réchauffer un peu en marchant, en bougeant les bras dans tous les sens, mais la nuit était un enfer. Elle claquait des dents et n'arrêtait pas de frissonner, l'eau de la pluie était froide et s'insinuait partout. Jamais même dans les pires moments de sa vie, elle ne s'était sentie aussi misérable. Lorsqu'elle finissait par s'endormir d'épuisement ce n'était que pour vivre encore et encore cet horrible cauchemar dont elle se réveillait en tremblant.

Elle avait également peur de tomber malade ou d'épuisement et d'être ramassée par les hommes de la dame. Elle ne voulait pas finir contrainte de se prostituer, elle préférait mourir.

— Dans la forêt Shaïna, dans la forêt !

Shaïna n'hésita pas un instant, les questions viendraient plus tard et elle s'enfonça en courant dans la forêt située sur la droite de la route. C'était une forêt majoritairement faite de chênes, de frênes et de châtaigniers avec de hautes futaies, s'y enfoncer ne posait donc pas de problèmes particuliers.

Ses pensées allaient dans tous les sens, la peur de se faire attraper, la faim, elle n'avait pas mangé depuis son départ, l'humidité, elle était encore trempée. Et puis elle ne comprenait pas d'où venait cette voix dans sa tête, avait-elle quelque chose à voir avec tous les morts qu'elle avait découvert lors de sa fuite ? Et ses poursuivants combien étaient-ils ? allaient-ils retrouver sa trace ?

Après plusieurs minutes d'une course effrénée entre les arbres, elle s'arrêta trop essoufflée pour continuer. Elle s'accroupit au milieu des fougères et écouta. Nul autre bruit que le chant des oiseaux, pépiant à tue-tête, heureux de retrouver un peu de soleil. L'air était imprégné de l'odeur un peu fade du feuillage en pleine décomposition détrempé par des journées entières d'une pluie tombant sans discontinuer. Si l'odeur en était une légèrement entêtante, elle la trouva plutôt agréable, bien loin de tout ce qu'elle connaissait, des odeurs de la ville, de la crasse et des déjections. Elle se saisit d'une feuille morte et l'écrasa dans sa main. Elle trouva ce contact soyeux, bien différent de tout ce qu'elle avait touché depuis sa petite enfance.

Elle commençait à se détendre lorsque la voix résonna de nouveau dans sa tête.

— Ils ont des chiens, tu dois t'éloigner davantage.

Elle sauta sur ses pieds et obéit, s'enfonçant encore plus profondément dans la forêt épaisse. Ici nul être humain ne venait jamais et la forêt sans paraître hostile, n'était guère faite pour s'y promener. Les obstacles, branches mortes, ronces épaisses, fougères coupantes étaient nombreux et s'y déplacer était plutôt difficile et l'obligeaient à faire de nombreux détours. Elle avait l'impression de ne pas avancer beaucoup et il lui sembla entendre les aboiements furieux de quelques molosses loin derrière elle. Mais ils étaient lointains et étouffés par l'épaisseur de la forêt.

Elle décida qu'il valait mieux ne prendre aucun risque et elle continua à avancer droit devant elle. Elle ne savait pas comment se diriger dans une forêt, elle n'en avait même jamais vu auparavant, mais elle possédait tout de même de nombreuses connaissances issues des livres qu'elle avait lus chez Aldrick. Elle connaissait le nom de chaque arbre, chaque plante, connaissait les baies comestibles, qu'elle s'empressait de dévorer rapidement pour calmer sa faim lorsqu'elles en croisaient, et celles empoisonnées ou qui la rendraient malade.

Elle se dirigeait un peu au hasard, mais aussi un peu en utilisant la mousse sur les arbres tout en espérant qu'elle ne tournerait pas en rond.

Après plusieurs heures de marche forcée et alors que le soleil était maintenant haut dans le ciel, elle s'arrêta un instant. La chaleur printanière prenait le pas sur l'humidité et il commençait à faire bon sous le feuillage des arbres. Elle-même commençait à sécher et à se sentir mieux. Elle était à l'abri et elle voulait comprendre ce qui venait de se passer, qu'elle était cette voix qui venait de la sauver et pourquoi ?

— Tu as libéré certaines âmes des catacombes dans lesquelles elles étaient enfermées, pour certaines depuis des millénaires, tu les as libérées inconsciemment lors de ton dernier passage. C'est toi qui les as rendues de plus en plus fortes à chaque fois que tu y passais jusqu'à ce moment où elles t'ont suivie dehors. Ce sont des âmes mauvaises pour la plupart, mais aussi des âmes enfermées là par des sorciers après des jugements de haute trahison ou simplement de lèse-majesté. Tu en as libéré une centaine, certaines continuent et continueront à errer dans la ville, moi je t'ai suivi. L'un d'entre nous a même réussi à prendre corps rapidement, rappelle-toi la main qui t'a saisi près de la sortie au niveau des ruines et pour te remercier, il a massacré tous tes poursuivants. C'est une âme folle, celle d'un tueur qui se régale du cœur de ses victimes et en arrache les yeux. Elle est dangereuse, mais sa reconnaissance envers toi n'a pas de limite. Je ne sais pas vraiment où il est, mais il te recherche pour se mettre à ton service. Moi je n'ai pu reprendre encore corps, car ton don est encore faible et il me faudra du temps, mais je suis libre maintenant et j'ai décidé de m'attacher à toi.

Shaïna ne réagit pas, les choses se mettaient en place dans sa tête et trouvaient des explications logiques, ou du moins qui pouvait lui sembler logique, aux derniers événements. Sa peur croissante dans les catacombes, les âmes qui voulaient prendre vie, tout ceci lui paraissait étrange et elle n'arrivait pas à réaliser si cette histoire était un bien ou un mal. Bien sûr une âme damnée avait massacré tous ses poursuivants, mais aurait été-elle capable de s'enfuir sans lui ?

La vie de ces enfants et gardes massacrés lui importait peu, ils étaient à sa recherche pour lui faire du mal, alors, tant pis pour eux.

Elle se demanda à quoi pouvait bien ressembler ce monstre assoiffé de sang, puis décida qu'elle n'était pas concernée. Si cette âme voulait la suivre et l'aider, grand bien lui fasse. Elle, elle se devait de découvrir une nouvelle vie. Elle se leva et reprit sa route, le présent importait bien plus que ses suppositions, elle avait toujours faim et il lui fallait avancer.

Elle mit dix jours avant de sortir de l'épaisse forêt. Elle avait réalisé qu'elle se rapprochait de la lisière lorsqu'elle croisa une communauté de charbonniers. Elle avait été attirée par l'odeur du bois brûlé et les avait trouvés, extrayant les morceaux de charbon d'un immense tas de terre. Cela l'avait intrigué, mais ces hommes semblaient frustes et plus enclins à la violence qu'à autre chose, alors elle s'était éloignée, s'effaçant de l'esprit des deux hommes qui l'avaient aperçue.

Elle avait survécu, mangeant des baies, des champignons et des racines crues et elle avait faim. Elle était habituée à avoir faim, elle en avait souffert toute sa vie et son estomac était rétréci, mais le régime de racines crues était compliqué à supporter, elle avait été malade plusieurs fois et se sentait faible. Les nuits avaient été pénibles, le froid et l'humidité tombant avec le soir sur ses épaules avant de s'insinuer au travers de ses vêtements, la faisant frissonner puis claquer des dents. En soi, le froid et l'humidité, elle y était habituée, elle savait que le soleil du matin viendrait la sécher et la réchauffer, alors elle s'imaginait allongée sous le soleil, ses rayons comme des caresses sur sa peau et la sensation de froid diminuaient un peu.

Son plus grand problème était les bêtes sauvages. Plusieurs fois une troupe de grands chiens qui n'aboyaient pas, mais poussaient des hurlements lugubres, était venue l'encercler. Mais elle avait vite compris qu'ils obéissaient tous à un couple dominant. Alors elle s'était effacée de l'esprit de ceux-ci comme elle aurait pu le faire avec un être humain et ils s'étaient éloignés à la recherche d'une autre proie. Le souci c'est qu'elle devait rester les sens en perpétuel éveil afin de se prémunir de toutes attaques-surprises. Elle ne dormait donc que par période de quelques minutes, l'esprit rongé par l'inquiétude et le corps perclus de courbatures liées à la fatigue, au froid et à l'humidité.

Lorsqu'elle sortit enfin de la forêt, se fut pour se retrouver devant un gros village entouré de remparts de bois. Tout autour, de nombreux champs sur lesquels du blé commençait à pousser, profitant du soleil printanier offraient un paysage rassurant. Elle hésita, ce paysage aussi bucolique soit-il, n'offrait aucune garantie pour sa sécurité et elle se demandait bien ce qu'elle devait faire.

— Et si tu m'accompagnais ? J'ai beaucoup de choses à t'apprendre.

Shaïna sursauta violemment et se tourna vers la vieille femme à la voix chevrotante qui venait de l'aborder. Encore une personne qu'elle n'avait pas entendue ni sentie venir, ses dons ne semblaient pas vouloir fonctionner sur tout le monde, pourquoi ?

Elle tenta de s'effacer de l'esprit de la vieille dame, mais en vain.

La vieillarde était toute petite, pas plus grande qu'elle et son visage parcheminé était couvert de vilaines taches marron. Ses cheveux blanc filasse étaient gras et sales et son nez crochu la faisait ressembler à une sorcière. Elle était vêtue d'une robe noire et maintenant qu'elle avait pris conscience de sa présence, elle réalisa qu'elle puait la mort.

— Tu ne peux pas rentrer dans ce village, des hommes t'y attendent : plus d'une dizaine, armés et violents.

La vieille dame sembla vaguement sourire.

— Et oui pour répondre à ta question muette, je suis une des âmes que tu as libérées, je fus condamnée pour sorcellerie noire par un roi voilà deux cents ans et brûlée vive, mon âme damnée par des mages obtus. J'ai pu reprendre corps il y a plus de deux nuits maintenant, je te suivais, ou plutôt t'attendais, espérant que tu débouches ici. Mais viens, je te le redis, accompagne-moi, tu connais toutes les plantes pour les avoir apprises dans un livre, je t'apprendrais à les utiliser, à en faire des potions, des infusions capables de guérir comme de tuer. Je ferai de toi, une guérisseuse et une faiseuse de morts.

Shaïna sentit son intérêt grandir. Elle adorait et connaissait toutes les plantes, savoir les utiliser pouvait être très utile, et puis cette femme revenue des morts lui offrait une perspective sur son futur intéressante. Sa décision fut rapidement prise, cette femme était la seule lui offrant un début d'avenir.

La vieille, sans plus un mot, comme certaine de son accord, la prit alors par la main et s'enfonça dans la forêt, la tenant fermement comme par peur de la perdre. Elle accepta ce contact, même s'il la répugnait, le temps de passer les premiers arbres avant de s'en libérer. Un nouveau monde s'ouvrait enfin devant elle avec pour la première fois quelques perspectives positives.

Douze ans

Shaïna cueillit d'une main la feuille d'une plante des sorcières avant de la jeter dans le panier. C'était un travail un peu fastidieux mais au combien rentable, les décoctions qu'elle en tirait se vendaient à prix d'or. Elle vivait depuis maintenant deux ans dans une petite cabane en bois au milieu d'une clairière. Il leur avait fallu près de trois mois pour arriver en ce lieu éloigné de tout, la vieille femme ne marchait ni vite ni longtemps. Il leur fallait se reposer souvent et se nourrir et, même si leur périple s'était déroulé pendant le printemps puis le début de l'été, les nuits étaient restées fraîches et humides et la vieille femme semblait souffrir beaucoup du froid. Il fallait donc faire un feu tous les soirs pour la réchauffer.

Elle lui avait appris à faire du feu en mélangeant plusieurs sortes plantes, puis en créant une étincelle avec deux cailloux. Le résultat était surprenant, l'étincelle générait une grande flamme qui perdurait de longues secondes avant de diminuer puis de s'éteindre.

Elle lui avait montré aussi la différence entre les racines ou les champignons qui apportaient de la force et ceux qui rendaient malade. Elle lui avait encore appris à faire une boisson à base de feuilles qui permettait d'effacer la fatigue ou qui rendait malade si on en changeait la concentration.

Shaïna retenait tout et commençait à percevoir la richesse et la force du monde végétal. Elle aimait apprendre, elle avait le sentiment que son esprit était comme un gouffre sans fond qui ne demandait qu'à être nourri de connaissances.

La cabane existait déjà lorsqu'elles y étaient arrivées, visiblement abandonnée, passablement délabrée et construite avec un toit en bois un peu pourri. Elle apprit plus tard que c'était la maison dans laquelle vivait la vieille dame avant de se faire arrêter. Elle était peu confortable, constituée d'une simple pièce avec une petite cheminée. L'eau pénétrait par le toit lors des fortes pluies, mais Shaïna avait connu bien pire, alors elle ne s'en plaignait pas.

La cabane se situait au sein d'une vaste clairière dans la forêt profonde. Les hivers y étaient rudes, la neige recouvrait tout d'une épaisse couche de neige et la petite cheminée avait bien du mal à les réchauffer. Tout autour, des plantes poussaient de façon anarchique et il avait fallu réorganiser ce jardin avant de pouvoir le gérer correctement. Mais une bonne partie des plantes et champignons qu'elles utilisaient venait également de la forêt, poussant sous certains arbres ou en l'absence de soleil. Il en était de même pour certaines racines rentrant dans les dizaines de préparations que la vieille dame lui enseignait.

Shaïna avait tout appris de la vieille durant ces deux années, elle savait maintenant faire toutes sortes de décoctions, de potions, savait à quel moment cueillir les fleurs, les pousses ou les feuilles pour en optimiser les effets, elle arrivait au bout de son apprentissage. Mais elle ne connaissait toujours pas le nom de la femme, peut-être n'en avait-elle simplement pas, ou qu'elle ne voulait pas le lui dire.

La vieille femme lui disait toujours qu'elle avait mis trente ans à tout apprendre et qu'elle ne comprenait pas comment elle avait pu retenir tout son savoir en à peine deux ans. Mais Shaïna se moquait un peu de ses explications. Pour elle, apprendre était facile et elle n'avait aucun effort à faire pour retenir et appliquer.

Elle avait vécu ces deux dernières années dans une sorte de cocon paisible. Elle avait trouvé cela presque étrange au début, elle, habituée à vivre dans la peur et l'angoisse. Mais cette paix, cette tranquillité lui avait permis de se concentrer encore davantage sur son apprentissage. La vie lui semblait calme et il lui arrivait presque de se sentir joyeuse. La vieille femme lui parlait peu mais lui avait fait comprendre que lui enseigner son art lui permettait de payer sa dette afin que son âme puisse être sauvée. Même si elle la considérait aussi comme une malédiction, ramener des âmes à la vie ainsi, ce n'était pas naturel. Shaïna s'en accommodait, de toute façon elle était persuadée que la vieille femme lui mentait et puis, peu lui importait ce que cette femme pensait d'elle, l'important résidait dans les connaissances qu'elle pouvait lui apporter et dans cette sécurité qu'elle lui offrait et dans laquelle elle se complaisait. C'était la première fois de sa vie qu'elle se sentait vraiment hors de tout danger et où ses craintes et ses angoisses ne la travaillaient plus, alors elle en appréciait tous les bienfaits.

Étrangement la voix du spectre qui l'avait sauvé n'était pas revenue. Comme si elle l'avait perdu et cela la soulageait plutôt. Toute cette histoire était troublante et angoissante, il lui était plus facile de se concentrer sur les différentes utilisations des breuvages qu'elle concoctait que d'essayer de comprendre ces facultés étranges qu'elle était visiblement la seule à posséder.

Ne voir personne lui convenait parfaitement, excepté Aldrick, les êtres humains s'étaient toujours mal comportés avec elle. Et encore, même lui avait fini par la trahir. Alors ne pas avoir de contact avec les hommes était plutôt un soulagement et elle ne s'en plaignait pas.

À aucun moment durant ces deux années elle n'avait regretté son ancienne vie et elle aurait bien aimé que cela perdure, mais elle avait aussi conscience que la vieille femme était sur le point de mourir. Elle lui avait expliqué que son âme ne serait pas emprisonnée cette fois-ci et qu'elle pourrait partir vers d'autres univers. Du moins c'était ce qu'elle disait. Elle, elle se demandait surtout ce qu'elle allait bien pouvoir faire maintenant. Elle allait avoir douze ans et avait bien grandi, elle ne pourrait plus se faufiler dans ces trous étroits qui lui servaient de cachettes autrefois. Sa poitrine commençait à pousser un peu et des poils inopportuns apparaissaient sur son intimité. Elle devenait femme même si elle savait au fond d'elle-même que jamais elle ne serait féconde. Jamais elle ne subirait les saignements menstruels tant mis en valeur par les prêtres d'Enki. Son enveloppe extérieure serait peut-être celle d'une femme, pas son corps. Ses connaissances d'elle-même étaient comme des évidences qu'elle acceptait presque tranquillement. Elle ne serait jamais femme… Et alors, quelle importance ? De toute manière, il n'était pas question de se retrouver sous la coupe d'un mari, d'ailleurs elle ne s'imaginait même pas vivre une relation quelconque. La solitude était l'expression de son existence.

De nouveau sa vie arrivait à un croisement, que devait-elle faire ? La vieille femme lui avait dit de partir vers le sud, très loin, là où personne n'avait jamais entendu parler du « fantôme » qui avait délivré les âmes maudites et fait tant de morts. Cela voulait dire reprendre la route, retrouver une civilisation avec ses gens si dangereux et parfois tellement haineux. Elle retrouverait les angoisses et les peurs de son enfance et cette perspective n'était pas des plus agréables.

Elle se redressa son panier rempli de feuilles, elle devait rentrer les faire bouillir avec un peu d'eau jusqu'à obtenir une gelée épaisse. La vieille femme en ferait des décoctions et irait ensuite les vendre ou les échanger sur le marché du bourg. Les gens venaient de loin pour ses potions, mais Shaïna n'avait pas le droit de l'accompagner, ils étaient encore trop près de la capitale, des soldats et des gardes passaient régulièrement et elle était toujours recherchée.

Tout le monde la croyait coupable du massacre perpétré lors de son départ, et ils n'avaient pas complètement tort. On la tenait également responsable de l'apparition des âmes qui parfois prenaient corps et commettaient tout une série de meurtres avant d'être tuées de nouveau par des mages et des soldats puis renvoyée dans les catacombes. Quelque part, là aussi ils avaient raison, mais ce n'était pas vraiment de sa faute et le fait d'être traitée de sorcière la dérangeait beaucoup. Sa tête était mise à prix, les mages et les prêtres voulaient la brûler vive et envoyer son âme en enfer, perspective effrayante. Alors elle était coincée là, dans cette forêt et même si les plantes la passionnaient, elle commençait à trouver le temps long, cela faisait six mois que la vieille femme ne lui avait rien appris de nouveau. Il lui fallait prendre des décisions, quitter ce cocon protecteur dans lequel elle était enfermée et prendre son envol.

Elle comprit que quelque chose n'allait pas dès qu'elle approcha de la cabane. La vie n'était plus là, la vieille femme était partie, morte. Shaïna espéra de tout cœur qu'elle ait trouvé la paix, c'était une femme douce et bonne malgré tout, condamnée à l'horreur d'une manière inique et partiale. Combien d'autres âmes devaient souffrir ainsi la torture d'une condamnation à errer, perdues, dans ce monde pour des crimes qu'elles n'avaient pas commis. Elle se posa la question un instant, en même temps le contact avec une âme déjà morte pouvait être déstabilisant voir parfois horrible, elle ne se souvenait que trop bien des catacombes.

Elle se décida : elle partirait au sud. Elle laissa tomber son panier devenu inutile, récupéra ses maigres affaires, un gros sac de graines, son or et s'éloigna sans un regard derrière elle.

Treize ans

Shaïna observait avec attention la ville tentaculaire devant elle. Quelque part, elle lui faisait penser à celle de son enfance. Un rempart l'entourait sur des kilomètres, un peu comme l'aurait fait une mère avec son enfant, avec en son intérieur un entrelacs de maisons, de rues plus ou moins grandes, longues et étroites. Comme dans sa ville natale, le centre de la ville était occupé par les plus belles maisons, le temple et le château. La vraie différence se situait dans l'architecture, ici les maisons avaient le toit plat et étaient de couleur ocre. Comme chez elle, la ville était accessible par des routes menant à des portes, défendues par des herses et des gardes armés de lances et d'épées. Aucune différence là non plus si ce n'était les armures ou l'acier semblaient n'avoir qu'une présence parcellaire contrairement à ses souvenirs d'enfance où les soldats étaient couverts d'acier.

Elle observait tout cela du haut d'une colline surplombant la ville à quelques centaines de mètres. Elle soupira. Que devait-elle faire ? Elle ne se voyait pas retourner vivre en ville, elle ne souhaitait pas recommencer à voler et son handicap rendait les contacts difficiles.

— Moi je peux t'aider.

Elle sursauta violemment, plongée dans ses doutes et pensées, elle n'avait pas entendu les deux hommes approcher.

Le souvenir de ses peurs passées la fit réagir instinctivement, il fallait fuir. Elle jeta un coup d'œil aux deux hommes se tenant sur sa droite avec l'idée de s'effacer et se figea.

L'un d'entre eux était simplement énorme, il devait faire au moins deux fois sa taille et était tellement épais et large qu'elle aurait pu se cacher derrière lui. Une épée démesurée dépassait de son dos et deux autres, plus courtes, mais très larges, étaient accrochées à sa ceinture. Ses yeux semblaient vides, dépourvus de toute humanité et son visage un peu rougeaud était barré par une large et très vilaine cicatrice lui ayant arraché une partie du nez. Il était laid, son front plat et sa mâchoire carrée proéminente renforçaient l'impression de violence extrême et de complète absence d'empathie qui émanaient de lui. C'était visiblement une brute cruelle et elle sut, sans même avoir besoin d'y réfléchir, qu'elle se trouvait devant l'homme qui avait massacré, éviscéré puis arraché les yeux des gardes et des enfants dans son ancienne ville. La peur lui serra le ventre, elle le savait sans pitié ni conscience et elle n'était visiblement pas capable de s'effacer de l'esprit des revenants. Ses chances de survie ou de résistance contre lui étaient juste inexistantes.

Le deuxième homme était, lui, fin, presque longiligne en comparaison à la brute l'accompagnant. Son visage ovale était doux et ses yeux violets semblaient comme envahis d'une lumière étrange. Cet homme était différent, mais même si l'intelligence brillait dans son regard on pouvait ressentir quelque chose de perverti en lui. Cet homme était perdu et certainement dangereux.

Shaïna ne chercha pas à s'échapper ni ne tenta de s'effacer à nouveau malgré la terreur qu'elle ressentait, cela n'aurait servi à rien. Elle savait qui ils étaient. La brute était vraiment effrayante et puis qu'aurait-elle pu faire contre lui, elle n'était qu'une jeune adolescente, il pouvait la rattraper en quelques pas et elle ne le souhaitait pas. L'autre était celui qui l'avait poussée à s'enfuir dans la forêt, elle avait reconnu sa voix un peu froide et comme dénuée de tout sentiment. Mais que faisaient-ils là ?

Dans une autre vie ces hommes avaient certainement été des monstres, des assassins, pourquoi voudraient-ils l'aider ?

— Nous avons eu du mal à te retrouver, la vieille femme avait posé un filtre autour de toi et tu étais devenue invisible.

Voilà qui expliquait bien des choses. Shaïna l'écoutait parler se demandant où il voulait en venir.

— Comprends-nous, pour que nos âmes puissent enfin trouver la paix, elles doivent se mettre à ton service, sinon une fois ce nouveau corps mort, nous retournons de là où nous venons. Les autres l'ont appris à leurs dépens. Alors nous te recherchons depuis deux ans, pour ne pas retourner dans les catacombes une fois notre nouvelle vie détruite. Nous voulons enfin trouver la paix.

Shaïna comprenait ce que l'homme voulait dire, mais ne voyait pas trop leur utilité, en quoi pourraient-ils l'aider et puis elle n'avait pas envie d'avoir des gens autour d'elle, même revenus des morts. Toute sa vie elle avait été seule, jamais elle n'avait créé de liens sociaux, même sa relation avec Aldrick ou la vieille femme était basée sur l'apprentissage plus que sur la relation humaine, alors elle se voyait mal s'encombrer de ces deux-là.

— Je pourrais être ta voix et Turgich ici présent te protéger de ceux qui te voudraient du mal.

Shaïna secoua la tête, c'est vrai qu'une fille seule, muette et avec tant de pièces d'or pouvait devenir une proie facile. Elle finit par opiner du chef en signe d'acquiescement, peut-être aussi parce qu'au fond d'elle-même elle se sentait responsable d'eux, mais cela ne lui disait toujours pas ce qu'elle devait faire.

— La ville que tu observes se nomme Nippur et son dieu Elil. Il est encore plus cruel que celui que tu as connu à Eridu ta ville natale. Moi je te suggère d'acquérir une maison assez loin de la ville avec un grand terrain où tu pourras planter des herbes pour ensuite les vendre sur le marché, ainsi tu t'intégreras petit à petit dans la société, tant soit est que cela te soit possible bien sûr.

Shaïna ne releva pas l'ironie et se contenta de hocher la tête. L'idée lui semblait excellente, elle avait conservé un grand paquet de graines de nombreuses espèces et l'idée de les faire pousser et d'en tirer profit lui plaisait. Elle était persuadée que la vieille femme en aurait été ravie. Elle se pencha et se saisit d'un peu de terre qu'elle laissa filer entre ses doigts. La terre était un peu sèche mais suffisamment riche pour ce qu'elle voulait faire.

— Nous avons trouvé une vieille ferme abandonnée et à vendre pas très loin d'ici. Placée dans un étroit vallon boisé à côté d'un petit ruisseau provenant d'une source, la propriété comprend aussi une forêt ainsi qu'une colline bien ensoleillée. Cet endroit est vraiment paradisiaque, mais personne n'en veut car il est hanté, mais cela ne te dérange pas, je pense.

Shaïna se demanda un instant si le revenant se moquait d'elle mais elle acquiesça, c'était une bonne idée.

— Il t'en coûtera dix pièces d'or, une bagatelle.

Dix pièces cela paraissait ridicule pour un tel endroit.

— Mais comme je t'ai dit, la maison est hantée, personne n'en veut.

Shaïna prit dix pièces d'or dissimulées dans sa ceinture et les tendit à l'homme qui s'inclina respectueusement devant elle.

— Et moi je me nomme Almaric et nous sommes maintenant à ton service. Suis-nous.

Au fond d'elle-même Shaïna se dit qu'elle avait bien fait d'accepter leur service. Elle n'avait plus peur maintenant mais se sentait au contraire en sécurité auprès de ces deux hommes.

La maison en question était plus une ruine qu'autre chose, mais elle ne s'en inquiéta pas, elle savait parfaitement comment réparer une maison, aussi bien la maçonnerie que la toiture, elle avait vu les artisans faire dans son enfance et elle n'avait rien oublié de leurs gestes. Elle allait pouvoir se servir de la puissance de Turgich pour ces travaux de force. Il l'utiliserait pour autre chose que tuer, cela lui changerait.

Le vallon était vraiment agréable, boisé et traversé par un ruisseau à l'eau pure et fraîche, il laissait à l'âme un sentiment presque bucolique. C'était un endroit où il ferait bon vivre.

La maison se trouvait tout au fond, adossé à la paroi en pierre d'une colline abrupte notifiant la fin de la vallée et également de la propriété. Le ruisseau y plongeait sous terre entre deux roches et disparaissait sous la colline. Cet endroit lui semblait vraiment merveilleux à ses yeux. En tout cas, il était de loin le plus paisible et agréable qu'elle ait jamais vu.

La présence de fantômes supposés la gênait plus, mais elle se décida tout de même à rentrer, après quelques hésitations, dans cette maison qui maintenant lui appartenait.

Almaric lui avait expliqué qu'un drame s'y était produit, un homme avait tué sa femme et sa fille avant de se suicider. Elle pénétra dans la ruine se demandant bien ce qu'elle allait y trouver.

Une âme y errait, remplie de souffrances et de remords, la femme, Shaïna comprit aussitôt qu'elle se reprochait le drame passé et qu'elle ne pouvait trouver le repos.

À leur entrée, l'âme perdue se dirigea droit vers elle. Elle avait perçu en Shaïna la voie de son salut et Shaïna sentit des doigts glacés se poser sur son bras. Elle arriva à contenir sa peur et l'être prit vie doucement devant elle. En tout premier apparut un cadavre à moitié décomposé et Shaïna faillit la repousser en hurlant, mais elle se souvint de ce qui s'était passé dans les catacombes et résista autant qu'elle le put. Les chairs de la femme se raffermirent et une belle femme d'une trentaine d'années apparut. Les doigts sur son bras se réchauffèrent et la femme respira brutalement, comme semblant sortir d'un cauchemar. Elle lâcha son bras et tomba à genoux devant elle. Elle lui parla dans une langue qu'elle ne comprit pas, mais qu'Almaric lui traduisit au fur et à mesure.

— Merci, merci, merci maîtresse, vous m'avez laissé revivre afin de me permettre de vous dédier ma vie. Je vais pouvoir un jour rejoindre mon enfant. Merci, merci.

La femme se saisit de sa main et l'embrassa.

Shaïna était très gênée, ne sachant comment réagir devant cette femme qui lui offrait ainsi sa nouvelle vie. Elle la repoussa doucement, ils étaient quatre maintenant, il leur fallait se mettre au travail.

La remise en état de la maison se passa comme elle se l'était imaginé, elle donnait les directives, dessinant les plans et commandant par signes. Ses deux compagnons obéissaient tandis que la femme qui se prénommait Pietra se chargeait de l'intendance et des repas.

C'était la première fois de sa vie que Shaïna vivait une vie de communauté ainsi, mais elle s'y fit plutôt rapidement. Les deux hommes étaient certes un peu bruyants, mais ne l'importunaient pas tant que ça. La femme était, elle, discrète et reconnaissante et Shaïna trouvait cela plutôt même agréable. Pour elle, la présence d'une femme douce et gentille était apaisante, elle qui n'avait connu que sa marâtre et la vieille femme, elle découvrait une forme de douceur réconfortante qui la mettait un peu mal à l'aise mais dont elle n'en appréciait pas moins les effets.

Avec son aide, elle entreprit de labourer puis de planter ses graines ramenées de son voyage sur la colline attenante à la propriété.

Cette colline se situait à l'entrée de la propriété, là où naissait le ruisseau qui jaillissait de terre près des premiers arbres pour ensuite suivre son chemin au travers de la petite forêt. Elle était douce et arrondie contrairement à celle accolée la maison. Dépourvu d'arbres, le soleil tapait fort sur un sol à la terre riche même si un peu sèche, parfaite pour les plantes que Shaïna désirait planter.

Ensuite il n'y eut plus qu'à attendre que la nature fasse son œuvre. Shaïna en profita pour explorer la forêt à la recherche de plantes et de racines. Elle savait où et comment les trouver, les champignons étaient plus rares, souffrant d'un manque d'humidité mais ceux qu'elle dénicha la satisfirent pleinement. Quant aux racines, elles étaient nombreuses et comestibles. Cet endroit était, pour elle, un petit paradis et un semblant d'espoir naquit en elle.

Allait-elle avoir enfin une vie paisible ?

La cohabitation avec les âmes revenues se passait correctement dans ses concepts, c'est-à-dire qu'elle s'isolait le plus souvent possible, dormant souvent dehors et ne partageant avec eux que les moments de repas. Ce pays était d'un climat sec et chaud, alors dormir en extérieur n'était pas un problème et lui évitait ainsi toute forme de promiscuité. Ce n'est pas qu'elle ne les appréciait pas, mais la solitude était la mère de sa vie et entendre des gens rire et parler était trop déstabilisant pour elle.

Un jour, comme elle s'ennuyait un peu, elle prit une décision et s'approcha de Turgich qui était, comme souvent, debout, immobile sous le soleil, le regard vide. Elle n'osait pas lui demander quel était son passé, il était tellement impressionnant. Elle se planta devant lui et lui dit par signes.

— Apprends-moi l'art de l'épée.

Les yeux vides de l'homme semblèrent prendre vie et il l'observa longuement, puis sans un mot se dirigea vers un tas de bois. Il se saisit de deux bâtons de taille égale et presque aussi grands qu'elle puis lui en tendit un, la leçon commençait.

Pour Shaïna ce fut la découverte d'un autre soi. Bien sûr elle comprenait et retenait tout, les équilibres, les mouvements, leurs coordinations, mais encore fallait-il que son corps se plie à ses demandes, et c'était loin d'être le cas. Elle était maigre, presque famélique et l'effort physique intense était difficile, la laissant souvent épuisée, percluse de courbatures et de bleus.

Turgich semblait indifférent à ses douleurs et fatigues, la poussant sans aucun ménagement dans ses moindres retranchements et bien des fois elle finit l'entraînement luttant contre elle-même, refusant de céder, mais à bout de force. Puis son corps finit par s'habituer et à se transformer, doucement au début, plus facilement et rapidement par la suite. Bien sûr, elle ne pouvait ni ne pourrait jamais utiliser une épée comme celle de Turgich. D'ailleurs, elle ne pouvait même pas la soulever. Mais après quelques mois d'entraînements intensifs, elle devint excellente dans le maniement du bâton et Turgich finit par lui sculpter une épée en bois longue d'un mètre, fine et légèrement courbée. Le bois était dur et ne risquait pas de se briser. Il la lui tendit et, pour la première fois, esquissa un sourire sur son visage de brute.

L'entraînement continua et Shaïna apprit à maîtriser son corps, elle était souple et rapide et prenait un plaisir intense à pouvoir contrôler ses muscles et articulations, les poussant dans leurs retranchements avec une sorte de délectation. De travailler et maîtriser ainsi son corps lui donnait le sentiment d'être en vie et son souffle s'étant développé, elle appréciait encore plus la subtilité des odeurs que lui offrait la nature et elle adorait ça.

Un soir alors qu'il se tenait près du feu, elle s'assit à ses côtés et lui demanda dans ce langage des signes qu'elle maîtrisait et qu'il comprenait :

— Qui es-tu ?

Il lui répondit de la même façon :

— Soldat, assassin, bourreau, il y a très longtemps, mille ans peut-être ? J'ai tué beaucoup trop et mon âme ne peux trouver de repos.

Elle soupira, elle se sentait désolée pour lui, mais peut-être avait-il mérité sa malédiction.

Pendant cette période, Almaric décida de lui enseigner la langue du pays qu'il connaissait parfaitement. Lui n'avait tué personne pour être maudit, mais avait tenté de pratiquer, sans réels succès de plus est, des arts noirs et avait été condamné par des mages à la damnation éternelle. Pour lui aussi sa condamnation remontait à loin, quatre cents ans, disait-il.

Shaïna apprit rapidement la langue du pays, elle sut la comprendre et l'écrire en moins d'un mois, ce qui lui permit de pouvoir communiquer plus facilement avec Pietra, la jeune femme qu'elle avait ramenée à la vie, ou du moins de la comprendre. Jusqu'alors elle avait dû passer par Almaric pour lui parler, celle-ci ne comprenant rien à la langue des signes et ne sachant ni lire ni écrire. Au moins maintenant la comprenait-elle.

Le reste du temps Almaric disparaissait, il ne disait jamais où, prenait un air mystérieux et sombre avant de s'éloigner. Shaïna espérait qu'il n'avait pas entrepris de reprendre des expériences dans les arts sombres.

L'histoire de Pietra était plus triste et plus banale. Mariée de force à un homme violent en proie à de soudaines crises de jalousie, elle avait vécu un enfer, qui ne s'était pas apaisé après la naissance de son enfant. Son mari avait fini, alors qu'il était sous l'emprise de l'alcool, par les tuer tous les deux à coups de bâton avant de se planter un couteau dans le cœur. Elle s'était « réveillée » dans sa maison seule, errant à la recherche de son enfant, incapable de sortir de sa maison de crainte de s'égarer et de perdre son fils à jamais. Elle se sentait coupable, son âme pensant que tout était de sa faute, elle n'avait pas été une assez bonne épouse ni une bonne mère.

Le drame s'était déroulé il y a cinquante ans et depuis elle errait, désespérée. La renaissance que lui avait offerte Shaïna lui avait ouvert les yeux et depuis elle comprenait qu'elle n'était en rien responsable du drame. Alors elle s'épanouissait, riant souvent ou prenant Shaïna dans ses bras, ce qui la perturbait beaucoup, elle qui n'avait connu aucune marque d'affection durant toute sa vie. Mais elle n'osait pas lui en faire la remarque, se contentant de se raidir et d'attendre que la femme veuille bien relâcher son étreinte.

Durant ces mois d'apprentissage martial, Almaric se fit de plus en plus absent. Il partait le soir pour revenir au petit matin, le visage livide et les mots franchissant difficilement ses lèvres, comme à la recherche de leur compréhension. Puis, il s'isolait dans la petite vallée près du ruisseau avec de nombreux livres qu'il était parti acheter en ville, avant de finir par s'endormir, épuisé.

Un soir Shaïna se décida à le suivre, il longea la vallée jusqu'à une forêt de pins parasols et s'immobilisa sur une immense pierre plate qui semblait comme avoir été posée là par quelque dieu. Il sortit de son sac un charbon de bois et se mit à dessiner frénétiquement sur la pierre.

Shaïna s'approcha jusqu'à se tenir debout sur la pierre à la limite de son dessin et l'observa. Il semblait habité, se parlant à lui-même, obsédé par sa tâche au point de ne même pas s'apercevoir de sa présence. Ce n'est que lorsqu'il se redressa, le sourire aux lèvres qu'il la remarqua. Il sursauta violemment et parut paniqué comme un enfant pris en faute.

Shaïna avait compris ce qu'il cherchait à faire, il voulait invoquer un esprit, elle observa son dessin à la lumière de la lune et en perçut immédiatement les erreurs. Ici, il avait fait une courbe au lieu d'une virgule et la, un trait au lieu d'une vague. Elle s'approcha se saisit du morceau de charbon qu'il avait laissé sur le sol et entreprit de corriger ses erreurs. Comment savait-elle cela ? Elle l'ignorait, mais pour elle, c'était évident, le dessin s'affichait dans sa tête avec la même facilité que lorsqu'elle s'était effacée la première fois.

Le centre du dessin se mit à fumer et une femme d'une grande beauté y apparut, elle sembla perdue, ne comprenant visiblement pas ce qu'elle faisait là.

— Blanche mon amour.

Almaric s'était jeté à genoux devant la femme, les bras tendus vers elle, l'air extatique et béa.

— Tu ne fais plus partie de mon cœur.

La réponse était sèche presque méprisante, puis la femme et le dessin sur le sol disparurent, attirés vers le néant, laissant Almaric seul, les bras tendus, inutiles.

Il s'effondra en pleurant sur le sol, gémissant entre deux sanglots.

— Pardon, pardon !

Shaïna l'observa, mais elle ne ressentait rien, c'était une histoire entre lui et cette femme, sa femme probablement. Pour qu'elle l'ait ôté ainsi de son cœur, c'est qu'elle s'estimait trahie, et il n'était pas difficile de comprendre pourquoi. Il avait choisi les arts noirs et avait été condamné pour ça. Sa femme avait probablement été mise à mort elle aussi, ainsi que ses enfants, s'ils en possédaient et elle ne lui pardonnait pas. Et à juste titre.

Elle fit demi-tour et s'apprêtait à prendre le chemin de retour, lorsqu'il se saisit de son bras pour la faire se retourner.

Pour Shaïna ce contact était une horreur, à part sa marâtre qui la frappait, la main d'Aldrick sur sa joue et Pietra qui parfois se saisissait d'elle en riant, personne ne l'avait jamais touchée. Elle frappa d'un coup sec la main qui retenait son bras et gifla le visage d'Almaric dans la foulée. Elle se recula haletante et tremblante, réalisant que si elle avait été armée, elle aurait pu le tuer.

— Excuse-moi Shaïna, je suis désolé.

Elle sentit la pression retombée et hocha la tête.

— Bien sûr, tu es un mystère pour nous tous, mais comment as-tu su finir mon dessin, c'est un art complexe et interdit que personne ne t'a jamais enseigné.

Shaïna haussa les épaules, elle n'en savait rien elle-même, alors qu'aurait-elle pu répondre. Elle se contenta de se retourner et de reprendre le chemin de retour, indifférente à ses suppliques et à ses questions.

Ils ne parlèrent plus jamais de cette nuit-là, mais Shaïna, lors de ses nombreux moments de solitude, commença à dessiner des petits dessins à même le sol, bientôt elle fit un rapport entre ce qu'elle dessinait et les concoctions qu'elle préparait. Certains dessins les rendaient plus efficaces ou plus mortelles, d'autres en transformaient les effets. Elle faisait tout ça d'instinct, comme si elle savait déjà et ne faisait que se remémorer. Elle eut bientôt à sa disposition toutes formes de breuvages dont elle n'aurait jamais soupçonné les possibilités. La plupart de ces potions étaient faites pour guérir, mais pas toutes.

Une nuit, alors que les étoiles étaient particulièrement brillantes, elle entreprit de dessiner avec ses bras tendus vers le ciel un dessin dont elle ignorait tout. Le créant de manière instinctive, sans réaliser ni comprendre ce qu'elle faisait, l'idée lui était venue comme une nécessité. Un trou noir sans étoiles apparut alors, grand comme une assiette et semblant apparaître du néant. Shaïna sentit quelque chose derrière ce trou, quelque chose qui aurait bien aimé pouvoir se faufiler dans le monde mais dont l'étroitesse du trou ne lui en laissait pas l'occasion.

Shaïna décida qu'elle n'était pas prête et referma le trou tout simplement. Elle resta pensive de nombreuses journées, qu'était cette chose qu'elle avait ressentie. Il était maléfique, mais ne lui faisait pas peur, pourquoi ?

La ville l'attirait un peu, comme un objet de tentation un peu lointain. Mais quelque chose la retenait. Elle ne savait pas vraiment quoi, la peur de revivre son passé peut-être, ou celle de rencontrer d'autres âmes perdues et de revivre l'horreur des catacombes. Ou le fait de replonger dans la foule, de ressentir toutes ces pensées pour la plupart malsaines.

Un matin elle se décida, elle venait d'avoir treize ans, les plantes avaient poussé et les deux femmes en avaient cueilli une grande quantité. Shaïna avait concocté toutes sortes de potions, renforcées par la magie noire et dont la plus grande partie était destinée à guérir. Il fallait les vendre maintenant, leur trouver une utilité.

Almaric s'était chargé de louer une petite boutique à l'entrée de la ville. Alors, accompagnée de ses trois compagnons, elle se prépara à franchir les portes de la ville.

La jeune femme qui franchit les portes de la ville n'avait plus rien à voir avec l'enfant apeuré qui s'était enfui de sa ville natale. Elle se sentait sûre d'elle-même, elle avait grandi et présentait un corps mince, souple et musclé, mais aussi un corps dont la féminité était devenue présente. Sa poitrine avait poussé et ses lèvres étaient devenues plus charnues, elle ne pouvait plus masquer son côté féminin même si elle continuait à s'habiller en garçon et à se tresser ses cheveux à la mode soldat. Elle n'avait rien à voir avec l'enfant malingre et craintive qu'elle avait été. À l'intérieur le changement était encore plus important. Elle se sentait capable de s'effacer de l'esprit de dizaines d'hommes en même temps, ses connaissances en plantes et en art noir, la rendaient encore plus différente des autres enfants de son âge. D'ailleurs, elle ne ressentait rien à leur égard, ni haine, ni dégoût, ni jalousie, juste de l'indifférence. En réalité ce monde lui importait peu, elle se battait pour y survivre c'est tout.

En franchissant les portes de la ville, elle s'était raidie, elle avait peur de voir des âmes virevolter dans tous les sens et se précipiter vers elle. Mais nulle âme perdue n'était présente, elle sentait bien des tensions en elle, mais elles étaient lointaines ou bien dissimulées, et elle put se détendre un peu.

La place où se trouvait la petite boutique était étroite et écrasée par le soleil, alors que l'échoppe était, à l'opposé, très sombre mais aussi très poussiéreuse. La petite place était adjacente à celle devant les portes du château, immense, grouillante, encombrée avec des dizaines voire des centaines de personnes se croisant, se bousculant comme dans les souvenirs de sa ville natale. Il n'y avait guère de différence, si ce n'était le soleil écrasant et les tenues adaptées aux fortes températures.

Shaïna se sentait toutefois mal à l'aise. Avant, elle savait simplement si la pensée des gens était tournée vers elle, là, elle en comprenait également un peu le sens. La plupart des hommes qui la remarquaient avaient des pensées salasses à son égard. Des pensées où le sexe était souvent omniprésent. Elle trouvait ça écœurant et s'était déjà effacée à de nombreuses reprises pour éviter de voir apparaître dans son esprit ces pensées dégoûtantes. Quant aux femmes, la plupart du temps, les pensées exprimées voyageaient entre le dégoût et la réprobation de voir ainsi une jeune femme habillée en garçon.

Shaïna se réfugia à l'intérieur de la boutique, tout son être tremblait intérieurement. Elle retrouvait ses anciennes sensations peuplées de craintes et d'envie de fuites. Elle n'arrivait pas à se calmer et ne retrouva qu'un peu de contenance que lorsque Pietra l'interpella.

— Shaïna, pourrais-tu venir s'il te plaît ?

Avant même de sortir de la boutique, Shaïna sut ce qui l'attendait. Une femme, dubitative et méfiante, accompagnée d'une petite fille malade de quatre ans. La fillette toussait depuis plusieurs jours et n'arrivait pas à guérir. Son état allait bientôt devenir critique, son corps n'arrivant plus à lutter. La maladie était en train de gagner, ses poumons étaient remplis de liquide et la pauvre enfant s'affaiblissait, respirant avec grande difficulté.

Elle prit deux flacons posés sur la table et sortit à la rencontre de Pietra et de la femme. Après un instant d'hésitation, elle leur fit signe de rentrer dans la petite boutique, ce que la femme fit en hésitant, partagée entre son désir de tout tenter pour sauver son enfant et la peur de se faire escroquer.

Shaïna s'adressa alors à Almaric dans la langue des signes.

— Cette enfant est très malade mais je peux la soigner, la femme est-elle d'accord pour que je sauve sa fille ?

Pietra se mit à parler à l'oreille de la femme afin que l'enfant prise d'une nouvelle quinte de toux ne l'entende pas.

— Elle demande combien cela va lui coûter.

Shaïna hésita un court instant, elle n'avait pas pensé à ça.

Ses doigts bougèrent à toute allure et Pietra la regarda les yeux grands ouverts pour bien lui faire comprendre qu'elle ne comprenait rien.

Shaïna s'agaça et c'est Almaric qui vint à son secours.

— Shaïna dit que la femme ne payera que lorsque l'enfant sera guérie et que le prix sera celui qu'elle estime en rapport avec la vie de sa fille.

La femme, d'une cinquantaine d'années, grasse plus que forte, regarda sa fille qui continuait à tousser sans s'arrêter puis obtempéra de la tête.

Shaïna saisit l'enfant par la taille et la fit s'allonger sur la table. Elle posa ses mains sur sa poitrine et entreprit de dessiner toute une série de courbes sur sa robe avec ses pouces. Elle ne savait pas vraiment ce qu'elle faisait, mais elle savait que c'était la bonne technique de magie à utiliser. Des connaissances semblaient revenir de sa mémoire profonde et s'imposaient à elle comme une évidence. Elle n'avait pas appris tous ces gestes, mais maintenant qu'elle les utilisait sur l'enfant, elle réalisait qu'elle les connaissait de façon consciente, un peu comme si ces connaissances étaient déjà en elle et ne demandaient qu'à revenir de souvenirs lointains. Elle s'arrêta, ses ongles étaient devenus rouges comme gorgés de sang, mais elle ne comprit pas pourquoi. Elle se saisit du premier flacon et fit signe à l'enfant de tout boire d'un coup. L'enfant obéit sans hésiter et lui sourit gentiment. Sa toux cessa immédiatement et l'enfant respira profondément. La femme bouscula presque Shaïna pour prendre sa fille dans les bras. Elle posa la main sur sa robe, là où Shaïna avait dessiné sa magie avec ses pouces, magie que certains auraient qualifiée de noire.

— Elle ne tousse plus, c'est miraculeux !

L'enfant se mit à rire et s'échappa des bras de sa mère pour se précipiter vers Shaïna. Celle-ci fit rapidement le tour de la table pour éviter tout contact avec l'enfant et tendit le deuxième flacon à la femme. Elle demanda à Almaric par signe de lui faire comprendre que le deuxième flacon devait être bu avant de dormir. Puis, indifférente à ce que la femme pouvait penser, elle s'enfuit de la boutique en courant. Elle n'en pouvait plus, tout cela était trop pour elle. Elle franchit les portes de la ville sans tenir compte des gardes qui lui jetèrent un regard surpris et ne s'arrêta qu'à la vue du petit ruisseau menant à la maison.

Elle était bouleversée, elle venait de sauver une vie, elle qui avait passé son existence à voler, à mendier et même à tuer, elle venait de sauver une vie, celle d'un enfant de surcroît. Puis elle eut l'impression que ce qu'elle venait de faire était en décalage avec sa nature propre, comme si sauver une vie était une sorte d'hérésie, l'opposé de ce qu'elle était. Elle eut soudain envie de vomir et dut s'arrêter, s'appuyant sur un arbre pour se vider de toute sa bile, les jambes flageolantes.

Le monde autour d'elle devint sombre, trop sombre et elle finit par se retrouver plongée dans une nuit complète. Elle savait inconsciemment où elle se trouvait, à l'endroit même où ses mains avaient créé une sorte de trou dans l'espace, mais à l'intérieur, de l'autre côté.

Une voix terrible, pleine de colère et de hargne lui déchira l'esprit.

— Tu n'as ricn à faire ici, va-t'en !

Elle reprit conscience dans le monde réel et respira lentement. Elle ne comprenait pas ce qui venait de se passer, mais elle réalisa qu'elle s'était mise en grand danger : et si elle n'avait pas pu revenir ?

Elle marcha tête basse presque titubant jusqu'à la maison et s'effondra sur le palier. Sa tête tournait et l'envie de vomir était toujours là. Une voix, la même voix que dans le gouffre noir, mais plus calme sembla résonner dans sa tête.

— Il y a toujours un prix.

Elle réalisa que la voix était plutôt féminine même si elle semblait transporter une sorte de douleur qui résonnait péniblement dans son esprit.

***

Shaïna se réveilla allongée sur sa paillasse. Elle ne se souvenait pas d'y avoir été déposée, mais elle se sentait calme et reposée. Pietra préparait à manger en chantonnant, Elle semblait heureuse et Shaïna s'approcha d'elle doucement. Elle ne voulait pas arrêter ce moment de grâce, mais Pietra l'entendit malgré tout approcher et se tourna vers elle en souriant.

— Bonjour Shaïna, bien dormi ?

Shaïna lui fit signe que oui, elle avait faim et avait envie de s'entraîner à l'épée afin de se défouler et d'oublier ce qui lui était arrivé.

— Tu as dormi vingt-quatre heures, mais le miracle que tu as accompli a déjà fait le tour de la ville, tu as six personnes qui t'attendent à l'extérieur, trois jeunes accompagnés de leur mère.

Shaïna se sentit devenir blême, sa dernière expérience avait été traumatisante, et ceux pour une seule enfant, alors trois ?

Elle prit son courage à deux mains et sortit, l'angoisse lui serrant la gorge.

Il faisait beau et chaud, comme toujours, mais la petite maison située dans le vallon était protégée du soleil par des pins et le ruisseau coulant à ses pieds, rafraîchissait agréablement l'atmosphère.

Effectivement six personnes attendaient, assises sur un banc posé là à leur intention. Shaïna perçut immédiatement les pensées tournées vers elle, entre l'espoir, la reconnaissance et le dégoût. Elles la considéraient comme une sorcière, mais désiraient avant tout sauver leur enfant, quel qu'en soit le prix. Elle entrevit aussi les pathologies et les souffrances des enfants. L'un était couvert de plaies purulentes, le deuxième était fiévreux et le troisième après avoir eu la jambe cassée avec une plaie ouverte, voyait l'infection prendre possession de son corps.

Rien qu'elle ne puisse soigner, elle le savait au fond d'elle-même, mais à quel prix ?

Tout se passa bien, si ce n'était cette perpétuelle envie de vomir, ce qu'elle fit dès que le dernier patient se fut éloigné. Ensuite, elle marcha pendant des heures dans la petite vallée, sur la colline aux plantes, perdue, l'air dans le vague. Elle craignait de repartir dans le monde noir, mais il ne se passa rien. Elle rentra, brûlante de fièvre, et s'endormit comme une masse.

Elle y faisait des rêves étranges peuplés d'âmes mortes qui semblaient l'appeler, la supplier même. Lorsqu'elle imagina au fond de sa conscience l'arrivée d'une troupe d'hommes. Des soldats, sans bonne ni mauvaise intention, obéissant simplement aux ordres et se dirigeant droit vers la maison.

Elle se leva d'un bon et sortit rapidement. Turgich se tenait déjà sur le perron, son énorme épée à la main, prêt à toutes éventualités. Les soldats apparurent, une bonne centaine, montés sur des chevaux fins et nerveux, armés de piques et de casques pointus. Ils se placèrent en demi-cercle devant eux, la pointe de leurs lances vers le ciel, ce qui sembla soulager Turgich qui baissa son épée.

Trois hommes se détachèrent du groupe de soldats, l'un d'entre eux avec un casque de couleur or et tenait une monture sans cavalier à la main, Shaïna comprit que c'était lui qui commandait le détachement. Ils s'approchèrent, leurs esprits n'exprimant rien de particulier, si ce n'était celui d'obéir aux ordres donnés. Celui qui portait le casque d'or descendit de sa monture et s'approcha d'eux, il était grand, le visage carré et le nez étroit, ses yeux étaient noirs et son regard froid. Il la contempla avec une certaine suffisance, mais rien d'autre, puis s'exprima d'une voix grave.

— La reine vous fait mander, vous devez venir.

Il marqua un court temps d'arrêt.

— Immédiatement !

Il jeta un regard de coin à Turgich.

— Et seule.

Shaïna ne tergiversa pas, elle savait que ces hommes n'hésiteraient pas à la forcer à les suivre et elle ne voulait pas que Turgich se batte avec eux. Elle s'avança vers la monture vide de tout cavalier. Arrivée devant celle-ci, elle hésita, elle n'était jamais montée sur un cheval et il lui paraissait gigantesque.

Un homme descendit de sa propre monture et la soulevant comme on soulèverait un objet léger, l'aidant ainsi à grimper sur l'animal qui ne broncha pas, visiblement très bien dressé. Elle fit un signe de paix à Turgich et s'accrocha comme elle put à la selle. De façon surprenante, le garde au casque doré lui sourit, un sourire calme et apaisant. Il se saisit des rênes de la monture, lui fit faire demi-tour puis, suivi de ses hommes, entreprit de se diriger au trot vers la ville.

Shaïna se maintenait comme elle le pouvait, accrochée à sa selle, ballottée dans tous les sens. Jamais auparavant elle n'était montée sur un tel animal et se retrouvait de nouveau dans un univers sur lequel elle n'avait aucun contrôle. Elle n'avait pas peur mais se sentait angoissée, cherchant à comprendre, à analyser le rythme et les mouvements du cheval, et se retrouvait complètement prise à dépourvu lorsque l'animal bronchait ou changeait de rythme sans raison particulière.

Elle était trempée de sueur lorsqu'ils arrivèrent devant les portes de la ville. Mais les hommes ne mirent pas pied à terre et s'enfoncèrent vers l'intérieur de la ville.

Shaïna était complètement déstabilisée, non seulement il lui fallait tenter de rester sur sa monture, mais certaines maisons étaient hantées par des âmes perdues qui tentaient de rentrer en contact avec elle. Les repousser tout en maintenant son équilibre et en se demandant ce que pouvait bien lui vouloir la reine devint rapidement très compliqué.

Enfin ils finirent par arriver devant le palais, il juxtaposait le temple d'Elil, divinité de la ville, violente et cruelle demandant de très, trop, nombreux sacrifices en échange de ses privilèges. Les sacrifices humains n'étaient pas très courants mais existaient tout de même et Shaïna savait que les âmes ainsi sacrifiées erraient sans but dans la ville, perdues, déboussolées et sans autre sentiment que l'incompréhension. Elle frissonna, peut-être allait-on l'offrir en sacrifice à ce dieu répugnant.

Les soldats pénétrèrent dans la cour du palais à cheval et Shaïna ne put que les suivre. Ils mirent pied-à-terre et, casque d'or, comme elle l'avait surnommée dans sa tête, vint l'aider à descendre de sa monture. Elle l'arrêta d'un geste de la main et se laissa glisser d'elle-même au sol, prenant soin au passage de caresser l'encolure de son cheval. Elle ressentait une forme d'affection pour cette monture et l'affection chez elle n'était pas une évidence.

Casque d'or lui fit signe de le suivre et accompagné de deux gardes, pénétra à l'intérieur de l'immense bâtisse. Shaïna n'avait jamais vu un endroit aussi luxueux, même dans le château de sa jeunesse. Partout des meubles finement décorés, des tentures et des tapis de soies aux couleurs vives. Des escaliers monumentaux menaient vers les étages et la salle était pleine de gens richement vêtus discutant entre eux.

Les gardes écartèrent, parfois sans ménagement, les gens sur leur passage et entreprirent, suivis de Shaïna, de gravir les larges et hautes marches faites d'une matière qu'elle ne connaissait pas.

— Du marbre.

Lui murmura casque d'or. Ils s'engagèrent ensuite dans un couloir qui aurait pu contenir sa maison tellement il était large et où de nombreux bouquets de fleurs ornaient des petites consoles de bois finement sculptées et ceux, sans interruption jusqu'à une grande porte. Porte tout autant finement décorée et gardée par deux gardes aussi grands que l'air vindicatif.

Ils s'écartèrent cependant à leur approche, sans un mot, jetant un regard plutôt surpris vers Shaïna. Casque d'or ouvrit la porte tout en faisant signe à Shaïna de le suivre et pénétra à l'intérieur de ce qui était une chambre où une suite. Elle était tellement grande que le lit, pourtant démesurée par la taille semblait presque petit. La chambre n'était pas vide, trois hommes richement vêtus parlaient entre eux près d'une terrasse surplombant toute la ville, comme pour mieux dominer le peuple même d'ici. Mais casque d'or ne s'occupa nullement d'eux, il se dirigea droit vers le lit, s'arrêta devant et posa un genou à terre, la tête basse.

— Je vous l'ai ramenée comme vous me l'avez demandé ma reine.

C'est alors que Shaïna remarqua une forme recroquevillée sur le lit, la reine s'y trouvait et semblait souffrir énormément, le ventre, elle souffrait du ventre, et cela depuis longtemps, à chacune de ses règles. La femme bougea péniblement et une voix suave mais percluse de douleurs lui répondit :

— Merci Akkad, laisse-nous maintenant.

Casque d'or se releva et sortit l'air grave et martial.

— Approche mon enfant.

La voix était pleine de douceur et Shaïna n'hésita pas, même si elle percevait de la colère, voire de la haine, de la part des trois hommes, il n'y avait que de l'espoir et de la bonté dans celle de la reine. Elle approcha et la femme se redressa un peu. Son visage était voilé et son corps était recouvert d'une étoffe de soie la rendant sensuelle et désirable. Son lit n'était pas défait, elle s'était allongée sur les draps de soie eux aussi, ne trouvant probablement pas le courage de se glisser dedans, à moins que même le poids des draps lui soit insupportable.

Elle murmura plus qu'elle ne dit :

— Sortez messieurs et laissez-nous seules.

Les trois hommes hésitèrent puis finirent par obtempérer l'air furieux.

Shaïna approcha, elle savait déjà de quoi souffrait la femme, mais préférait attendre. La reine la dévisagea longuement, son regard s'attardant sur la bague de sa mère qu'elle portait toujours à son pouce et lorsqu'elle se décida à la regarder dans les yeux, son regard était flou, comme perdu.

— Mais qui es-tu donc ? Ce peut-il que tu sois revenue des morts ?

Les yeux de la reine se plissèrent de douleurs.

— Nous verrons plus tard, on dit que tu peux soigner tous les maux, pourras-tu quelque chose pour moi ? Je souffre à chacune de mes saignées menstruelles et suis inféconde, ce qui déplaît profondément à mon roi qui attend de moi un héritier. Peux-tu me sauver avant qu'il ne se lasse ?

Shaïna hocha la tête et fit signe à la reine de s'allonger et de relever son vêtement.

— Tu sais que voir ma peau est passible de la peine de mort ?

Shaïna haussa les épaules, posa ses mains sur celles de la reine et la força à s'allonger. Puis elle dénuda son ventre, laissant apparaître une peau soyeuse et blanche. Elle fut un peu surprise, les gens ici avaient la peau mate, cette femme venait donc d'un autre pays.

Elle posa un ongle de son pouce sur le ventre de la femme. Son doigt prit une couleur rouge vif, couleur qui se transmit à la marque initialement blanche que faisait son ongle sur la peau. Puis, comme habitée par une force extérieure elle entreprit de dessiner des arabesques complexes sur le ventre de la reine toujours avec son ongle, sans jamais mettre sa peau claire en contact avec la sienne. L'ongle laissait un trait rouge brillant sur son passage qui semblait disparaître à l'intérieur du ventre de la reine après quelques secondes. Shaïna continua à dessiner ainsi, elle savait parfaitement ce qu'elle faisait, c'était comme des souvenirs d'un autre monde qui remontait en elle, et lui disait quoi faire. Elle commença à transpirer et à avoir envie de vomir, le rouge de son ongle remontait maintenant jusqu'aux coudes suivant le tracé de ses veines et lui procurait une sensation de brûlure pénible à supporter. Enfin ses soins se terminèrent et elle courut vers la terrasse afin d'y vomir sa bile. Elle n'avait rien mangé depuis la veille et ce fut douloureux, mais pas autant que ses avant-bras. Enfin, après un temps qui lui parut interminable, les spasmes de son ventre cessèrent et le feu de ses bras diminua jusqu'à disparaître.

Elle se releva et sursauta, la reine se tenait debout juste derrière elle, l'air inquiet.

— Soigner te rends donc si malade ? Pauvre enfant.

Son corps sembla soudain se détendre et ses yeux lui sourire.

— Sache que tu as réussi, je n'ai plus aucune douleur et je sens au fond de moi que je suis fertile maintenant. Mais il va te falloir me dire qui tu es vraiment.

Shaïna montra d'un geste qu'elle était muette, cherchant à se dissimuler derrière son handicap, cette femme savait quelque chose et, même si elle ne semblait avoir aucune animosité à son égard, c'était perturbant.

La reine allait répliquer lorsque la porte s'ouvrit brutalement et les trois hommes que la reine avait congédiés apparurent accompagnés d'un homme épais au visage gras et plein de suffisance. La reine se mit immédiatement à genoux enjoignant d'un geste Shaïna à faire de même. Elle s'exécuta, il était facile de comprendre que cet homme était le roi et que les trois hommes étaient allés le prévenir de sa présence. Elle garda la tête baissée, sa vie allait certainement s'arrêter là et, étrangement, elle n'avait pas peur.

— Mais vous êtes debout madame, par quel miracle ?

La voix du roi n'était en aucune façon en adéquation avec son attitude, elle était claire et presque douce et Shaïna se dit qu'elle avait encore une chance de survie.

La reine se releva dans un froufrou que la soie rendait agréable et parla d'une voix douce pleine de passion. L'amour était fort entre ces deux-là.

— Je suis guérie mon roi, je n'ai plus aucune douleur et me sens féconde, prête à vous donner le fils que vous désirez tant.

Un silence se fit puis le roi déclama sur un ton qui n'avait plus rien d'agréable, mais au contraire plein d'autorité et de morgue.

— Soldats jetez moi ces trois incompétents en prison ! Je déciderais de leur sort plus tard. Ils se prétendent prêtres et médecins mais furent incapables de soigner mon épouse alors qu'une simple enfant le put. Soit ce sont des charlatans, soit ce sont des traîtres. Qu'ils disparaissent de ma vue !

Puis Shaïna l'entendit s'approcher et comprit qu'il prenait la reine dans ses bras.

— Ma reine, mon amour vous sera toujours dédié, dites-moi comment remercier ce jeune mage avant que nous ne testions votre fécondité.

— Moi je sais mon roi.

Shaïna leva rapidement la tête. Casque d'or, il se tenait sur le seuil de la porte un sourire narquois sur son visage.

— Je t'écoute mon fidèle.

— Apprenons-lui à monter à cheval comme un noble ou un guerrier d'élite.

Le roi éclata de rire, un rire franc mais un peu froid.

— Et bien d'accord mais tu te chargeras toi-même de son apprentissage puisque tu le proposes et si ma reine me donne un enfant je lui offrirais même mon plus bel étalon.

Sa voix devint plus sèche.

— Et maintenant, partez, ma reine m'espère.

Shaïna ne se le fit pas dire deux fois, elle se leva et sortit rapidement de la pièce, le roi ne pouvait pas lui avoir fait plus belle récompense et elle était impatiente d'apprendre à maîtriser sa monture.

Les leçons débutèrent dès sa sortie du palais, casque d'or lui apprit comment monter sur sa monture, comment tenir les rênes et diriger son cheval. Il lui expliqua le travail des jambes, l'air hilare persuadé qu'elle ne comprendrait rien. Après tout, même sorcière, ce n'était qu'une femme. Son sourire s'effaça rapidement de son visage. Elle assimilait tout et l'entraînement avec Turgich lui avait appris à maîtriser chacun de ses muscles, rendant leur travail presque facile et lui permettant de savoir quoi faire et comment.

Arrivée dans sa petite vallée, elle commençait déjà à ressentir les humeurs de sa monture, à essayer de placer son allure pour optimiser son équilibre. Casque d'or la regardait maintenant avec une sorte de respect ébahi.

Devant la maison, une autre femme accompagnée de son enfant l'attendait et elle fit la grimace, elle allait encore être malade.

Les trois mois qui suivirent furent une suite sans fin de guérisons. Les malades défilaient sans arrêt. Depuis que le peuple avait appris qu'elle avait guéri la reine, il la considérait comme une sorte d'envoyée d'Elil qui remercierait ainsi la ville pour leurs dévotions à son égard. Cela inquiétait beaucoup Almaric qui lui expliquait que les prêtres étaient remontés contre elle, d'autant que les trois prêtres médecins de la reine avaient été mis à mort pour haute trahison. Ils la traitaient de sorcière, colportant d'horribles rumeurs sur elle et commençaient à faire un lien entre elle et les événements qui s'étaient passés à Eridu, sa ville natale. Elle ne devait sa survie provisoire que grâce à la protection de la reine, et cette protection était assujettie à la naissance d'un éventuel héritier.

Shaïna, elle, se sentait de plus en plus mal, ses ongles devenaient rouges dès qu'elle approchait un malade, puis le rouge remontait vers ses coudes, ses épaules et même parfois son cou lorsqu'elle pratiquait sa magie, lui procurant une sensation de brûlure douloureuse et désagréable. Les plantes l'aidaient un peu, certaines pathologies ne nécessitant nulle magie, mais même là, optimiser les potions à l'idée de la magie la rendait nauséeuse.

Elle espérait tout de même que son corps finirait par s'accommoder à cette étrange conséquence dans l'utilisation de son pouvoir. Elle avait l'impression que la couleur sang apparaissait et disparaissait de plus en plus rapidement tandis que la douleur se faisait moins prégnante. Mais soigner la rendait toujours malade et elle finissait les journées épuisée à force de vomir.

Heureusement, chaque matin elle s'entraînait avec Turgich avant que casque d'or n'apparaisse pour sa leçon d'équitation avec des montures de plus en plus magnifique. Après trois mois, elle montait presque aussi bien que lui et était capable de contrôler sa monture avec ses seules jambes. Elle ressentait chacun des mouvements de ses montures, étant même capable de les anticiper, de faire corps avec elles.

Le matin du troisième mois, Casque d'or apparut tenant par la bride un cheval d'une beauté sans pareil, grand, noir, sans aucune tâche, puissamment musclé, le port altier et l'air fier. Sa robe luisait et l'animal soufflait fortement par ses naseaux dilatés tout en piétinant sur place. La queue dressée, désireux de courir, de montrer sa puissance.

Shaïna comprit aussitôt et en fut quelque part ravie.

— Le roi tient toujours ses promesses, il se nomme « Brin d'amour ». Des hommes viendront lui construire une écurie et s'occuperont de lui. En attendant, je vous le rapporterai tous les matins.

Shaïna était abasourdie, jamais elle n'avait pensé que le roi tiendrait sa parole et lui offrirait un tel animal.

— La reine a pris sa résidence d'été et souhaite vous voir à la tombée de la nuit dans ses appartements. Le palais se situe à une heure à cheval d'ici, je viendrai vous chercher pour vous y conduire. Profitons du temps imparti à votre leçon pour faire connaissance avec votre nouvelle monture.

Shaïna était perturbée. Que pouvait bien lui vouloir la reine ? Elle sentit l'angoisse l'étreindre et eut de nouveau envie de fuir. Elle se souvenait parfaitement de leur dernière rencontre, lorsqu'elle l'avait soignée, et la reine s'était montrée alors trop curieuse à son égard. De plus, elle avait reconnu sa bague, elle en était persuadée. Mais avait-elle le choix ? Si la reine avait eu de mauvaises intentions à son égard, elle serait morte depuis longtemps. Elle fit un signe d'acquiescement à Casque d'or dont le regard lui fit comprendre qu'il n'avait nul besoin de son accord, la demande de sa reine équivalant à un ordre. Shaïna ne releva pas et s'approcha de « Brin d'amour » qui piaffait, impatient, il était juste absolument magnifique.

Le soir venu casque d'or revint accompagné d'un grand cheval baie aux jambes puissantes et de « Brin d'amour » harnaché d'une selle aussi noire que la robe de l'étalon, décorée de fils d'or et de soie rouge, les rênes et le filet étaient eux aussi de cuir rouge. Shaïna se dit que cet animal était vraiment la plus belle chose qu'elle ait jamais vue de sa vie. Elle sauta souplement sur le dos de l'animal qui fit un petit bon sur le côté comme pour la tester. Mais Shaïna était devenue une cavalière accomplie et elle stabilisa facilement son assiette. Turgich sauta lui aussi sur sa monture qui broncha sous le poids. Visiblement

Turgich était un cavalier émérite et il maîtrisa facilement sa monture. Puis Casque d'or partit au grand galop et ils le suivirent sans attendre. Shaïna ressentait le plaisir de sa monture, heureuse de galoper dans la nuit tombante. Elle trouvait cette sensation vraiment enivrante et adorait lancer sa monture au grand galop, distançant les autres sans aucune difficulté.

Ils comprirent que quelque chose n'allait pas dès qu'ils approchèrent du palais d'été. C'était en fait une jolie bâtisse en bois situé près d'un lac miroitant sous la lumière de la lune. Il devait y faire bon vivre, loin de la chaleur écrasante de la ville. Il n'y avait pas de muraille à proprement parler, mais le château, situé sur une petite île, n'était accessible que par un unique pont-levis, tandis que les murs extérieurs ne présentaient aucune ouverture sur une dizaine de mètres de hauteur.

Étrangement, à l'approche du château, ils ne croisèrent aucun garde alors qu'il y aurait dû en avoir des dizaines et le pont-levis était baissé lorsqu'ils s'y présentèrent. Ils le traversèrent au grand galop, casque d'or soudain très inquiet, pour déboucher sur une petite cour où gisaient de nombreux corps. Des gardes, mais aussi des hommes vêtus de noir au visage dissimulé.

Casque d'or n'attendit même pas l'arrêt de sa monture pour descendre. Il sauta de son cheval l'épée déjà à la main et se rua vers une grande porte ouverte d'où jaillissait de la lumière.

Shaïna le suivit, se saisissant au passage de l'épée de l'un des agresseurs. Elle ressemblait en tout point à son épée en bois, longue, légèrement courbée et étrangement légère. Elle sentit le feu envahir ses mains, ses bras, son cou mais aussi son visage. Elle n'avait pas besoin de regarder pour savoir que chacune de ses veines avait pris une teinte sang, d'autant plus impressionnant que sa peau était d'un blanc presque laiteux. Par contre, elle remarqua que ce rouge vermeil remontait maintenant sur la poignée puis la lame de l'épée qu'elle venait de ramasser. Le rouge courait sur la lame dessinant une arabesque dont le sens lui parut évident. « Mort » voilà ce que le dessin signifiait.

De la cour, dissimulés jusqu'alors par les ombres, jaillirent une dizaine d'hommes vêtus de noir. Turgich sauta à son tour de sa monture se saisissant de sa gigantesque épée et vint leur barrer la route. Shaïna aperçut un sourire féroce se former sur la bouche de son compagnon, c'était la première fois qu'elle le voyait ainsi et se dit qu'elle n'aimerait pas être à la place de ces hommes. Elle rapporta son attention sur Casque d'or et se précipita derrière lui.

L'intérieur du bâtiment était éclairé par de multiples torches et le sol en bois était jonché de cadavres, des gardes comme des assaillants. Des cris de fureur et des claquements de lames provenaient du premier étage. Casque d'or s'y rua et se dirigea en courant, l'arme brandie, vers une chambre dont les montants avaient été arrachés. Il y entra en hurlant, suivi de près par Shaïna.

La situation y semblait désespérée, deux gardes encore vivants se tenaient derrière les cadavres de trois de leurs congénères, tentant de tenir à distance une dizaine d'agresseurs tout de noir vêtus. Derrière les gardes, la reine semblait avoir accepté son sort et se tenait assise sur son lit, les yeux fermés dans l'attente d'une mort imminente.

L'apparition de casque d'or modifia la situation, il abattit le premier assaillant se tenant prêt de la porte d'un coup rageur avant que trois des assaillants ne se tournent vers lui pour répondre à son attaque. Quatre autres hommes se ruèrent sur les deux gardes survivants et les deux derniers profitèrent de l'espace laissé libre pour se diriger vers la reine avant de se retrouver devant Shaïna qui venait de s'y faufiler. Elle perçut leur suffisance, qu'une jeune femme, même armée d'une épée se mette devant eux ne les inquiétaient pas outre mesure.

Shaïna n'hésita pas, elle s'effaça de l'esprit des deux hommes qui oublièrent sa présence. Elle trancha la gorge du premier puis planta son épée dans l'œil du second alors qu'ils se dirigeaient confiant vers la reine.

Shaïna se tourna vers les autres combats, la situation ne s'était pas améliorée, les deux gardes étaient morts et les trois assaillants survivants se ruaient vers la reine, brandissant leurs armes. Casque d'or de son côté avait abattu l'un de ses adversaires, mais peinait à contenir les deux autres, essayant de trouver une éventuelle ouverture entre les attaques incessantes des hommes.

Shaïna s'effaça de nouveau et arriva sur le premier des assaillants se dirigeant vers la reine au moment où il la frappait de haut en bas. Shaïna s'interposa et mit son arme en opposition sur le trajet de la frappe au niveau des poignets de l'homme, la maintenant de toutes ses forces. L'homme avait frappé de toute sa puissance et celle-ci se retourna contre lui lorsqu'il rencontra la propre lame de Shaïna. Ses deux mains coupées net au niveau des poignets tombèrent sur le parquet de bois tenant toujours son arme et lui arrachant un hurlement inhumain.

Shaïna ne s'en occupa pas et d'un même mouvement circulaire, traçant une courbe parfaite dans l'espace, elle vint ouvrir le ventre du deuxième assaillant. Le troisième s'arrêta et recula de trois pas l'épée haute, cherchant à comprendre ce qui venait de se passer. Ses deux compagnons venaient de se faire tuer par : personne ! L'effet de l'effacement commença à disparaître et il réalisa qu'une jeune femme habillée en garçon avançait vers lui, l'épée pointée au niveau du visage en garde haute. Il frappa, partagé entre l'incompréhension et la rage, mais

Shaïna avait été bien entraînée, elle esquiva facilement la frappe d'une demi-fente sur le côté et planta son arme dans la bouche de l'homme qui eut une sorte de hoquet avant de s'effondrer sans vie sur le sol.

Shaïna jeta un coup d'œil à l'homme dont elle avait tranché les poignets, mais il était allongé sur le sol, finissant de se vider de son sang. Elle reporta son attention sur le côté de la pièce où combattait casque d'or. Un deuxième assaillant était au sol, mais casque d'or était blessé à l'épaule droite et ne tenait plus son épée que de sa main gauche se contentant de repousser de plus en plus maladroitement les attaques de son adversaire.

Shaïna s'approcha par derrière et sans aucune hésitation, frappa de toute sa force l'homme à la base du cou, lui tranchant net la tête qui vint rouler au pied de la reine qui s'était remise debout pendant ce temps. Elle se tenait aux pieds de son lit et la regardait fixement, les yeux écarquillés de surprise.

Casque d'or perdit connaissance et s'effondra sur le sol comme une poupée de chiffon, glissant sur le mur en lâchant son arme.

Shaïna s'approcha de lui, elle n'aurait su dire si elle ressentait de l'affection pour cet homme, elle ne conceptualisait pas ce genre de sentiment, mais il était son enseignant et elle lui était redevable pour « brin d'amour ».

Elle posa sa main aux ongles cramoisis et dont les veines étaient toujours autant saillantes et brûlantes, sur sa blessure. Elle sentit une chaleur puissante la traverser et la plaie de casque d'or se referma. Il survivrait à ses blessures. Elle se tourna vers la reine qui l'observait toujours visiblement abasourdie. Puis la reine ôta alors d'un geste rapide le voile masquant son visage tout en lui disant doucement.

— Je te dois encore la vie, petite sœur.

Shaïna sentit son visage se décomposer. Voilà pourquoi la reine avait été si curieuse. La personne qui se tenait devant elle était le portrait craché de sa mère. Les mêmes yeux clairs, les mêmes taches de rousseurs, le même visage fin et ovale au nez droit parfaitement dessiné. Cette femme était sa sœur aînée.

Elle ne savait plus quoi faire, tout son être lui intimait l'ordre de fuir, elle ne voulait pas voir ce visage, celui de son abandon, de sa souffrance. Puis son âpreté reprit place dans ses pensées. Cette femme n'était pas sa sœur, elle n'en avait pas, elle était fille de la rue et n'avait rien de commun avec elle.

— Mère m'a parlé de toi lors de sa dernière missive, je sais qui tu es et mon cœur pleure pour toi.

Shaïna avait pris sa décision, elle allait fuir, elle se tourna vers la porte lorsqu'un brouhaha ponctué de cris de rage et du martèlement de nombreux pas l'arrêta. La reine lui jeta un voile sur la tête.

— Couvre toi le visage, le roi ne t'a pas regardé la dernière fois, cette fois-ci il le fera.

Shaïna se couvrit rapidement la tête, effectivement mieux valait que le roi ne découvre pas son identité. Surtout si un lien pouvait être fait entre les massacres dans sa ville natale et elle.

Turgich franchit le seuil de la porte l'épée à la main, suivit de nombreux hommes entourant d'une force protectrice le roi dont le visage décomposé exprimait l'angoisse à l'idée de retrouver son épouse, porteuse de son enfant, morte sous les coups d'épée des assaillants. Derrière la troupe d'hommes, plusieurs prêtres vêtus de robes vertes s'arrêtèrent, prudemment, sur le perron de la porte.

Turgich semblait détendu, presque heureux, mais son visage et son corps couvert de sang ne laissaient aucun doute quant au sort des assaillants.

Mais ce que personne ne pouvait voir et que Shaïna distinguait parfaitement, c'étaient les âmes des hommes morts durant l'assaut et qui virevoltaient dans la pièce comme à la recherche d'une sortie. Certaines semblèrent disparaître progressivement dans un halo brillant, mais ceux que Shaïna avait tués, restaient dans la pièce semblant perdue et paniquée.

À la vue de son épouse bien vivante, le visage du roi reprit contenance. Le soulagement sur son visage aurait pu être presque touchant, mais Shaïna savait qu'il était un homme sans pitié pour tous ceux se trouvant au travers de sa route. Elle posa l'épée ensanglantée sur le sol, elle n'en avait plus besoin. Ses veines avaient repris leur teinte normale, légèrement bleutée sur sa peau blanche et elle ne ressentait plus aucune brûlure à l'intérieur d'elle-même. Elle était redevenue aux yeux de tous une très jeune femme, seule survivante consciente avec la reine du combat qui venait de se dérouler.

Le roi observa la scène avec attention avant de poser son regard sur elle. Contrairement à la dernière fois, elle ne s'était pas mise à genoux, mais préféra tout de même baisser le regard. Ce roi pensait régner au nom d'Elil voire d'en être une forme de réincarnation. Mieux valait ne pas le contrarier.

— Encore toi, tu viens de nouveau de sauver ma reine. Magicienne, combattante, qui es-tu donc ?

Shaïna allait faire le signe habituel pour exprimer le fait qu'elle était muette, mais le roi ne lui en laissant même pas l'occasion. Il se tourna vers ses hommes d'un mouvement exprimant autant la morgue que l'autorité et déclama d'une voix puissante.

— Écoutez tous, je proclame que notre Dieu Elil le tout puissant nous a envoyé un messager pour nous remercier de nos prières et de nos sacrifices.

Il marqua une courte pause pour se tourner vers les prêtres dans l'entrée, visiblement perturbés.

— Prêtres d'Elil, réjouissez-vous, son messager est là, dans deux jours nous fêterons son avènement en notre temple, mettez-vous tous à genoux afin de remercier notre Dieu.

Tous les hommes présents ainsi que la reine s'agenouillèrent aussitôt, les prêtres avec une certaine réticence. Le roi leva une main couverte de bijoux, il semblait comme possédé.

Shaïna, elle, était comme détachée, tout lui paraissait irréel, complètement fou. Des pensées contradictoires troublaient sa pensée. Elle ne savait même pas pourquoi elle avait aidé la reine, elle avait suivi casque d'or, c'est tout. Et maintenant elle découvrait que la reine était sa grande sœur, du moins sa sœur de sang. Elle voulait fuir mais ces hommes qui la prenaient maintenant pour une sorte de déesse ou de messager l'en empêchaient. Et puis les âmes des hommes qu'elle venait de tuer avaient tourné leur attention vers elle et commençaient à l'appeler pour qu'elles leur rendent la vie. Six âmes qui tournaient dans la pièce en n'ayant conscience que de sa présence. Et enfin autre chose la perturbait, elle n'avait pas été malade comme lorsqu'elle guérissait les malades, elle avait adoré se battre et sentir son épée déchirer les chairs. Pourtant les dernières fois où elle s'était battue ou avait tué elle n'avait rien ressenti de particulier. Mais cette fois-ci elle avait vécu une sorte d'excitation morbide, c'était perturbant, surtout maintenant que cette sorte de transe liée au combat commençait à retomber.

La main du roi se posant sur son épaule la ramena à la réalité. Elle n'osa pas se dérober, mais cette main sur son épaule lui donnait la nausée.

— Mon enfant, mes hommes vont te ramener chez toi et garderont ta demeure jusqu'à ton intronisation au sein du temple.

Sa voix était douce mais il n'était pas difficile d'en comprendre l'ordre implicite sous-jacent. Shaïna ne pouvait rien faire pour le moment. Une dizaine d'hommes l'entourèrent respectueusement. Elle soupira et, sans un regard vers sa sœur, sortit de la pièce accompagnée de sa garde et de Turgich. À deux, bien sûr ils auraient pu massacrer cette garde imposée, mais dans quelle utilité ? Elle était dans le doute et l'expectative et elle détestait ça. À sa grande surprise, les âmes des morts la suivirent, flottant dans l'air, apparaissant comme pour la supplier, puis disparaissant dans la nuit avant de revenir. Elle savait qu'elle n'avait pas le choix et qu'il lui faudrait leur redonner vie à un moment ou à un autre, à moins qu'ils ne trouvent le moyen de le faire tout seul, renforcés par sa seule présence.

***

Shaïna se sentait prisonnière, elle avait raconté à Almaric et Pietra par signe et écrit ce qui s'était passé et tous avaient l'air grave et inquiet. Ils avaient réalisé le piège dans lequel elle se trouvait. Jamais les prêtres ne l'accepteraient, ils ne pouvaient pas laisser une jeune femme venir saper ainsi leur autorité de cette manière. Surtout dans cette religion où les femmes n'étaient guère plus considérées que comme porteuses d'enfants, n'ayant nul droit à la parole, ni à la prise de décision et encore moins à celui de combattre. Juste le droit de subir.

Les hommes que le roi lui avait assignés, postés à l'extérieur, étaient tout autant là pour la protéger que pour la garder prisonnière. Elle en avait conscience, mais elle était bien obligée de subir leur présence. Ils étaient courtois, presque obséquieux, mais la suivaient partout, lui donnant le sentiment d'être enfermée dans une cage aux barreaux faits d'hommes en armes.

Shaïna aurait voulu fuir, loin, ailleurs, sa place n'était pas ici, mais elle était dans l'impossibilité de le faire et la peur la rongeait, peur de ce qui allait arriver, peur de ne pouvoir retrouver sa pleine liberté, peur de se retrouver de nouveau devant la reine. L'idée qu'elle était sa sœur lui devenait insupportable, elle ne voulait pas de sa pitié et encore moins de sa reconnaissance. Elle voulait juste se mettre dans un trou et que tout le monde l'oubli.

Une cavalcade la tira de sa réflexion, des hommes approchaient, nombreux. Elle soupira pour l'instant elle ne pouvait que se laisser porter par le fil des événements, elle verrait plus tard comment s'en sortir.

On frappa à la porte et un homme entra, il était grand et mince, le visage étroit doté d'un léger strabisme. Habillée de soie verte son maintien exprimait un mélange étrange d'autorité teintée de servitude ou du moins d'une obséquiosité presque écœurante. Il s'inclina respectueusement.

— Je me nomme Sagon et suis le grand argentier de notre belle cité de Nippur. Je suis venu vous chercher pour la cérémonie.

Il fit un signe de la main et un soldat entra porteur de vêtements.

— Notre roi, porteur de la vérité d'Elil, vous considère comme sa représentante envoyée sur terre pour nous protéger et nous aider. Il a donc décidé dans sa grandeur que vous deviez porter les vêtements d'une guerrière recouverts d'une cape de pureté.

Sa voix laissait percevoir une forme de désapprobation, mais il n'était pas assez fou pour mettre en doute la parole de son roi et encore moins à lui désobéir.

Les vêtements étaient magnifiques, faits d'un pantalon et d'une chemise de soie rouge, d'une cuirasse en cuir de la même couleur, de jambières en acier dorées ainsi que d'un casque d'or avec une crête de plumes blanche. Une fois qu'elle eut revêtu ses vêtements et son armure, l'homme qui se nommait Sagon, lui présenta une grande cape d'un blanc immaculé qu'il accrocha respectueusement à ses épaulières.

Une fois les bottes de cuir, rouge elles aussi, enfilées, Shaïna ne put que se dire qu'elle avait fière allure. Elle eut une rapide pensée pour les haillons qu'elle avait porté pendant tant d'années puis, elle sortit, suivit de Turgich, qui avait revêtu une tenue de soldat, et d'Almaric vêtu de vêtements plus simples en lin mais de belle facture tout de même. Shaïna lui jeta un coup d'œil, c'était la première fois qu'elle le voyait ainsi vêtu et il portait la richesse de ses vêtements avec une facilité en démontrant l'habitude. Elle se demanda s'il ne lui avait pas caché une partie de la vérité sur son passé, il faudra qu'elle le lui demande.

Une centaine d'hommes assis sur leur monture les attendait à l'extérieur, tous revêtus d'armures rouges et brillantes. Un ordre jaillit et tous les hommes s'inclinèrent ensemble vers l'encolure de leurs chevaux, pointant leurs lances vers le sol en signe de respect. On apporta à Shaïna sa monture, harnachée comme lors des derniers événements et elle sauta agilement dessus.

Sur le côté, dans la forêt, elle aperçut les âmes des hommes qu'elle avait tués. Ils reprenaient forme, leurs corps se faisaient moins transparents, presque visibles pour quelqu'un qui les aurait fixés longuement. Ils renaissaient donc par sa simple présence. Bientôt six guerriers parfaitement entraînés viendraient se mettre à son service. Et elle ne savait pas si elle devait se réjouir. Ne pouvaient-ils simplement profiter de leur nouvelle chance et la laisser tranquille ?

On apporta une énorme monture à Turgich, bien loin des chevaux fins des cavaliers du roi, mais en adéquation avec sa taille et un cheval plus banal pour Almaric puis la troupe se mit en route vers le palais.

Arrivés devant la porte, ils furent entourés d'une foule qui devint vite oppressante, hurlant le nom de leur dieu et cherchant par tous les moyens à la toucher, se bousculant, allant même jusqu'à piétiner les malheureux tombés par terre. Les gardes écartèrent la foule avec violence, les repoussant à coups de lance et le sang se mit à couler. Les gardes n'hésitant pas à planter le fer de leur lance dans les cuisses et les épaules de ceux qui bloquaient le passage. Elil n'était pas un dieu de compassion.

Shaïna était comme tétanisée sur sa monture, elle aurait aimé hurler son dégoût à l'idée qu'on essaye de la toucher ainsi. Elle n'avait plus aucune maîtrise sur les événements autour d'elle et avait le sentiment de devenir folle.

L'esplanade du temple était noir de monde lui aussi mais ici, la foule s'ouvrît à leur approche, les laissant passer, bien plus respectueuse et disciplinée que la populace de la ville.

Elle percevait autour d'elle un mélange d'adoration et de haine. Elle aurait tant aimé s'effacer de cette foule hideuse, mais ce n'était simplement pas possible.

Ils finirent par arriver aux marches du temple, Shaïna et ses deux compagnons mirent pied à terre. L'oppression liée à l'angoisse qu'elle ressentait ne diminuait pas, bien au contraire, et pénétrer dans le temple fut une véritable épreuve. Ses jambes flageolaient sous elle et elle pouvait sentir une transpiration étrangement glacée couler entre ses omoplates. Elle avait l'impression que son corps flottait, hors de contrôle.

Elle savait ce qui l'attendait, on le lui avait expliqué, mais tous ces gens qui n'avaient d'yeux que pour elle, la jaugeant, la jugeant, c'était horrible. Elle avança dans la travée principale, marchant lentement Turgich à ses côtés sous le regard pesant de l'assemblée. Elle devait aller se placer devant l'hôtel sacrificiel, les bras levés vers le ciel et laisser la cérémonie se dérouler. Tout commença par des champs repris en cœur par la foule amassée, puis un prêtre lui fit un signe convenu et elle s'agenouilla, la cérémonie commençait maintenant.

À genoux sur le sol de pierre du temple, les deux bras levés, Shaïna transpirait sous sa cuirasse, mais elle n'en avait cure car tout son être tremblait à l'intérieur et elle avait envie de vomir. La cérémonie durait depuis des heures, lui semblait-il, et n'avait été qu'une suite sans fin de sacrifices, dont trois hommes, des meurtriers lui avait-on dit, pratiqués par des prêtres en état de transe. Ils tournaient autour d'elle, les yeux rougis par les drogues et déclamant une parole souvent incohérente, essayant sans doute de prouver ainsi au commun des mortels leur connexion privilégiée avec Elil.

Le temple était plein à craquer de nobles de tout rang, personne de connu n'aurait osé ne pas venir, mais le regard qu'ils portaient sur elle était un mélange perturbant de doutes, de jugements ou de mépris, bien loin de l'adoration de la foule extérieure.

Le roi lorsqu'il l'avait aperçu s'était exclamé avec emphase :

— Regardez l'envoyé d'Elil a pris le visage de notre reine pour bien nous faire comprendre son importance. C'est un présage, le fils qu'elle me donnera sera le plus grand de tous les rois.

Tout le monde s'était exclamé admiratif, ou faisant semblant, même les prêtres dont elle pouvait néanmoins percevoir l'animosité se frappèrent le front en signe de respect. Mais pour elle, la parole du roi fut juste un soulagement, au moins un des nombreux problèmes tournant dans ses pensées était résolu dans l'immédiat, personne ne la considérerait comme la sœur perdue de la reine. Elle verrait bien par la suite.

Maintenant, elle attendait, à genou devant l'autel sacrificiel, les bras levés perclus de crampes. Elle qui s'était effacée dès l'âge de deux ans, elle était là à la vue de tous, au centre de toutes les attentions et l'angoisse déchirait son ventre malgré la présence rassurante de Turgich à ses côtés.

Soudain, un prêtre complètement en transe se présenta devant elle, en hurlant des paroles incompréhensibles et gesticulant dans tous les sens. Il brandit un couteau de sous sa soutane et tout un hurlant Elil, se trancha la gorge d'un geste sec avant de s'effondrer à ses pieds. Le sang jaillissant par saccades de sa plaie inonda son beau pantalon de soie et elle trouva ça un peu écœurant. Elle grimaça complètement dégoûtée mais se garda de bouger. La foule massée derrière elle se leva en scandant le nom de leur dieu si impitoyable. Puis le calme revint lentement et le roi s'approcha, la contournant d'un pas solennel pour venir se placer devant elle, indifférent au cadavre finissant de se vider de son sang. Il tenait quelque chose dans la main qu'elle ne distingua pas au premier abord, les yeux rougis par les fumées d'encens. Il posa lentement l'objet dans ses mains levées et Shaïna en reconnut immédiatement le contact. Une épée, une épée dans son fourreau, on l'avait prévenue, elle devrait la brandir avant de l'ôter de son fourreau. Les légendes disaient qu'elle était l'épée d'Elil lui-même et que quiconque essayerait de la brandir sans en être digne mourait sur place dans d'horribles souffrances.

Shaïna en avait bien compris le piège : soit elle réussissait et plus personne ne pourrait remettre en doute son appartenance au dieu, soit elle mourait et ses compagnons ainsi que de nombreux boucs émissaires la suivraient dans la tombe.

Elle se redressa comme on lui avait dit de faire et brandit l'arme au-dessus de sa tête. Un silence pesant se fit, tout le monde attendait se moment fatidique. Elle se saisit de la poignée de l'arme et aussitôt son corps s'enflamma, ses ongles puis ses veines prirent cette teinte rouge vif qu'elle connaissait, elle sentit la brûlure remonter vers son cou, envahir son corps et son visage sous les exclamations de la foule, puis elle dégaina l'arme. La lame fut parcourue d'arabesques sanglantes qui finirent par disparaître comme aspirées à l'intérieur. Mort, l'arabesque dessinée était la même que lors de l'attaque de la résidence d'été de la reine.

Elle resta là, l'épée brandie, un peu interloquée. Elle n'était pas morte et en fut presque surprise, elle ne ressentait pourtant aucune appartenance avec ce dieu. La foule se leva en hurlant. Ou alors tout cela n'était que du théâtre et l'épée, une épée comme les autres. Elle osa regarder la foule amassée devant elle, certaines femmes se griffaient le visage en hurlant, des hommes se frappaient la tête de toute leur force jusqu'à en perdre connaissance. D'autres avaient sorti des couteaux et se scarifiaient les bras ou les cuisses, l'air extatique.

Elle eut encore plus peur, ce peuple était aussi fou que cruel, elle se remémora un bref instant ses moments de solitude dans sa ville natale, puis se décida. Elle rengaina son épée et fit signe à Turgich qu'elle voulait partir. Elle se doutait bien que le temple allait se transformer en une orgie de violence et de sexe et elle n'aspirait pas à en être le témoin et encore moins à y participer.

Heureusement que Turgich était un géant sans cela jamais elle n'aurait pu rejoindre la sortie. Cachée derrière lui, se maintenant à sa cuirasse, elle le suivit tandis qu'il bousculait, renversait, frappait parfois les hommes et femmes lui bloquant le passage.

Enfin ils finirent par arriver aux portes du temple. Shaïna avait espéré que son calvaire s'arrêterait là, mais l'esplanade était toujours noire de monde. Les gens de moindre naissance étaient venus assister à son avènement, ou à sa mort. Des crieurs s'étaient placés à l'entrée et hurlaient au peuple les différents événements se déroulant dans le temple. Heureusement, la populace semblait plus calme que les nobles. Ici, aucune expression hystérique, mais une sorte de grondement, de brouhaha de milliers de personnes s'exclamant entre elles. Shaïna pouvait percevoir beaucoup d'angoisse, les gens avaient peur des conséquences et le mot guerre revenait sans cesse.

Turgich fendit la foule, les gens s'écartant précipitamment à son approche et ils purent enfin se retrouver dans une des artères de la ville et se diriger vers les portes de la ville. Almaric les rattrapa, ses vêtements déchirés et l'air un peu hagard.

— Ils sont tous devenus fous.

Ni Shaïna ni Turgich ne relevèrent son propos, ils étaient bien d'accord.

Devant les portes de la ville, un jeune palefrenier ainsi que les soldats de leur suite les attendaient, gardant leurs chevaux. Ici pas de folie, les hommes étaient calmes et disciplinés, maintenant au loin la populace par le tranchant de leurs armes. Ils enfourchèrent leurs montures en même temps que Shaïna se saisissait de la sienne, leur faisant comprendre ainsi qu'ils les accompagneraient, quel que soit le lieu où ils comptaient aller.

Mais pour l'heure, Shaïna n'avait d'autre objectif que de rentrer dans sa petite vallée, de fuir cet endroit, si possible à jamais.

Ils franchirent les portes de la ville pour se retrouver devant une armée en pleine installation. Combien y avait-il d'hommes ? Dix milles peut-être. Partout des hommes montaient des tentes, allumaient des feux, montaient des clôtures pour les chevaux. Il y avait là des cavaliers bien sûr avec leurs chevaux fins et nerveux, armés de piques et d'épées, ils représentaient la garde royale. Mais il y avait également des hommes à pied, certains armés de grandes haches et porteur de lourdes armures, d'autres sans protections particulières mais coiffés d'un chapeau vert et possédant de grands arcs. Mais surtout, toute une intendance était en train de s'organiser, chariots de cuisine de nourriture ou de fournitures.

Une armée se préparait à partir en guerre et Shaïna se doutait bien contre qui. Almaric lui avait expliqué que l'attaque contre la reine avait été attribuée à la ville de Kish et son horrible dieu Mardouk. Qu'un dieu puisse être plus cruel qu'Elil lui avait paru fort improbable, sauf si bien sûr c'était, en fait, le même dieu affublé de plusieurs noms.

Ils traversèrent, suivis de leurs gardes, le campement en train de s'installer, puis, dès qu'ils le purent, lancèrent leurs montures dans un galop libérateur et bienvenu. Shaïna eut l'impression de pouvoir respirer de nouveau. « Brin d'amour » étant bien plus rapide que les autres chevaux, il distança ses poursuivants avec facilité et elle sentit le vent fouetter son visage, l'épurant un peu de tout ce qu'elle venait de vivre et subir, lui procurant de nouveau ce sentiment de solitude qui avait toujours été le fil de sa vie.

La petite vallée finit par apparaître et elle remit son étalon au pas. Il était trempé de sueur et soufflait fort par les naseaux, alors elle en descendit, ôta sa selle qu'elle hissa sur son épaule avec son filet et le laissa gambader et se diriger vers le ruisseau pour se désaltérer. C'est à ce moment qu'elle les vit, ils étaient donc revenus à la vie, six hommes, six guerriers vêtus d'étranges tenues rouges bouffantes aux manches et aux jambes. Ils s'approchèrent lentement, encore incertains de leur réincarnation, avant de poser le genou devant elle. Elle grimaça, elle savait qu'ils allaient lui offrir leur vie afin d'être sauvés et cela lui déplaisait, mais que pouvait-elle faire d'autre.

***

Shaïna errait sans but le long du ruisseau attenant à sa demeure. L'apparition des six hommes ressuscités avait chamboulé le petit groupe, il avait fallu les habiller de manière plus locale afin qu'ils passent inaperçus. Il avait fallu également les armer. En tant que guerriers ils s'étaient mis naturellement sous les ordres de Turgich, obéissant à ses ordres gestuels étant donné qu'ils ne parlaient pas la même langue. Almaric s'était mis dans la tête de leur enseigner la langue de Nippur. Mais il leur faudrait des mois pour l'assimiler. Dans leur ancienne vie, ils n'étaient que des mercenaires venus d'une cité très lointaine nommée Ur et avaient été payés par le roi de Kish afin de tuer la reine. Il n'en savait guère plus.

Shaïna s'était mise à l'écart, l'enchaînement des événements nécessitait des réponses qu'elle ne possédait pas. Alors elle était partie se promener. Les soldats du roi campaient à l'entrée de la vallée, se contentant d'en bloquer les accès, ils ne posaient pas de problème particulier, mais elle se sentait tout de même prisonnière.

Ses pas la menèrent vers la plaque de granit sur laquelle Almaric s'était échiné à tenter de ramener le fantôme de sa femme. Un morceau de charbon traînait toujours sur le sol.

Shaïna s'en saisit, et après avoir soigneusement nettoyé la pierre, entreprirent d'y dessiner des symboles, entremêlés de runes de plus en plus complexes, imbriqués les uns dans les autres jusqu'à couvrir l'ensemble de la plaque. Elle savait ce qu'elle faisait, elle voulait entrer en contact avec l'être existant dans cet autre lieu qu'elle avait réussi déjà à entrouvrir. Elle voulait des réponses. Elle avait choisi cette fois un chemin beaucoup plus complexe pour y parvenir, espérant ainsi ne pas se faire rejeter de cet autre monde trop facilement. Mais là encore, elle ne savait pas vraiment comment elle arrivait à imaginer tous ces dessins, elle suivait simplement son instinct et tout lui paraissait évident, facile.

Elle traça sa dernière ligne, et le monde sembla s'effacer autour d'elle. Elle avait réussi, même si elle n'en avait jamais douté.

Elle se retrouva debout dans un monde apocalyptique, fait de bâtiments en ruine et en feu. L'air y était âcre et puait la mort, elle grimaça, elle avait tout de même espéré un endroit plus accueillant. Elle aperçut d'étranges silhouettes se déplaçant d'un pas incertain. Des êtres grands et décharnés, leurs bras traînant presque par terre et se terminant par de longues griffes. Leur tête était ronde, disproportionnée, sans yeux ni oreilles, mais avec une immense bouche sans lèvre laissant apparaître des dents pointues faites pour déchirer. Ils bavaient continuellement et semblaient à la recherche de quelque chose. Un homme apparut de derrière une ruine en feu, il paraissait terrorisé, tremblant sur ses jambes et lançant des regards effrayés autour de lui. L'homme trébucha légèrement sur une pierre et les monstres se tournèrent vers lui d'un seul mouvement. L'instant sembla se suspendre dans le temps, l'homme n'osant plus bouger, son visage défiguré par la terreur. Soudain, dans un ensemble parfaitement coordonné, comme s'ils communiquaient entre eux par la pensée, les monstres se ruèrent vers lui à une vitesse insoupçonnée au regard de leurs déplacements précédents.

L'homme hurla de toute ses forces, mais aucun son audible ne franchit ses lèvres. Incapable de s'enfuir il fut transpercé, déchiré au niveau du ventre par les griffes du premier monstre arrivé sur lui. Le démon projeta l'homme au sol et entreprit d'ouvrir le ventre de l'homme en grand à l'aide de ses mains et, sans même attendre sa mort, se jeta sur ses entrailles pour les dévorer. L'homme tentait désespérément de le repousser, la bouche grande ouverte pour hurler un cri inaudible, ses jambes battant le sol en spasmes de douleurs, mais rien n'y faisait et le monstre continuait à se nourrir de ses entrailles. Un peu partout des hommes apparurent et la scène se reproduit à nouveau, encore et encore.

Shaïna comprit que la mort ici n'était que transitoire et que ces hommes, qui venaient de se faire dévorer vivants, reprendraient conscience pour revivre de nouveau cette forme de supplice. Pour l'éternité peut-être.

Elle se concentra sur le dessin sur la pierre et en modifia par la pensée une ligne, la transformant en une vague.

Le monde changea. Elle se trouvait haut dessus d'une lande grise, plate, sans fin, au sol couvert de braises brûlantes. L'air enflammait les poumons et son corps se couvrit aussitôt de transpiration. Sur la lande, des milliers d'hommes marchaient, hurlant à chaque fois que leurs pieds se posaient sur le sol. La brûlure devait être insoutenable, pourtant ces hommes continuaient à avancer, criant, hurlant, pleurant, sans même se voir ni se toucher alors que certains n'étaient qu'à quelques mètres de leurs voisins d'infortune. Peut-être marchaient-ils dans l'espoir de s'évader de cet enfer de braises, même si cela n'était pas possible.

Shaïna secoua la tête, elle voyageait dans les enfers, mais ce n'est pas ce qu'elle recherchait, elle voulait des réponses.

— Vas-tu visiter mon royaume encore longtemps où vas-tu enfin remplir ton devoir ?

La voix était glaciale, presque douloureuse à entendre et Shaïna se plia en deux. Lorsqu'elle se releva, elle se trouvait de retour sur la pierre de granit, mais exempts de tout dessin, ils avaient été effacés et curieusement, elle ne se sentait pas capable de les refaire. Elle était venue pour des réponses et repartait avec encore plus de questions.

Elle ne put s'empêcher de faire un parallèle entre les monstres dévoreurs d'entrailles et Turgich. Leur taille et la longueur des bras correspondaient, mais Turgich avait des mains et non des griffes et sa tête était carrée et cabossée et non ronde comme les monstres et puis ses dents étaient normales, mais son inclinaison à éventrer les gens était troublante.

Elle chassa cette idée de sa tête et se décida à poser des questions à Almaric, là encore on lui cachait la vérité et elle voulait savoir.

Elle retourna vers la maison et après l'avoir aperçu, elle s'approcha de lui et après quelques secondes de réflexion, entreprit de dessiner sur son front à l'aide de ses ongles redevenus soudainement rouge sang. Le dessin fut long et complexe, Almaric n'osait pas bouger, comme paralysé. Bien sûr elle aurait pu lui jeter un sort de vérité comme avaient essayé de le faire les mages d'Eridu, mais elle préférait qu'il s'explique de lui-même. Une fois son dessin terminé, elle se recula de deux pas et murmura dans sa tête.

— M'entends-tu Almaric ?

Almaric sursauta violemment et se prit la tête dans les mains, avait-elle parlé trop fort ?

— Oui, je t'entends Shaïna et c'est une grande joie.

— Alors, dis-moi la vérité, qui es-tu vraiment ?

— Je suis ton arrière, arrière, arrière et plus encore, cousin. J'étais le fils du frère du roi d'Eridur. J'ai tenté de détrôner le roi à l'aide des savoirs noirs et ai fini dans les catacombes, maudit à jamais, jusqu'à ce que tu arrives.

Elle grimaça, encore une personne de son sang. Ne pouvaient-ils donc comprendre qu'elle ne se sentait pas faire partie de cette famille ? Elle fut cependant soulagée de connaître la vérité, tous ces mensonges et ces non-dits l'horripilaient.

Elle retourna s'asseoir près du ruisseau afin de trouver un peu de paix intérieure. Les événements s'enchaînaient sans qu'elle en ait le moindre contrôle et elle se sentait ballottée dans une tempête sans fin.

Le ruisseau était paisible lui, son eau semblait chantonner un avenir qui se voulait radieux. Elle trempa ses pieds dedans, sa fraîcheur la calma et elle sentit ses muscles se détendre un peu. Elle devait trouver un moyen pour reprendre le contrôle de sa vie. Étrangement la vision, ou sa visite dans certains des enfers ne la perturbaient pas. Ces mondes, aussi horribles soient-ils, n'étaient que la conséquence des actes passés. Elle était persuadée que les hommes créaient leur propre enfer et cela ne la gênait pas. Pour elle, les êtres vivants n'étaient que problèmes et violences, seule Pietra lui semblait être de confiance. Turgich aussi, mais était-il vraiment humain ?

Trois jours s'écoulèrent avant que l'armée ne se mettent en route et que casque d'or ne vienne les chercher pour les accompagner. Il n'avait pas l'air très gaillard, mais n'aurait manqué cette guerre pour rien au monde.

Shaïna suivie de ses compagnons, y compris les six revenants qu'elle avait tués et qui lui servaient maintenant de garde du corps, rejoignit le reste de l'armée dans une plaine à l'herbe séchée par le soleil. Dix mille hommes d'armes, elle avait compté juste, suivis par toute l'intendance. L'image en était impressionnante. Au milieu de son armée, entourée par des dizaines de prêtres, se trouvaient le roi et le baldaquin de la reine. Shaïna soupira, elle se doutait bien qu'elle allait passer les prochains jours en leur compagnie et cela ne la satisfaisait guère.

Dix jours, la marche dura dix jours. Le convoi n'avançait pas vite, entre les chariots bourrés jusqu'à la gueule, le baldaquin de la reine et le rythme de marche, l'armée ne faisait guère plus de vingt kilomètres par jour. Elle avançait au rythme cadencé des tambours placés en tête de colonne, ne cherchant pas à dissimuler leur approche, bien au contraire et Shaïna trouvait ça assourdissant. Par bonheur ils avaient été placés derrière la suite du roi et personne ne cherchait à les approcher ou à leur parler. Le soir, des hommes venaient monter leur tente et leur apporter de quoi se nourrir et ils passaient leur soirée seuls, comme dans une bulle. Almaric tenta bien de se rapprocher des feux de camp montés par les soldats, mais la garde lui fit gentiment comprendre que ce n'était pas sa place et qu'il devait retourner auprès de l'envoyée d'Elil. Shaïna n'arrivait toujours pas à comprendre s'ils étaient prisonniers ou pas. En tout cas, ils n'étaient absolument pas libres de leurs mouvements.

Ils arrivèrent à la rivière auprès de laquelle la cité de Kish avait été construite en fin de matinée du dixième jour. Ils avaient bien aperçu çà et là quelques éclaireurs, mais personne n'en avait tenu compte. Le roi voulait que ses adversaires sachent qu'ils arrivaient.

Kish était construite sur une grande plaine plate et visiblement fertile vu le nombre de champs. Elle était relativement petite comparée à Nippur et son enceinte était de bois. Sur la plaine, à quelques centaines de mètres de la cité, une armée était déployée, mais elle n'avait rien à voir avec la leur. Mille ou deux mille hommes s'y bousculaient, visiblement pas très bien équipés, certains hommes n'étant armés que de fourches ou de faux et Shaïna se dit que cela allait être un massacre.

Le roi déploya son armée devant celle de Kish. Une armée bien ordonnée avec les hommes armés de haches au centre, les cavaliers sur les côtes et les archers derrière, le tout rythmé par les tambours qui n'avaient jamais cessé de jouer. Lui-même se plaça derrière ses hommes et fit venir Shaïna à ses côtés, mais sans lui adresser la parole, les yeux fixés sur l'adversaire. Attendant.

De longues minutes passèrent ainsi jusqu'à ce qu'une dizaine d'hommes à cheval se détache de l'armée adverse et se dirige vers eux au galop. Il y avait là deux prêtres, trois hommes richement vêtus, l'un d'un certain âge et deux beaucoup plus jeunes, à peine sortis de l'adolescence, l'ensemble accompagné de cinq soldats armés de lances. Ils s'arrêtèrent devant les hommes à pieds et le plus âgé des cavaliers fit avancer sa monture jusqu'à ce qu'elle soit en contact avec les hommes armés de haches, comme pour montrer qu'il ne les craignait pas et les prenait pour partie négligeables. Il leva la main ouverte vers le roi et s'adressa à lui d'une voix d'où perçait toutefois l'inquiétude :

— Salut à toi Eannatum grand roi d'Eridu, digne représentant d'Elil sur terre, pourquoi te présentes-tu devant notre paisible cité avec toute ton armée ?

Le roi ne répondit pas mais fit signe à l'un de ses hommes qui fendit la foule des soldats un sac à la main.

Le roi de Kish fit reculer un peu sa monture pour laisser le messager sortir des rangs. Celui-ci plongea sa main dans le sac et en sortit une tête tranchée et momifiée qu'il jeta aux pieds des sabots de la monture du roi qui piaffa un peu.

— Voici la tête de Sarpédon, capitaine de ta garde venu pour tuer notre reine. Par bonheur qu'Elil soit loué, son envoyé sur terre l'a tué d'un coup d'épée dans le ventre avant qu'il ne puisse commettre son forfait. Qu'as-tu à répondre Mircéa roi de Kish et assassin.

Le visage du roi se décomposa à la vue de la tête coupée, mais il se reprit vite et la colère fit place à l'obséquiosité affichée.

— Votre reine est une infamie pour nous tous, vous deviez épouser ma fille et nous avez trahis. Tant qu'à votre, soi-disant, messager elle n'est qu'une imposture et je la défie de venir se mesurer à notre bourreau de guerre.

L'armée se mit à gronder, la haine flambait dans les yeux des hommes prêts à en découdre, mais le roi se hissa sur ses étriers, levant le bras et les hommes se turent. Il ne dit rien et le messager répondit à sa place faisant comprendre ainsi à Shaïna que tout avait été prévu à l'avance.

— Nous acceptons ton défi, en cas de défaite nous repartirons, mais sache qu'en cas de victoire, ta tête et celles de tes fils rouleront sur le sol du temple de ton dieu sans aucune pitié.

Le roi de Kish ne répondit pas et fit faire demi-tour à sa monture avant de repartir au galop vers ses hommes.

Shaïna réalisa ce qui venait de se passer, en réalité il n'y aurait pas de bataille, juste un combat entre elle et un « bourreau de guerre ? ». Toute cette histoire n'était qu'un piège pour la forcer à montrer ses capacités aux yeux de tous et, en cas de succès, d'asseoir un peu plus l'autorité du roi. Une fois de plus elle se retrouvait obligée de subir une situation contre son gré.

De l'armée de Kish sortit une espèce de géant avec une grosse tête chauve, les bras, épais comme son torse, armés de lourdes chaînes terminées par de grosses boules pleines de piques qu'il traînait derrière lui. Il était aussi épais que large et alors qu'il s'approchait, Shaïna constata qu'il bavait sans arrêt. Elle comprit qu'il était drogué, pour ne pas ressentir la douleur probablement. Elle allait devoir affronter cette montagne faisant le double de sa taille.

Arrivé à mi-distance entre les armées, le géant presque aussi grand que Turgich se mit à frapper le sol de ses boules d'acier, projetées à l'aide de ses chaînes, tout en hurlant des mots incompréhensibles.

Le roi se tourna alors vers elle et lui dit froidement.

— À toi maintenant, prouve à tous qui tu es.

Shaïna se dit qu'elle savait très bien qui elle était et qu'elle voulait juste qu'on la laisse tranquille. Elle n'en sauta pas moins de sa monture tout en se saisissant de son épée. Aussitôt ses veines s'enflammèrent, ses ongles devinrent cramoisis et le rouge remonta à travers ses veines sur tout le corps, y compris le visage. De fins tracés envahirent la lame de son arme. « Âme morte » ces paroles lui vinrent à l'esprit et correspondait au dessin maintenant créé sur la lame.

Elle fendit l'armée, les hommes s'écartant et s'inclinant sur son passage. Elle jeta un coup d'œil à Turgich qui ne semblait pas plus inquiet que ça et cela la soulagea. Elle s'avança tranquillement vers la montagne de chair qui continuait à frapper sauvagement le sol. Arrivée à une dizaine de mètres, elle s'arrêta et attendit. « L'énorme », elle venait de le surnommer ainsi dans sa tête, poussant un hurlement de bête et se rua dans sa direction. Alors elle s'effaça de son esprit et se décala vers la droite. Arrivé à l'endroit où elle se tenait précédemment « l'énorme » s'arrêta complètement perdu. Shaïna pouvait percevoir ses questions. Mais que faisait-il là ? Il devait tuer un adversaire, mais lequel ?

Shaïna le contourna tranquillement, il ne ressentait peut-être plus la douleur, mais il était fait de chair et d'os. Arrivée derrière lui, alors qu'il tournait la tête dans tous les sens à la recherche d'un adversaire potentiel, elle lui coupa les deux tendons des chevilles d'un coup d'épée. Ses muscles n'étant plus disponibles pour le maintenir, « l'énorme » tomba à genoux surpris de perdre ainsi l'équilibre. Il se mit à projeter ses boules métalliques dans tous les sens et Shaïna s'écarta hors de portée, attendant qu'il se calme un peu. Elle tendit la main gauche vers son crâne chauve et dessina dans l'espace. Quoiqu'elle se trouva à plusieurs mètres de lui, le dessin s'inscrivit dans sa chair en traits de feu. Mais comme l'homme ne ressentait aucune douleur, il ne pouvait en avoir conscience. Une fois terminée, elle se mit en garde, la pointe de l'épée pointée vers le centre du dessin, les mains sur le côté gauche, au niveau de son visage. Dès « qu'énorme » se fut calmé un peu et qu'il cessa de projeter ses chaînes et ses boules dans tous les sens, elle se précipita en courant vers lui et planta d'un coup le plus violent possible, son épée dans sa tête. La lame s'enfonça sans problème dans le crâne de l'homme transperçant son cerveau et ressortant par son œil gauche.

Shaïna retira son arme en tirant dessus d'un mouvement sec et observa « l'énorme » s'effondrer. Il bascula vers l'avant, d'abord lentement, puis d'un seul coup projetant un nuage de poussière autour de lui. C'était terminé.

Elle eut la vision d'une terre plate, vide de tout et d'une âme posée là sans pouvoir ni bouger ni ressentir quoi que ce soit. Son châtiment n'était pas très cruel, il le serait bien plus pour ceux qui l'avaient rendu ainsi.

Derrière elle des hourras triomphants éclatèrent, mais elle n'en tint pas compte et son regard vint se fixer sur l'armée adverse. Il n'était pas difficile de voir et de ressentir le désespoir qui les animait. Ils avaient mis tous leurs espoirs dans « l'énorme » et ceux-ci étaient détruits.

Elle réalisa que si l'armée de Nippur attaquait maintenant, il ne se défendrait même pas. Elle tourna la tête, Turgich s'était porté à ses côtés, accompagnée des six spectres et elle prit sa décision.

Elle rengaina son arme et s'avança droit vers l'armée de Kish d'un pas ferme et volontaire. Almaric les rejoignit en courant et elle apprécia, la communication serait plus facile. Derrière l'armée avança, mais tout en maintenant sa distance.

Elle s'arrêta à quelques mètres de la troupe, face au roi dont le visage décomposé exprimait autant son désarroi que sa peur. Elle observa les hommes en face d'elle. Mis à part une centaine d'hommes, bien équipés et prêts à obéir aux ordres, les autres n'étaient que des paysans ou des soldats de fortune, tenant mal leurs armes, lorsqu'ils en avaient, et fort peu enclins à se battre.

Trois hommes sortirent des rangs, de vrais soldats ceux-là et se ruèrent vers elle, l'épée haute, en hurlant. Mais ils n'arrivèrent pas jusqu'à elle, Turgich s'interposa son épée massive dans la main, il frappa en diagonale les deux premiers assaillants. Le premier d'entre eux tenta bien de parer l'attaque de son arme, mais celle-ci explosa lorsque les lames entrèrent en contact. L'arme de Turgich, elle, continua sa course sans ralentir et pulvérisa la tête de l'homme avant de fracasser l'épaule du deuxième. Puis Turgich inclina son arme tout en faisant un pas de côté pour se retrouver sur la course du troisième assaillant. Il fit remonter son coup sans aucun effort, comme indifférent au poids de son arme qui siffla dans l'espace. La pointe de l'épée arriva droit sur la mâchoire de l'homme, la lui faisant éclater et déchirant son nez. L'homme fut projeté en arrière, soulevé du sol par la violence de la frappe et s'effondra comme une poupée de chiffons. Puis tranquillement, presque en douceur et comme si rien ne s'était passé, Turgich fit remonter son arme au-dessus de sa tête en position haute, les jambes fléchies prêt à frapper de nouveau.

Shaïna le regarda de coin, elle en avait la certitude, cet homme n'était pas vraiment humain, mais le principal fut qu'il soit de son côté, à moins qu'il ne fût là pour la surveiller, voir si elle remplissait correctement sa mission.

Son regard se porta sur le roi et ses fils, les hommes s'étaient écartés d'eux subrepticement, peut-être de façon inconsciente. Tous savaient que leur vie ne tenait plus qu'à un fil.

Shaïna laissa ses pensées se tourner vers Almaric qui s'avança d'un pas.

— Écoute la parole d'Elil et mets-toi à genoux.

L'homme et ses fils se laissèrent tomber à genoux, les épaules voûtées, c'était la fin pour eux et ils le savaient.

Des commandements fusèrent de derrière eux, l'armée de Nippur avança un peu plus dans un ordre parfait. Une centaine de chevaux vint soudain les entourer, le roi et sa garde. Le suzerain mit pied à terre et s'avança à ses côtés.

Shaïna ne tint pas compte de sa présence et demanda à Almaric de continuer à transcrire ses paroles.

— Écoute la parole d'Elil, à partir de cet instant tu n'es plus roi et ton sort ainsi que celui de tes fils est placé entre les mains du roi Eannatum, mon représentant. »

Shaïna perçut le contentement du roi, il n'y avait rien à faire pour sauver ce roi et ses fils et d'ailleurs elle s'en moquait complètement. Mais elle ne souhaitait pas que la cité soit réduite en cendre, ses hommes massacrés, ses femmes violées et les enfants réduits en esclavage.

— Cette cité est maintenant sous ma protection, ses prêtres devront se convertir ou mourir et son temple me sera dédié. Elle sera dirigée par celui qui parle par ma voix sous le contrôle du roi Eannatum et il épousera ta fille afin d'asseoir son autorité sur la ville et de perpétuer ton sang. Prosterne toi maintenant ton destin ne m'intéresse plus.

Les trois hommes se prosternèrent devant le roi, mais Shaïna savait bien que c'était en pure perte et que le roi se ferait un plaisir à les sacrifier à son dieu. Almaric ne disait rien, il était complètement décontenancé. Shaïna venait de lui offrir une couronne et son ego s'en satisfaisait complètement, même s'il ne s'y attendait absolument pas.

Peut-être comprenait-il aussi que c'était le premier pas que Shaïna faisait afin de se libérer de toutes contraintes humaines, mais il était aussi trop heureux de retrouver une place digne de lui.

Le roi, lui, dansait d'un pied sur l'autre, réfléchissant sur sa façon de réagir. Shaïna venait de lui dicter sa conduite ce qu'il ne pouvait accepter mais en même temps remettre en cause ses dires revenait à contrecarrer son dieu aux yeux de tous.

Shaïna savait le moment délicat et elle n'osait pas bouger, les muscles tendus, se demandant pourquoi elle avait pris une telle initiative. Puis, contre toute attente, le roi éclata de rire et déclama joyeusement :

— Loué soit Elil et ses décisions, cette cité fait maintenant partie de son royaume et son nouveau roi.

Il s'avança et posa une main sur l'épaule d'Almaric, une main qu'il serra suffisamment fort pour bien faire comprendre la portée de ses paroles.

— Son nouveau roi, après nous avoir porté allégeance et versé une pièce d'or à chacun de mes hommes, gouvernera sous le soleil d'Elil, grâce à lui.

Il s'approcha de l'ancien roi, reprenant son port méprisant et hurla :

— Quant à eux, ils seront sacrifiés dès ce soir avec tous les prêtres non convertis sur l'autel du temple. Elil sera heureux de ce sacrifice et nous offrira une longue vie prospère.

Il se tourna vers ses hommes, les deux bras levés et la troupe entière se mit à scander :

— Elil, Elil, Elil.

Et Shaïna se dit qu'il était vraiment temps pour elle de quitter ce peuple sanguinaire. Elle continuerait à se diriger vers le sud, loin, le plus loin possible des hommes. Elle jeta un regard de biais à Turgich, lui et seulement lui l'accompagnerait.

Quatorze ans

Shaïna avait quatorze ans aujourd'hui et elle se souvenait encore très bien de cette soirée cauchemardesque qui avait précédé sa fuite.

Son regard se posa sur une hirondelle virevoltant à pleine allure dans le ciel azur. Elle en admira les circonvolutions qui lui firent penser aux dessins qui menaient aux enfers. Elle chassa cette idée de sa pensée, c'était la première qu'elle voyait, le printemps revenait et avec lui le foisonnement de la vie. Un bourdon passa à vive allure prêt de sa tête et elle expira doucement avant de laisser l'air pur et vif entrer dans ses poumons.

Tout avait pourtant commencé presque normalement ce soir-là, après l'entrée triomphale de l'armée de Nippur dans la ville sous les hourras d'une foule prête à tout pour sauver sa peau, ils étaient montés au temple où les y attendaient les prêtres de Mardouk. Ceux prêts à se convertir étaient nus et à genoux sur le côté droit du temple, les autres, les plus nombreux attendaient sur le côté gauche, conscients du sort qui leur était réservé. Le temple était simple, une grosse bâtisse carrée et les quelques statues de Mardouk, représentant un homme à la tête de lion, avait déjà été mise à bas, prouvant ainsi sa défaite et sa répudiation de la ville au profit d'Elil.

Almaric avait tout d'abord été intronisé comme nouveau roi, cérémonie courte et sans fioritures qui s'était terminée par son serment d'allégeance envers Eannatum.

Puis les mises à mort avaient commencé. Tout d'abord celle des prêtres se refusant à renier leur dieu et que devaient sacrifier à Elil ceux qui s'étaient convertis. Faisant preuve ainsi de leur allégeance et de leur soumission envers Elil.

Ils égorgeaient leurs anciens compagnons le corps dénudé, les yeux rougis par la prise de quelque drogue et pour certains visiblement avec plaisir, avant de recevoir une nouvelle robe verte, signe de leur intronisation dans le panthéon d'Elil.

La troupe avait alors commencé à gronder de plaisir, poussant des cris de joie et de contentement après chaque égorgement. Shaïna avait senti l'excitation monter entraînant une bonne partie des hommes dans une forme d'hystérie collective qui devint rapidement incontrôlable.

Puis ce fut le tour du roi et de ses fils, qu'Eannatum se fit plaisir d'égorger lui-même en tant que digne représentant d'Elil et ceux sous les hurlements d'hommes devenus fous.

De très nombreux soldats avaient ensuite déferlé sur la ville dans une sorte de transe sanglante, tuant ceux qu'ils s'imaginaient peu enclins à adorer Elil ou simplement ceux que leurs voisins dénonçaient, violant sans vergogne femmes et enfants après avoir égorgé le mari ou le père, et éventrant sans aucune pitié les malheureux après leur forfait.

Shaïna avait compris qu'au moins un tiers de la population était appelée à mourir dans d'atroces conditions et que cela aussi avait été calculé et prévu. C'était le prix à payer par la ville pour le comportement de son roi. Bien sûr les hommes lâchés sur la ville étaient tous dans un état de transe meurtrière, mais le roi lui, savait très bien ce qu'il faisait.

Elle s'était dit qu'Almaric allait avoir une tâche ardue pour ramener la paix et la prospérité. Que tous ces hommes et ces femmes meurent, elle s'en été moqué un peu, mais ce déferlement de fureur, les cris de douleur, de détresse, le gémissement des mourants, elle avait trouvé ça répugnant.

Alors elle s'était décidée, faisant signe à Turgich et laissant le roi hurler avec ses hommes, elle s'était dirigée vers l'entrée de la ville après avoir récupéré sa monture. Les soldats qui écumaient la ville, s'écartèrent d'elle avec respect, conscient malgré leur état de folie de son statut. Ils avaient atteint les portes sans problème et en étaient sortis après que Turgich se fut saisi d'un cheval de bas ainsi que d'une monture supplémentaire.

Shaïna avait alors compris qu'il s'était préparé pour cette éventualité, se doutant bien que Shaïna chercherait à fuir. Il avait prévu ces montures bien en amont, conscient que la route serait longue. C'est vrai que s'il n'y avait eu qu'elle, elle serait partie sans se retourner et les mains vides.

Elle avait eu une pensée pour Pietra qui était restée à Nippur. Et avait espéré que tout irait bien pour elle et qu'elle ferait bon usage de tout l'or qu'elle y avait laissé.

Ils avaient pris la route du sud et elle avait aussitôt mis sa monture au petit galop dans la nuit noire. Elle avait voulu s'éloigner le plus rapidement possible. Elle ne croyait pas que le roi se lancerait à sa poursuite, trop content de pouvoir se débarrasser d'elle.

Elle savait parfaitement que sa présence était à double tranchant, bien sûr, elle était la preuve qu'Elil approuvait le comportement de son peuple, bien sûr elle pouvait tuer des monstres comme « l'énorme » et avait sauvé la reine. Mais elle était aussi un coin dans son autorité royale et risquait de prendre une importance suffisamment dangereuse pour remettre en question son statut et son titre d'envoyé d'Elil.

Il serait bien trop heureux d'expliquer qu'Elil lui-même, avait rappelé à lui son messager maintenant que sa mission était remplie et tournerait sa disparition à son avantage. Quant au fait qu'elle eut emporté l'épée avec elle, il lui serait facile d'expliquer qu'Elil avait voulu récupérer son arme en échange des bienfaits qu'avait apportés son messager.

Shaïna, elle, désirait juste s'enfuir de ce lieu, de ce peuple, de cette religion.

Lorsqu'elle s'était décidé à s'arrêter pour se reposer, les bêtes de bas étaient épuisées et elle réalisa qu'elle devait se calmer et qu'elle se devait d'avoir une pensée cohérente et construite et non suivre ses simples pulsions sous peine de voir les chevaux mourir d'épuisement.

Elle était descendue de sa monture et avait marché un peu, laissant Turgich s'occuper des bêtes et installer un campement de fortune. Elle s'était assise un peu à l'écart, contemplant les étoiles. Elle avait réalisé que depuis sa petite enfance, elle subissait tous les événements de sa vie et ne faisait que réagir pour survivre. Peut-être était-il temps qu'elle fuie définitivement les hommes et qu'elle cherche à découvrir le monde. Elle aimait la nature, les oiseaux, leurs chants. Elle possédait suffisamment de connaissances pour survivre et puis elle avait Turgich avec elle. Alors qu'importaient ces êtres humains, qu'importaient les dieux bons ou mauvais, qu'importaient les enfers, les âmes devenues folles ou perdues. À partir de maintenant, elle serait elle-même et vivrait pour elle.

Les trois jours qui avaient suivi furent monotones. Ils s'étaient dirigés vers le sud le plus rapidement possible et le paysage était resté désespérément plat, une immense plaine aux hautes herbes qui ne semblait n'avoir aucune fin. Ils avaient quitté la route dès le deuxième jour et s'étaient dirigés en se servant de la position des astres dans le ciel. Heureusement, il faisait beau et les rayons du soleil semblaient vouloir chasser ses idées sombres. Elle avait alors commencé à se détendre un peu et à profiter de l'instant présent. La communion avec sa monture se fut encore plus profonde qu'elle n'était et chaque nouvel oiseau qu'elle apercevait la sortait un court instant de ses angoisses. Elle adorait les voir voler dans le ciel azur et elle aimait par-dessus tous leurs chants. Passereaux, chardonnerets, elle pouvait rester de longues minutes à les écouter avec cet étrange sentiment de liberté qui finissait par l'envahir.

Le matin du quatrième jour, Turgich lui avait fait comprendre qu'il souhaitait qu'elle reprenne ses entraînements, ce qu'elle accepta avec joie. Elle adorait combattre et là, en plus, elle n'avait besoin de tuer personne. Turgich avait sorti deux sabres de bois de leur barda, ainsi que deux arcs et des flèches. Shaïna avait alors senti tout son corps se relâcher, elle allait pouvoir utiliser chacun de ses muscles et apprendre à tirer avec un arc, la journée s'annonçait belle. Elle s'était saisie d'un des sabres en bois et s'était mise en garde, l'épée au-dessus de sa tête, jambes fléchies. Elle avait encore à apprendre dans cet art et apprendre, elle aimait ça.

Il lui avait fallu une semaine pour maîtriser le tir à l'arc et arriver à tirer en pleine course, juchée sur « brin d'amour » lancé à plein galop. La première fois qu'elle avait atteint la cible que brandissait Turgich, et ce à plus de trente mètres, debout sur ses étriers, elle aurait hurlé de joie, si elle en avait été capable bien sûr. Elle adorait comprendre, gérer ses muscles et en optimiser leur utilisation. C'était le seul moment où ses réflexions ne venaient pas la perturber et où elle pouvait se consacrer totalement à l'instant présent. Lorsqu'elle se battait ou tirait à l'arc, son esprit semblait vide de toute pensée lui procurant ainsi un doux sentiment d'extase.

Elle arrivait maintenant à contenir Turgich à l'épée, mais savait qu'il lui serait impossible de se mesurer à lui s'il brandissait son arme personnelle, démesurée, d'une lourdeur inappropriée et qu'il maniait comme un bâton. Rien ne pouvait lui résister. Elle pouvait être souple et rapide, lui ne l'était pas moins malgré sa masse et sa taille. Rien ni personne au monde ne pouvait le battre, elle en était persuadée. D'ailleurs elle n'avait pas tranché à savoir s'il était humain ou non. Il ne parlait jamais, ne laissait jamais paraître une quelconque émotion et ne semblait jamais se fatiguer.

Trois semaines après ses quatorze ans, alors qu'ils voyageaient toujours sur cette plaine herbeuse et triste, le paysage se mit à changer progressivement. De petites buttes firent leur apparition, agrémentées çà et là de petits bosquets de feuillus.

Shaïna apprécia ce paysage à la fois doux et sauvage. De nombreux animaux vadrouillaient un peu partout, peu farouches voir, pour certains, curieux. Beaucoup de cervidés, mais aussi des sangliers, des lapins, des lièvres, tout ce monde suivi de près par leurs prédateurs. Mais la nourriture était abondante ici alors, même les loups ne posaient pas de problème. Mais ils prenaient tout de même soin de ne pas s'approcher des ours que Shaïna percevait prompts à s'énerver.

Les jours passèrent et les buttes se transformèrent progressivement en collines et les bosquets en petites forêts.

Ils avaient croisé une petite rivière deux jours auparavant et la remontaient tranquillement. L'eau y était translucide, poissonneuse et le courant relativement important. Shaïna adorait s'y baigner le soir après que leur voyage les eut couverts de poussière. C'était un plaisir nouveau pour elle qui ne s'était pratiquement jamais lavé de toute sa jeunesse, si ce n'était parfois en restant sous la pluie. L'eau glacée réveillait ses sens et lui donnait même envie de rire.

Elle trouvait la vie bien agréable et paisible. De voir chaque jour de nouveau paysage satisfaisait amplement sa curiosité et sa soif de connaissance.

Un soir alors que l'été était à son apogée, rendant le soleil brûlant et les nuits tièdes, ils s'engagèrent, toujours suivant le cours d'eau, dans une vallée nichée entre deux collines plus élevées que les autres.

Ils suivirent une courbe de la rivière, masquée par les arbres, pour déboucher sur une petite anse creusée là par le courant et bordée d'une plage de sable jaune sur laquelle le fil de l'eau venait s'écraser paresseusement.

Cinq jeunes hommes jouaient dans l'eau, s'éclaboussant et poussant des cris de joie. À leur apparition, l'un d'entre eux poussa un cri strident d'avertissement. Ils se précipitèrent hors de l'eau aussi vite qu'ils le purent, se saisirent de leurs vêtements et s'enfuir en courant vers la colline.

Shaïna et Turgich se regardèrent, ils étaient d'accord. Ils poussèrent doucement leurs montures et suivirent les traces laissées par les jeunes hommes.

Après quelques minutes de trot, le long d'un petit sentier grimpant sur l'une des collines, ils débouchèrent sur un campement d'une vingtaine de grandes tentes de peaux surplombant la rivière et juché sur une petite terrasse naturelle. La vue sur la rivière et ses environs était superbe et le campement accessible uniquement par le petit sentier qu'ils venaient d'emprunter, permettant d'éviter ainsi autant que possible les attaques-surprises.

Lorsqu'ils débouchèrent sur le surplomb, une trentaine d'hommes armés d'arc et de flèches les y attendaient, l'air belliqueux. Mais Shaïna ressentait plus chez eux de la peur et de l'incompréhension qu'autre chose et elle ne s'alarma pas outre mesure.

Turgich mit tranquillement pied à terre et s'approcha des hommes la main levée en signe de paix et Shaïna en profita pour observer le campement. Derrière les hommes en armes, de nombreuses femmes les observaient avec curiosité. Elles ne donnaient pas l'impression de se sentir menacées par ce géant accompagné d'une toute jeune femme. Des enfants et des adolescents les accompagnaient et elle reconnut celui qui avait averti les autres. Elle poursuivit son observation sans plus tenir compte de ces femmes.

Ce peuple était plutôt petit en taille et avait la peau sombre et les cheveux noirs. Le campement était plus ordonné qu'il n'y paraissait et était monté en cercle autour d'un espace dégagé où fumaient encore les cendres d'un grand feu. Un tronc d'arbre sculpté de visages d'hommes et de femmes était planté non loin du centre. Leur dieu certainement, ou plutôt leurs dieux ou leurs ancêtres qui étaient certainement supposés veiller sur eux.

Elle réalisa que les femmes la montraient maintenant du doigt, sans vergogne, discutant à haute voix entre elles. C'est vrai qu'avec ses cheveux blonds et sa peau claire couverte de taches de rousseur, elle devait être une curiosité.

Elle reporta son attention sur Turgich et vit, avec surprise, qu'il parvenait à communiquer avec les hommes en armes dans un mélange de mots et de signes. Les guerriers avaient baissé leurs armes et souriaient, visiblement soulagés. Un très vieil homme apparut de derrière eux, se soutenant sur un bâton sculpté et Turgich s'inclina devant lui avec respect avant de se remettre à parler, s'aidant toujours de ses mains. Le vieil homme sourit à son tour et tendit sa main à Turgich afin de se saisir de son avant-bras. Le vieil homme paraissait vraiment chétif aux côtés de Turgich, mais son autorité semblait réelle.

Après quelque instant Turgich lâcha l'avant-bras du vieillard et revint vers elle.

— Invité. Bienvenue. J'ai vécu dans des tribus enfant.

Eh bien voilà qui répondait à ses questions, pour le reste, ces gens paraissaient pacifiques et n'allait pas lui demander de tuer des gens ou de participer à des sacrifices sanglants, alors pourquoi pas.

***

Shaïna lança « brin d'amour » à plein galop le long du troupeau de bisons en fuite. Elle choisit un jeune mâle, puissant et de haute taille, elle arma son geste et tira sa flèche sans ralentir. Comme prévu, la flèche vint se figer dans l'œil du bovidé qui s'effondra roulant sur le sol avant de s'immobiliser, mort sur le coup. D'une pression de jambes, elle indiqua à sa monture de s'arrêter. Elle était satisfaite de son tir.

Cela n'avait pas été facile de se faire accepter pour cette chasse, les femmes et encore moins les jeunes filles ne chassaient pas. Elle avait tout d'abord obtenu un refus catégorique de la part du maître de chasse qui l'avait rendue folle de rage. Elle avait sauté sur son étalon et l'avait fait tourner autour des chasseurs, eux-mêmes très énervés, à pleine vitesse. Puis, tout en maintenant son allure, elle avait tiré trois flèches rapprochées dans le bois de la lance que tenait le maître de chasse. Celui-ci avait écarquillé les yeux, incrédules. Elle avait ensuite stoppé net sa monture d'une simple pression de jambes à quelques centimètres de lui. Mais cela n'avait rien changé, les hommes refusant toujours sa présence avec obstination et il avait fallu l'intervention du chef et de Turgich pour que les hommes finissent par l'accepter en grommelant. Turgich s'était penché vers elle et lui avait murmuré :

— Maintenant te voilà devenue un esprit, tu n'es plus un être humain.

Shaïna se moquait bien de la façon dont ils la considéraient, ce qu'elle voulait c'était participer à la chasse, alors…

Ce peuple chassait de gros bovidés aux cornes longues et pointues, agressifs et puissants, n'hésitant pas à charger lorsqu'ils se sentaient menacés et qu'ils nommaient bisons. Ils en tiraient leur subsistance mais les accidents n'étaient pas rares et parfois mortels. Ils montaient de petits chevaux nerveux à cru et sans filet et Shaïna avait rapidement assimilé leurs techniques de monte, l'utilisant pour elle-même, elle appréciait de pouvoir contrôler « brin d'amour » par son assiette et ses jambes plutôt que par l'intermédiaire d'un mort. D'autant plus que sa monture était attentive et réceptive à ses demandes.

Elle sauta de sa monture pour s'approcher de sa victime, mais fut précédée par cinq jeunes femmes qui la dépassèrent en criant et qui se précipitèrent sur le bovidé mort afin de le dépecer. Shaïna en fut soulagée, elle ne savait pas encore comment faire cela. Elle observa avec attention les femmes ouvrir le ventre de la bête, en récupérer le foie, le cœur, les boyaux et l'estomac. Elle imaginait bien que rien ne devait se perdre sur un animal. Mais ce qui l'intéressait par-dessus tout c'était la peau. Ses propres vêtements tombaient en lambeaux et elle avait observé avec attention les femmes créer des aiguilles à partir d'éclats d'os et coudre des vêtements sur des peaux tannées et séchées. Même ses bottes commençaient à présenter de nombreuses faiblesses et elle enviait la souplesse des leurs, faites de peaux.

Ces jeunes femmes étaient très vite devenues en quelque sorte ses suivantes. Complètement subjuguées par sa peau pâle et ses cheveux blonds, elles la suivaient partout, lui offrant gîte et couvert, cherchant à la toucher, à caresser ses cheveux. Shaïna après leur avoir fait comprendre qu'elle ne pouvait s'exprimer et qu'elle ne voulait pas être touchée avait fini par accepter leur présence. Elle l'acceptait d'autant plus facilement que ces jeunes femmes lui montraient avec plaisir leurs différentes techniques et capacités. Elle avait ainsi appris non seulement à créer une aiguille à partir d'un os, mais aussi à créer un couteau tranchant à partir de certaines pierres en frappant dessus sous un certain angle avec une autre pierre. Elle s'était elle-même créé un couteau rattaché à un manche en bois d'un tranchant net et coupant. Elle lui avait même appris à faire du feu à l'aide de deux cailloux, l'un noir et l'autre brillant, ce qu'elle trouva bien utile. Après s'être façonné une aiguille, elle les avait regardés coudre des tuniques et des pantalons et c'est là qu'elle avait décidé de se faire ses propres affaires.

Sinon la vie était simple ici et si ce n'était la différentiation marquée entre les hommes et les femmes, tout semblait paisible.

Le soir était organisé de grands rassemblements autour du feu pendant lequel les hommes et les femmes dansaient et chantaient tout en fumant, à l'aide de grandes pipes, des substances hallucinogènes.

Le chef entrait alors en communication avec les esprits, ou du moins essayait-il. Shaïna voyait bien des âmes virevolter autour du feu, mais si le chef chaman arrivait à les percevoir, il ne pouvait guère faire plus et peux être cela était-il préférable.

Certaines étaient perdues ou mauvaises. Cependant même si elles étaient attirées par les chants de la tribu, elles ne cherchaient pas à entrer en communication avec elle, à lui demander leur retour à la vie, semblant au contraire l'ignorer complètement et elle en était soulagée.

Mais aussi agréable que fût cette vie, elle ne lui convenait pas. Alors elle partait souvent dès l'aube avec « brin d'amour » pour ne revenir qu'à la nuit tombée. La vie dans ce camp était une vie de groupe, régie par des règles strictes acceptées de tous et elle n'arrivait pas à s'y faire. Pas plus qu'à ces interactions sociales perpétuelles. Elle voulait être seule avec elle-même et peut lui importait les autres.

Un jour alors que l'automne commençait à faire valoir sa présence par ses journées plus courtes et ses feuilles aux couleurs chamoisées, elle partit en vadrouille près de la rivière à la recherche d'une proie décente à ramener au camp, elle avait envie de poisson et à cette époque de gros poissons argentés remontaient le cours d'eau pour pondre. Leur chair était grasse, rose et succulente alors autant ne pas s'en priver.

Vers midi, elle arriva au pied d'une petite cascade dans laquelle trois ours pêchaient ces gros poissons qui tentaient de passer par-dessus la retombée d'eau dans l'espoir de remonter le courant, poussés par leur instinct. Elle se positionna sur un surplomb de pierre sur le côté haut de la cascade et les observa faire. Le spectacle était magnifique et l'adresse avec laquelle les ours se saisissaient des poissons fascinants.

Elle en était là, observant les ursidés lorsque soudain un grondement sourd résonna derrière elle. « Brin d'amour » piaffa et elle se retourna d'un bond pour se retrouver face un ours immense dressé sur ses pattes arrières, l'air particulièrement énervé. Bien sûr elle aurait pu s'effacer de sa pensée, mais elle ne pouvait pas effacer sa monture. Or, ils étaient coincés sur ce surplomb, l'animal bloquant la seule issue, et il n'était pas question d'abandonner « brin d'amour ». Elle n'avait pas le choix, l'ours se préparait à les charger, la gueule bavant de colère, l'air vindicatif.

Trois flèches sifflèrent dans l'air, une pour chaque œil et une pour le cœur et l'animal s'effondra en arrière, mort. Shaïna se sentit désolé : quelque part, tuer un être humain n'était rien, mais cet animal si majestueux, cela la perturbait. Elle eut conscience que sa place en ce lieu était une forme d'hérésie à la nature. Elle n'aurait jamais dû se trouver là, et le résultat en avait été la mort de cet animal majestueux.

Elle se ressaisit, l'hiver serait rude et la peau de cet ours la bienvenue. Elle sortit de sa ceinture son petit couteau de pierre, il était temps de mettre en pratique ce qu'elle avait appris.

Au fur et à mesure que l'année avançait, sa place dans la tribu commençait à être difficile. Les hommes ne l'avaient tolérée dans leur chasse aux bovidés que parce que Turgich leur avait fait croire qu'elle était un esprit réincarné, mais le reste du temps ils l'évitaient ou la méprisaient. De leur côté, certaines femmes acceptaient de plus en plus difficilement sa liberté d'être et commençaient à parler dans son dos, voire à éloigner leurs enfants à son approche.

Mais en réalité, Shaïna n'en avait cure, la tribu allait bientôt partir pour son campement d'hiver et elle n'avait nullement l'intention de les suivre. Cependant, elle trouvait que leur présence devenait pesante. Ils n'avaient plus rien à lui apprendre et elle se sentait marginalisée, comme elle l'avait toujours été.

L'automne était bien engagé maintenant, les premières neiges commençaient à virevolter dans le froid du matin et de lourds nuages gris traversaient le ciel sans relâche. Shaïna n'était pas revenue au campement depuis plus de trois jours. Elle savait que ceux-ci pliaient le camp et elle n'avait simplement pas envie d'être là.

Assise sur une crête, mâchouillant un peu de viande séchée, elle observait le paysage avec attention. Elle avait décidé de passer l'hiver en contrebas, dans une petite anse créée naturellement à l'époque où la rivière était bien plus importante. Cet endroit la protégerait du vent et elle pourrait y planter la tente qu'elle avait elle-même construite dans une petite dénivellation. L'endroit se situait près de la retenue d'eau créée par la petite cascade où elle avait tué le grizzly et serait donc poissonneux.

Elle ne mangeait pas beaucoup son estomac restant très étroit après les privations de son enfance. Un ou deux poissons par semaine lui suffiront, quant à Turgich, il se débrouillerait. Lui aussi avait changé et Shaïna se disait qu'il ressemblait de moins en moins à un être humain, ses bras semblaient s'être encore allongés et elle trouvait son visage de plus en plus laid. Et là encore, même s'il avait semblé dans un premier temps apprécier la compagnie des nomades, il avait rapidement pris du recul, s'isolant ou disparaissant pendant des heures voir des jours. Shaïna ne lui demandait rien et n'avait nullement l'intention de lui poser la moindre question. Non que cela ne l'intéressait pas, mais elle n'en voyait pas l'utilité : qu'il fasse ce qu'il voulait.

Un mouvement entre les branches attira son attention, elle s'allongea derrière la crête et observa. Une quarantaine d'hommes armés de haches de pierre, d'arcs et de flèches avançaient précautionneusement entre les arbres. Ils avaient le visage peint en noir et de larges traits rouges dessinés sur le torse. Ils étaient plus grands que les gens du village et leur peau semblait plus sombre, mais comme eux ils étaient minces et secs.

Shaïna comprit qu'ils allaient attaquer le village, pour voler les vivres et les femmes certainement. Elle hésita un instant. Non elle ne pouvait pas laisser ceux qui les avaient accueillis se faire tuer, même si elle les appréciait de moins en moins, elle se devait d'agir.

Elle se laissa glisser jusqu'à « brin d'amour », l'enfourcha et partit au galop vers le village.

Une fois parvenue devant le camp en phase de démontage, elle fit signe à Turgich qui traînait là et lui expliqua par signe qu'une attaque imminente était en cours de préparation. Turgich opina de la tête sans un mot avant de se diriger vers les guerriers occupés à démonter les tentes.

Shaïna se tourna vers la petite montée permettant d'accéder au campement, c'était le seul accès et c'était donc ce chemin-là qu'emprunteraient les assaillants. Elle savait quoi faire. Ses ongles devinrent rouges et la couleur pourpre remonta le long de ses veines au travers de tout son corps. Elle se saisit d'une pierre et se mit à dessiner sur le sol une arabesque compliquée. Elle allait tuer et il n'était pas question qu'elle s'encombre d'âmes mortes et inutiles. Elles les enverraient dans les abîmes où elles payeraient leurs dettes.

« Tout le monde doit payer. »

Cette évidence traversa son esprit. Elle vit un désert de pierres plongé dans une nuit éternelle. Il y faisait froid et les humains y souffraient de la faim, de la soif et de cette température glaciale. Mais avant tout, ils avaient peur, ils étaient terrorisés. Des meutes de chiens féroces rôdaient autour d'eux dans la nuit éternelle, ils pouvaient entendre leurs grondements, voir leurs yeux rouges et cruels. Bientôt une meute se jetterait sur eux, mordant, griffant avant de se saisir de l'un d'entre eux pour l'emmener dans la nuit afin de le dévorer. Ses hurlements d'agonie et de douleur dureraient longtemps, trop longtemps, leur déchirant l'âme à l'idée qu'ils pouvaient être le suivant. Mais le pire de tout serait de le voir revenir, toujours vivant, le visage déformé par la souffrance vécue, le regarder s'asseoir en pleurant ou geignant auprès d'eux dans l'attente de la prochaine attaque. Et il n'y avait pas de fin à cette horreur.

Cet enfer ne lui parut pas pire qu'un autre, et qu'importait après tout, tous devaient racheter leurs fautes.

Elle venait juste de finir son dessin lorsque les assaillants apparurent. Elle se saisit de son arc, son épée déjà fixée dans le dos, et s'avança vers eux en s'effaçant. Cela lui parut facile malgré le nombre, elle grandissait aussi dans ses facultés. Enfant, elle ne pouvait s'effacer que de deux ou trois personnes, là elle le faisait sur une petite troupe, et sans réelle difficulté.

Elle eut le temps de tirer cinq fois avant d'arriver au contact physique et de se saisir de son épée. Cinq morts, chacun une flèche plantée dans le cœur. Les hommes avançaient vers elle sans avoir conscience de sa présence. Voyant certains de leurs compagnons tomber sous les flèches de Shaïna sans comprendre d'où venait l'attaque, ils chargèrent en poussant des cris de guerre. Shaïna trancha la tête du premier homme se présentant devant elle, ouvrit la gorge du deuxième et sa lame pénétra l'épaule en diagonale jusqu'aux cotes d'un troisième. Les autres l'avaient maintenant dépassée et se ruaient vers le campement, pour se retrouver face à Turgich. Shaïna rengaina son arme, elle avait suffisamment tué. D'autant que le combat se déroulant à l'entrée du campement ressemblait surtout à une boucherie. L'énorme lame de Turgich éclatait les têtes, les os, tranchait les chairs à une vitesse impressionnante. En quelques instants une dizaine d'hommes gisaient morts sur le sol et les survivants firent demi-tour et s'enfuirent en clapissant de peur et sans demander leurs restes.

L'attaque n'avait duré que quelques instants et près d'une vingtaine d'hommes étaient morts. Shaïna observa leurs âmes s'élever de leurs corps brisés, tenter de venir vers elle avant de se faire aspirer par le passage qu'elle avait créé.

Shaïna s'en désintéressa, elle en avait assez. Encore une fois, elle avait été obligée de tuer. Cette tribu l'avait placée dans une notion d'obligation, une forme de dette la privant de tout choix et elle détestait ça. Les conséquences en étaient toujours les mêmes. Que ce soit pour sa sœur, pour cette tribu, elle finissait toujours par devoir tuer.

Sans un regard vers les hommes et les femmes qui s'étaient attroupés autour de Turgich, elle sauta sur sa monture et s'éloigna. Cet épisode de sa vie s'arrêtait là.

Il faisait nuit lorsque Turgich la rejoignit sur le petit surplomb. Elle était assise près d'un feu laissant ses pensées voyager le long des flammes, lorsqu'il apparut dans son champ de vision. Il était accompagné des deux chevaux de bas lourdement chargés et entreprit sans attendre de commencer à monter leur tente d'hivernage.

***

L'hiver fut long et rude. La neige tomba sans interruption pendant des semaines, puis un froid glacial accompagné d'un blizzard féroce perçant les vêtements jusqu'à la peau s'installa. La rivière avait gelé et il leur avait fallu percer à coup d'épée une glace épaisse et compacte pour arriver à pêcher quelques poissons. Les journées étaient courtes et les nuits souvent dépourvues d'étoiles, plongeaient le monde dans un noir profond, parfois angoissant lorsque les loups rôdaient en hurlant. Ils devinrent d'ailleurs rapidement très agressifs, tournant autour de l'enclos dans lequel se trouvaient les chevaux à la recherche d'une nourriture facile. Shaïna et Turgich durent intervenir à de nombreuses reprises pour les éloigner et ce ne fut que lorsqu'ils eurent tué plusieurs loups que ceux-ci finirent par craindre l'endroit et ne s'en approchèrent plus.

La nourriture pour les chevaux fut aussi un problème, surtout vers la fin de l'hiver lorsque les réserves furent épuisées et les bêtes commencèrent à maigrir dangereusement, ce qui inquiéta Shaïna soucieuse qu'elle fût de la santé de « brin d'amour ». Ils continuèrent cependant à s'entraîner à l'épée tous les jours, même si la neige rendait les équilibres précaires et que le froid engourdissait les muscles.

Alors, lorsque les premiers oiseaux migrateurs passèrent au-dessus de leur tête Shaïna se sentit soulagée. Encore quelques semaines et ils pourraient repartir. Le soleil finit par percer les nuages, dardant ses rayons sur un monde qui n'attendait que lui, faisant fondre la neige et y laissant un sentiment de renouveau agréable. La rivière dégela charriant dans un courant grondant et devenu incontrôlable de gros morceaux de glaces dans un vacarme assourdissant. C'est ce moment que choisirent les premiers ours affamés pour sortirent de leur tanière, des femelles pour la plupart, accompagnées de leurs petits. Mais ils prirent soin de les éviter soigneusement, la faim et la protection des petits les rendant très agressifs et Shaïna ne se souvenaient que trop bien de sa mésaventure passée.

Les chevaux reprirent rapidement de la force avec une nourriture redevenue plus abondante et c'est avec une grande joie que Shaïna put de nouveau enfourcher « brin d'amour ».

Ils quittèrent le campement sans regret dès que la neige fut suffisamment fondue et décidèrent de continuer à remonter la rivière. Il faisait encore froid, surtout la nuit, mais de pouvoir voyager de nouveau emplit le cœur de Shaïna de joie. Plus elle s'éloignait des hommes et mieux elle se sentait.

Le paysage était magnifique, la rivière grondait sourdement, serpentant dans des gorges de couleur ocre et souvent profondes creusées par le temps. Le soleil miroitait dans l'eau et la vie grouillait autour d'eux. Shaïna ne se lassait jamais de contempler les oiseaux, elle savait les reconnaître à leurs chants et adorait les voir virevolter dans le ciel. Ici la vie était aussi cruelle que paisible mais semblait répondre à des lois immuables et logiques, bien loin de la folie des dieux.

La rivière finit par se calmer, charriant presque paresseusement les derniers morceaux de glace qui semblaient vouloir danser au fil de son courant et Shaïna put enfin reprendre ses habitudes, retournant se baigner tous les soirs dans l'eau glacée. Lorsqu'elle sortait de l'eau après sa baignade, elle avait le sentiment d'être comme épurée de toutes ses pensées et arrivait presque à concevoir la vie avec optimisme.

Elle n'avait pas trop souffert du froid durant l'hiver. Même si les conditions étaient encore pires que celles de son enfance, elle avait grandi et s'était renforcée. Et puis les éléments qu'imposait le climat, le vent, le froid, la pluie, la chaleur tout cela elles les acceptaient comme faisant partie intégrante de la vie. On ne pouvait rien y faire, alors, qu'elle importance ?

La vie autour d'eux retrouvait sa vitalité, les arbres bourgeonnèrent puis les feuilles et les fleurs s'épanouirent accompagnées du bourdonnement incessant des insectes ainsi que du chant des oiseaux. Partout des petits, nouveaux nés, luttaient pour survivre dans un univers de mort imminente.

Shaïna se demanda si les animaux devaient payer également leur dette, mais elle en douta, eux n'avaient pas le libre arbitre de leur vie. Le renard chassait pour survivre et le lapin mourait pour permettre aux renardeaux de vivre. Tout semblait tellement ordonné, si loin des hommes et de leurs dieux grotesques.

La rivière commença à se rétrécir de plus en plus et ils finirent par arriver à sa source. Elle sortait de terre entre deux gros rochers et s'écoulait en un ruisseau paisible avant de s'élargir, gonflée par les neiges fondues et ses différents affluents, pour enfin devenir la rivière qu'ils venaient de remonter.

Shaïna était un peu déçue, elle ne pourrait plus se baigner tous les soirs, mais peut-être retrouveraient-ils un cours d'eau plus loin. Ils s'engagèrent dans une lande froide et triste, un désert de pierres grises semblant n'avoir pas de fin. Il leur fallut sept jours pour le traverser et commencer à revoir des plantes et il était temps, ils arrivaient au bout de leurs réserves, aussi bien pour eux que pour les chevaux qu'ils laissaient vadrouiller afin de manger la moindre plante ou buisson survivants dans la lande.

Le monde redevint divers et des forêts de résineux de toutes sortes apparurent sur des pentes de plus en plus importantes et avec elles, la pluie, froide et régulière, rendant leur chevauchée pénible. Elle finit par se calmer laissant apparaître au loin de grandes montagnes encore couvertes de neige.

Shaïna comprit en son for intérieur qu'elle arrivait à un nouveau tournant dans sa vie. C'est là, auprès de ces montagnes que son périple s'achevait et qu'elle trouverait peut-être certaines réponses.

Alors qu'ils approchaient des contreforts, prémisses des hautes montagnes, Shaïna perçut une odeur qu'elle ne connaissait pas, une odeur à la fois fraîche et piquante dont son corps sembla en apprécier la saveur. Elle ouvrit totalement ses poumons pour mieux percevoir ces nouvelles fragrances. Un oiseau, suivit de plusieurs autres se mit à crier dans le ciel. Ceux-là elles les connaissaient, elles en avaient vu des images dans les livres d'Aldrick. Des mouettes. C'était un livre avec de belles images d'oiseaux en couleurs et Shaïna l'avait particulièrement apprécié. Elle aimait les oiseaux, peut-être pour cette notion de liberté qu'ils exprimaient lors de leurs vols ou par la beauté de leurs plumages et de leurs chants.

Les mouettes n'étaient pas le plus bel oiseau qu'elle ait pu contempler, mais elles exprimaient autre chose, la mer. Elle n'avait jamais vu la mer. La première fois qu'elle en avait appris l'existence, c'était sur un tableau accroché sur le mur dans la maison d'Aldrick. Et il ne lui était pas venu à l'esprit qu'un jour elle pourrait la voir. Cette idée lui donna de l'allant et elle lança « brin d'amour » au galop, laissant Turgich seul avec les chevaux de bas.

Elle l'aperçut de loin, comme une large et longue plaine plate et bleue, s'étendant jusqu'à l'horizon. Le soleil, maintenant aussi haut dans le ciel que chaud, se reflétait dessus en une multitude de petites étoiles brillantes, scintillant vers le ciel azur, presque douloureusement.

Elle arrêta sa monture et contempla ce tableau contrasté entre le vert de la végétation et le brun de la terre avec ce bleu sombre et profond. C'était merveilleux. Elle respira encore une fois l'air pur et iodé à pleins poumons et décida qu'elle aimait la mer. Elle sentit son corps et son esprit se détendre, ici elle était bien.

Elle relança sa monture, elle avait hâte de voir cette mer de plus près. Elle finit par arriver en haut d'une falaise surplombant le bleu de l'eau et s'arrêta un instant, subjuguée par la beauté du site. Un peu plus loin la haute falaise blanche s'effondrait doucement pour venir rencontrer la mer au sein d'une grève de sable et de galets avant de remonter quelques centaines de mètres plus loin le long d'un ruisseau, créant ainsi une anse derrière laquelle un petit canyon remontait vers les plateaux.

Mais l'endroit qui lui avait paru si paradisiaque n'était pas exempt de ce qu'elle perçut comme une souillure. Sur la grève, de vieux bateaux de bois finissaient de pourrir et une digue, à moitié effondrée, y avait été construite afin de bloquer la progression de la mer. Derrière la digue, les ruines d'un village de pêcheurs commençaient à s'effacer sous l'action du temps, de l'érosion due au vent ou aux embruns salés. Sur le côté du village, le ruisseau venait se jeter dans la mer après avoir dévalé au fil de son lit l'étroit défilé verdoyant. C'était probablement ce ruisseau qui l'avait créé, peut-être avait-il était plus puissant à une époque creusant aux fils des siècles, une trouée dans la falaise avant de se tarir un peu pour devenir simple ruisseau. En haut de la vallée, et en bloquant tout accès, un fort de pierre avait été construit, et même s'il semblait résister aux épreuves du temps, il était évident qu'il était abandonné.

Elle sauta de sa monture sans plus s'occuper des ruines, et s'approcha du rivage. La mer était calme et seules quelques petites vagues venaient s'écraser presque paresseusement sur les galets recouvrant en partie le sable, les faisant rouler au fil de ses allers et venues, produisant un chuintement agréable et apaisant.

Elle ôta ses vêtements et se précipita dans l'eau sans aucune hésitation. Elle plongea dedans la tête la première, remontant quelques mètres plus loin. Le contact avec l'eau fraîche était agréable et semblait la nettoyer de la fatigue des jours passés. Elle prit un peu d'eau dans sa bouche avant de la recracher, elle était salée et ne s'y attendait pas. Elle s'allongea sur le dos et se laissa porter, heureuse de sentir l'eau enrober son corps.

Les cris de Turgich la firent se redresser, de l'eau jusqu'à la taille. Il lui indiquait du doigt un point situé dans l'eau derrière elle tout en criant son nom. Elle se retourna et aperçut un aileron gris sortant de l'eau et se dirigeant droit vers elle. Elle s'empressa de sortir de l'eau, pas la peine de réfléchir pour comprendre que cet aileron représentait un danger mortel. Elle chercha un contact avec le poisson, mais ne trouva rien, cet animal était trop fruste pour qu'elle puisse même s'effacer de son esprit. Qu'importe, elle avait pu se baigner et c'était là le principal. Elle s'habilla un peu déçue tout de même, enfilant ses vêtements de peau sur son corps trempé et reporta son attention sur le fort. Il lui paraissait à la fois solide et comme intemporel. Le moment était venu pour aller le visiter. Ils empruntèrent un petit chemin de pierre, invisible de loin, et probablement l'œuvre d'êtres humains. Il menait vers le haut de la vallée, à moitié recouvert par la végétation, certains endroits ayant même totalement disparu.

Le fort était haut et rond. Ses murailles s'élevaient à une dizaine de mètres et son diamètre une trentaine. Sa construction se situait entre un château et une tour de guet. Il était en parfait état, si ce n'était sa porte ou les planches vermoulues finissaient de moisir. Au vu de l'épaisseur des portes et de leur état, le fort devait avoir été abandonné depuis plus de cent ans. Comme pour le village, il était non seulement laissé à l'abandon, mais ne présentait pas non plus la moindre trace de présence humaine, même passée. Aucune âme perdue ou maudite ne s'y trouvait, le bâtiment semblait être exsangue de toute présence. Shaïna trouva ça un peu étrange mais en fut également soulagée, les humains vivants ou morts n'étaient que source de problèmes.

Shaïna s'engagea dans la cour du fort, les sabots de sa monture résonnant sur le sol pavé. Les murailles en étaient ɛt dans le fond de la cour une grande bâtisse avait été ‚e et y était accolée. Ils se dirigèrent vers son entrée. ɾement à la porte extérieure, celle-ci semblait en bon état, protegée qu'elle était du vent, de la pluie et des embruns. Elle avait tout de même joué et Turgich dut utiliser sa force pour l'ouvrir. Ils pénétrèrent dans une première pièce rectangulaire, un dortoir, au vu des lits de camp couverts de poussière et de toiles d'araignée. Au fond de cette pièce se trouvait deux autres portes donnant sur des escaliers, baillantes celles-là, comme arrachées de leurs gonds. Ils prirent les escaliers de pierre montants vers les étages, pour se rendre compte qu'ils donnaient sur plusieurs petites chambres, chacune avec une meurtrière donnant sur l'extérieur, offrant de belles perspectives soit vers la mer, soit vers le plateau situé devant l'édifice. Ils en redescendirent et s'engagèrent dans l'escalier s'enfonçant dans les profondeurs pour découvrir une grande pièce creusée et construite sous la cour intérieure. Elle était accolée à de vastes cuisines avec une grande cheminée. Mais tout était vide, abandonné depuis bien longtemps.

Shaïna grimaça, vraiment rien d'intéressant, elle allait remonter lorsque Turgich lui montra une autre porte fermée sur le côté. Ils s'y dirigèrent et Turgich ouvrit la porte qui pivota sur ses gonds sans aucune difficulté, on eut dit qu'elle avait été encore ouverte la veille. Mais par contre, il dut se plier en deux pour en franchir le seuil. Shaïna le suivit se contentant de baisser la tête pour éviter d'en heurter le montant. Ils entrèrent dans une pièce carrée aux odeurs de cuir et de graisse, une salle d'armes. Partout étaient alignées des dizaines d'épées, de haches, de lances et d'arcs avec leurs fagots de flèches, le tout étrangement préservé du temps et dans un état parfait comme prêt à l'emploi. Au centre, posé sur un support, un étrange arc noir trônait. On eut dit qu'il avait été monté à l'envers. Il avait été placé là, sur son socle comme ont eu fait pour une couronne afin que chacun en reconnaisse sa valeur et puisse le contempler.

Encore des gens qui pensaient qu'une arme pouvait appartenir à un dieu certainement. Shaïna s'en approcha et s'en saisit. Elle aimait bien, l'arc était léger et étrangement sa corde était toujours intacte. Elle était faite d'une matière qu'elle ne connaissait pas mais qui semblait vouloir résister au temps. Elle fit tourner l'arc dans sa main puis le banda. Elle apprécia son équilibre et le peu d'efforts nécessaires pour le tendre. Elle se dit qu'après l'épée d'Elil elle pouvait bien prendre possession de cet arc d'un dieu inconnu, même si elle trouvait vraiment étrange que ceux qui en avaient la charge l'aient abandonné là. Qu'avait-il bien pu advenir des occupants du fort et des pêcheurs ? Une question qui resterait probablement sans réponse.

Ils ressortirent après avoir pris deux fagots de flèches, les leurs commençant à se faire rares. Elle se sentait oppressée à l'intérieur de ces bâtiments. Leurs plafonds bas et les murs de pierre lui donnaient l'impression de manquer d'air, pourtant elle était habituée aux catacombes de sa ville natale, mais ici, elle se sentait mal à l'aise. Alors ils décidèrent d'installer leur campement dans la cour du fort, près d'un puits creusé sur le côté du ruisseau. L'eau devait d'ailleurs probablement passer en partie dessous.

Shaïna laissa Turgich s'occuper de tout, préférant sauter sur sa monture et partir explorer les environs, arc à la main, elle avait hâte de le tester.

Les environs, après un large plateau situé devant le fort, n'étaient qu'un entremêlement des petites collines s'élevant de plus en plus haut au fur et à mesure que l'on se dirigeait vers les montagnes. Les forêts éparses étaient principalement constituées de résineux et de bouleaux. Elles étaient sombres et épaisses mais aussi giboyeuses à souhait.

Shaïna après avoir découvert un peu son nouvel environnement et avoir testé son arc tuant un lapin à plus de trente mètres, était venue s'asseoir sur la plage de sable et de galets, face à la mer, perdue dans des pensées contradictoires. Bien sûr cet endroit lui convenait, loin de la folie des hommes, de leurs dieux, de leur crasse. Mais elle sentait au fond d'elle-même qu'elle avait toujours un étrange, ou des étranges, devoirs à accomplir, une dette liée à la magie qui l'habitait, aux dessins qui lui permettaient de créer des portails, d'accéder aux enfers et à cette voix si terrible qu'elle y avait entendue. Cette voix qui d'ailleurs lui avait bien signifié qu'elle avait une sorte de mission sur cette terre, mais laquelle ?

Elle reprit le chemin du fort, peut-être demain lui fournirait-il quelques réponses ?

Vingt ans

Comme chaque soir depuis plus d'un mois, Shaïna se tenait face au fort, les ongles et les veines de ses mains rouge vif. Le feu brûlait dans ses veines et la douleur était prégnante, presque obsédante, mais il lui fallait se concentrer pour réussir ce qu'elle avait à faire, alors elle la supportait, faisant fi de sa présence afin de tenter de l'ignorer.

Le soleil déclinait dans son dos, laissant apparaître d'étranges reliefs orangés sur les pierres de la muraille comme si celle-ci avait été bâtie autour de cette perspective. Elle les contempla longuement puis traça dans l'espace une forme géométrique complexe avec ses mains. Le dessin suspendu dans le ciel prit une couleur rouge vif avant de venir se poser sur les traces laissées par le soleil sur les pierres, formant avec elle une nouvelle forme complexe avant de s'intégrer, de disparaître dans la roche.

Chaque soir elle créait ainsi un dessin et, lorsque le soleil n'était pas là, son tracé se complexifiait encore plus avant de venir s'intégrer à la pierre.

Pourquoi, pour qui, Shaïna commençait à en avoir une petite idée. Elle créait des portails reliés les uns aux autres, des portails vers des mondes ignorés ou des enfers perdus dans les abîmes. Lorsqu'elle aurait terminé, elle n'aura plus qu'à dessiner le dernier et tous ces mondes s'ouvriraient alors vers le sien. Mais le voulait-elle, le désirait-elle, elle n'en était pas sûre. Tout ça était vague dans son esprit, elle se sentait poussée par une force intérieure à créer tous ces portails, mais ces pulsions étaient extérieures à sa propre volonté. Elles les subissaient plus qu'autre chose.

Elle avait vingt ans maintenant et était devenue femme, même si ses muscles secs et fuselés ne laissaient guère de doutes quant à ses capacités de guerrière. Mais si son corps était maintenant celui d'une femme, elle ne souffrait pas de ces menstruations qui caractérisaient son sexe et ne ressentait aucun désir charnel. Elle savait qu'elle ne serait jamais mère et n'y pensait même pas. Au demeurant, elle se désintéressait complètement de sa beauté. Ses cheveux blonds étaient attachés en forme de natte dans son dos à la mode des guerriers de la ville de son enfance et elle se contentait de les couper un peu lorsqu'ils devenaient trop longs. Par contre elle prenait bien soin de s'entraîner régulièrement, poussant son corps dans toutes ses extrémités. Elle le considérait comme un outil et tenait à être la meilleure possible, aussi bien en escrime qu'au tir à l'arc. D'abord parce qu'elle adorait s'entraîner, mais aussi par précaution. Elle avait conservé ce côté méfiant et angoissé qui avait caractérisé sa vie infantile. Elle était certes persuadée de pouvoir vaincre n'importe quel adversaire, même sans s'effacer, à part Turgich bien sûr et d'être une tireuse à l'arc accomplie, d'ailleurs elle ne ratait jamais sa cible, mais restait d'un naturel inquiet. D'être la meilleure dans l'art du combat lui importait, le reste l'indifférait.

Les années passées en ce lieu qu'elle avait choisi ou qu'on lui avait imposé, elle ne connaissait pas la réponse à ce dilemme, n'avait donc été que calme et sérénité et à son plus grand soulagement. Enfin elle ne se sentait plus contrainte par le monde des hommes, enfin elle se sentait maîtresse de sa vie, à part ces dessins qu'elle se sentait obligée de créer chaque soir.

Turgich était parti un matin voilà plus d'un an sans qu'il lui dise pourquoi et elle ne s'en était guère inquiétée. Elle savait qu'il devait mourir à son service pour voir son âme sauvée, alors il reviendrait lorsque cela sera nécessaire, c'est tout.

Elle vivait donc en pleine solitude avec « brin d'amour ». Le monde lui paraissait calme et tranquille, la routine de sa vie agréable. Elle vadrouillait chaque jour, longeant la côte ou explorant les collines boisées. Elle était même allée jusqu'au pied des montagnes, s'engageant au sein d'une large vallée entourée de pics enneigés, un périple qui lui avait pris une bonne semaine et dont elle était revenue la tête remplie d'images et avec l'idée qu'un jour elle traverserait ces montagnes pour en découvrir l'autre côté.

Elle s'était approchée des sommets enneigés et avait contemplé pendant des heures les cabrioles des chamois et le vol tellement impressionnant des aigles. Elle avait la sensation que son âme planait avec eux au gré des couches d'air, lui procurant un sentiment de plénitude euphorisant.

Son esprit semblait enfin se reposer de son enfance, oubliant parfois les peurs, les craintes, heureuse simplement de ne plus subir sa vie.

Les hivers étaient froids mais supportables et elle ne dérogeait jamais à sa baignade du soir dans le lit du ruisseau s'écoulant vers la mer. Elle n'était jamais retournée se baigner dans l'océan, sa mésaventure lors de leur arrivée lui ayant servi de leçon. Même si le sentiment de peur s'était atténué dans ses pensées, la méfiance devait rester le fil de sa vie. Le monde était hostile et elle devait s'en prémunir à l'aide de ses capacités, de sa force, mais aussi par le doute et la précaution.

Elle chassait de temps à autre, son nouvel arc avait une portée presque double à celle d'un arc classique et elle tuait ses proies de loin, juchée sur « brin d'amour » lancé au galop pour en augmenter la difficulté. Elle ne ratait jamais sa cible, aussi petite soit-elle et en éprouvait une joie intérieure intense. Non pas dans le fait de tuer, ce qu'elle percevait comme une nécessité, mais dans le fait de réussir son tir.

Elle n'avait pas besoin de manger beaucoup et la plupart du temps se contentait d'une racine ou de quelques fruits et baies, mais de temps en temps elle ressentait le besoin de se nourrir de viande et partait alors chasser.

Puis subrepticement, alors qu'elle se dirigeait vers sa vingtième année, le besoin de créer ces portails qu'elle dessinait aujourd'hui s'était imposé à elle comme une nécessité, une forme d'ordre impérieux. Elle ne supportait pas l'idée d'être la marionnette de qui que ce soit et avait bien essayé de résister à cette envie. Mais rapidement le désir était devenu le plus fort, alors, elle était venue se placer là, devant la muraille, les ongles et les veines rouge sang, le feu brûlant dans ses veines et la forme d'un dessin gravé dans son esprit.

Comme depuis le début, il lui suffisait de faire le vide en elle pour connaître avec exactitude les courbes et les lignes qu'elle devait faire apparaître. Et comme souvent, une fois le dessin créé, elle en oubliait les tracés. C'était perturbant, elle qui n'oubliait jamais rien, qui retenait jusqu'aux moindres détails. Elle aurait pu dire la taille et la forme de chacune des pierres constituant la muraille, mais les dessins qu'elle y traçait, elle les oubliait.

Son travail arrivait à sa fin maintenant elle le savait, encore un ou deux dessins puis il ne lui resterait plus qu'à ouvrir les portes. Cette idée l'angoissait. Qu'allait-il apparaître derrière tous ces passages ? Elle l'ignorait complètement. Et puis ce sentiment de n'être qu'un outil, un jouet, mais entre les mains de qui ? Ça, elle ne le savait pas, mais cette idée la répugnait de plus en plus.

Un matin d'été, perdue dans ses contradictions et alors qu'elle vadrouillait loin dans l'intérieur des terres à la recherche d'une proie, elle aperçut une dizaine de cavaliers se dirigeant vers le fort. C'était la première fois qu'elle apercevait des êtres humains depuis des années et cette vision provoqua chez elle un profond malaise. Inconsciemment elle comprit qui ils étaient, se sentit soulagée et se dirigea vers eux au galop.

Il y avait là Turgich accompagné d'Almaric, d'une belle femme brune, de Pietra et des six hommes qu'elles avaient tués et qui étaient revenus à la vie. Il arrivait marchant au pas, leurs montures semblant exsangues.

Elle arriva sur eux à plein galop tout en faisant tourner son arc au-dessus de sa tête. C'était la première fois de sa vie qu'elle était vraiment heureuse de voir des êtres humains et cela la surprit un peu.

Mis à part Turgich, ils avaient tous l'air exténués. Leurs visages marqués par la fatigue s'éclairèrent cependant à sa vue et Pietra poussa même un cri de joie et de bienvenue.

Turgich lui expliqua rapidement qu'ils étaient épuisés, qu'ils marchaient depuis des semaines et qu'ils étaient poursuivis par près de cinq cents guerriers ayant reçu l'ordre de les tuer.

Shaïna se mit debout sur le dos de « brin d'amour ». Elle montait à cru et sans filet depuis des années maintenant, depuis leur vie passée avec les nomades plus précisément et sa relation avec sa monture était devenue fusionnel alors « brin d'amour » ne broncha pas lorsqu'elle se mit debout sur son dos.

D'être ainsi juchée sur le dos de sa monture lui donna un meilleur aperçu des environs. Elle entrevit au loin un petit nuage de poussière. Les poursuivants, Ils se rapprochaient vite et elle se dit que ses compagnons n'auraient peut-être pas le temps nécessaire pour rejoindre le fort. Son arc allait donc pouvoir lui servir à autre chose qu'à tuer du gibier.

Elle se laissa retomber sur le dos de sa monture et dit à Turgich dans la langue des signes d'amener la petite troupe vers le fort pour s'y barricader, puis sans attendre la moindre réponse de sa part, elle lança « brin d'amour » au galop vers le nuage de poussière.

Il ne lui fallut que quelques minutes pour arriver à portée des poursuivants. Au moins cinq cents cavaliers avançant au trot, dans un désordre un peu surprenant, mais même ainsi, ils avançaient rapidement. Peut-être avaient-ils conscience qu'ils étaient sur le point de rattraper la petite troupe.

Étrangement, ils étaient tous revêtus d'une cape blanche, ou du moins qui avait dû l'être avant qu'ils n'entreprissent ce voyage. Mais ils étaient aussi lourdement armés et revêtus de cuirasse de cuir et de fer. Leurs casques de fer étaient surmontés de plumes, blanches elles aussi. Ces hommes n'étaient pas des soldats d'Elil et elle trouva ça plutôt étrange. Elle chassa ces pensées sans intérêt pour le moment et vint se positionner sur le haut d'une colline à la vue de tous mais bien au-delà de la portée d'un arc normal. Les hommes approchaient lancés au petit trot et pour l'instant personne ne semblait avoir remarqué sa présence.

Elle se saisit d'une flèche, l'encocha, banda son arc et lâcha son trait, la troupe se situant à plus de cent mètres. La flèche vint se planter dans l'œil du premier cavalier qui bascula de sa monture sans un cri. La troupe s'arrêta et de nombreux bras se tendirent vers elle, mais le temps qu'ils comprennent, deux autres flèches avaient fait leur œuvre. La première dans le cou d'un homme, elle fit une petite grimace, mauvais tir, la seconde dans l'œil de celui qui avait le plus de plume sur son casque.

Les hommes lancèrent leurs chevaux au galop et foncèrent dans sa direction en hurlant. Mais ils n'étaient pas très rapides, trop lourdement chargés tandis que la pente abrupte freinait également leur progression. Shaïna, imperturbable, continua à tirer, faisant mouche à chaque fois. Quatre autres cavaliers basculèrent de leur monture avant qu'elle ne se décide à bouger. Elle lança « brin d'amour » au galop le long de la colonne de cavaliers lancés à sa poursuite, à bonne distance mais à contre sens, utilisant la descente pour prendre encore plus de vitesse, confiante en la puissance et dans le sens de l'équilibre de « brin d'amour », forçant ainsi les cavaliers à changer de route pour essayer de la rattraper. Probablement n'avaient-ils pas conscience que ce n'était pas possible. Ils possédaient des montures de bonne qualité mais qui n'avaient rien à voir avec la sienne, de plus ils étaient lourdement armés et le poids de leur barda les ralentissait.

Shaïna continua à tirer flèche après flèche, faisant mouche à chaque fois jusqu'à ce que son carquois soit vide. Trente hommes étaient tombés, alors seulement se décida-t-elle à s'éloigner dans la direction opposée au fort, prenant soin de ne pas distancer les hommes à sa poursuite. Tant qu'ils penseraient pouvoir la rattraper, ils continueraient à la suivre et à s'éloigner de ses compagnons.

Après de longues minutes d'une poursuite effrénée, ses poursuivants finirent par comprendre le piège dans lequel ils étaient tombés et stoppèrent leur monture avant de bifurquer et de reprendre leur chasse initiale. Mais au pas maintenant, leurs chevaux étant trop épuisés par la galopade pour repartir autrement et c'est bien ce qu'elle avait recherché.

Shaïna, même si les poursuivants ne s'arrêtèrent pas pour s'occuper de leurs morts, les laissant ainsi aux charognards, comprit qu'elle avait tout de même réussi au-delà de ses espérances. Jamais les cavaliers ne pourraient rejoindre ses compagnons avant qu'ils n'arrivent au fort. Elle remit « brin d'amour » au petit galop et tout en faisant un large détour, les contourna pour prendre le chemin de retour.

Elle rejoignit le groupe de Turgich alors qu'il se préparait à franchir les portes de fort et elle se réjouit de lui avoir demandé de les réparer lors de leur arrivée. Il aurait été impossible d'empêcher la troupe ennemie de rentrer dans le fort si celui-ci n'avait pas eu des portes solides.

La petite troupe mit pied à terre et Pietra se précipita vers elle pour la saisir dans les bras. Elle se raidit autant qu'elle put, elle avait presque oublié que cette femme aimait ce contact corporel qui la répugnait tant. Enfin après un temps qui lui parut infini, elle la relâcha et s'exclama :

— Mais que tu es devenue belle et je suis tellement heureuse de te revoir !

Shaïna ne répondit rien bien sûr, mais au fond elle réalisait qu'elle aussi était heureuse de la revoir. Ou plutôt ses sentiments étaient partagés.

Elle se tourna vers Almaric alors que Turgich se mettait à hurler des ordres en direction des six mercenaires. L'un d'entre eux se précipita vers les bâtiments, pour aller chercher des armes probablement, tandis que les cinq autres se dirigeaient rapidement vers les remparts.

Shaïna resta calme, elle savait que les poursuivants ne seraient pas là avant une ou deux heures. Ce qui la surprenait le plus c'était de voir Turgich hurler ainsi, lui qui parlait si peu habituellement.

Elle tendit son attention vers Almaric, espérant que son sort soit toujours efficace et murmura dans son esprit :

— Raconte-moi.

Almaric semblait épuisé, il se saisit d'une gourde et en but de longues gorgées avant de venir s'asseoir sur les premières marches menant aux remparts, la tête entre les mains.

Shaïna nota du coin de l'œil que les deux femmes, Pietra et celle qu'elle soupçonnait être la femme d'Almaric, prenaient en charge les montures, les dirigeant vers le puits près duquel ils avaient monté leur campement. L'homme, qui s'était précipité vers l'armurerie, en ressortait déjà les bras chargés d'arcs et de flèches alors que Turgich barricadait la porte du fort, la bloquant avec de lourds madriers.

— Alors, raconte-moi.

— C'est un désastre, Shaïna. Le peuple de Nippur s'est révolté contre le roi soutenu par l'armée et les prêtres. L'armée n'a jamais accepté de ne pas avoir pu raser totalement Kish et les prêtres n'ont pas supporté qu'Elil leur envoie une femme enfant comme preuve de son soutien. Le roi a été massacré, mais ta sœur qui se trouvait dans son jardin d'été a pu s'enfuir vers Eridu ta ville natale. Une guerre s'est alors déclenchée entre les deux cités. Eridu s'est allié avec Uruk et Ur et ils ont vaincu l'armée de Nippur avant de piller la ville. Puis les soldats d'Uruk se sont tournés vers Kish qu'ils ont détruit complètement. Je ne pense pas qu'il reste le moindre survivant, nous avons pu nous enfuir grâce à Turgich et aux six mercenaires que tu as ramenés à la vie, mais lorsque nous sommes partis, la cité était en flamme. Depuis nous fuyons pour te rejoindre, Turgich nous a dit que tu étais la seule à pouvoir encore nous sauver. La route a été longue et l'armée ennemie ne nous a laissé aucun répit.

Des larmes se mirent à couler sur son visage exsangue.

— La cité commençait à peine à se relever de son pillage par l'armée du roi et voilà que maintenant elle est totalement détruite tandis que toute sa population a été massacrée. Quelle horreur !

Shaïna grimaça, le monde des hommes était de retour. Elle se demanda quel dieu cruel les cités d'Uruk et d'Ur pouvaient bien servir. Et pourquoi leurs rois avaient envoyé autant d'hommes à leur poursuite ?

— Mais je crois qu'ils ne nous ont pas rattrapés volontairement, c'est toi qu'ils recherchent, tes exploits sont devenus légendes et une légende est toujours dangereuse. Et puis les prêtres d'Enki n'ont pas oublié, ils te tiennent toujours pour responsable du retour des âmes maudites. Quant aux prêtres de Ann le dieu d'Uruk, qui se présente comme le père d'Enki, ils te voient comme une malédiction. Ils sont tous à ta recherche maintenant.

Shaïna ne répondit pas et s'éloignant de quelques pas. Elle était venue ici pour fuir les hommes et leur folie et voilà que c'était eux qui revenaient vers elle. Au fond d'elle-même elle comprenait qu'elle n'aurait pas le choix et qu'elle allait être obligée d'ouvrir les portes du néant si elle voulait sauver ses compagnons. Toute seule, elle aurait pu s'effacer et repartir loin, plus loin. Mais elle ne pourrait pas effacer ses compagnons et puis même si elle s'effaçait, ces hommes continueraient à la poursuivre jusqu'à sa mort. Ils se sentaient investis d'une mission divine et rien ne pourrait les en détourner.

Elle réalisa que les âmes des hommes qu'elle venait de tuer ne s'étaient pas tournées vers elle. Leur fanatisme les en ayant probablement empêchés, ils avaient préféré l'enfer à la renaissance. Le prix à payer pour eux serait d'autant plus terrible. Elle vit comme dans un songe des hommes attachés à des chaînes se faisant dévorer, vivants, par des rats sans pouvoir se défendre. L'enfer des guerriers semblait être souvent lié au fait d'être dévoré de diverses manières et toujours dans des situations effroyables. Cela ne la choqua pas particulièrement, peu lui importait le prix qu'ils avaient à payer, le mal fait ici se devait d'être racheté au centuple.

Elle contourna Almaric toujours assis sur les escaliers menant aux remparts, la tête entre les mains, complètement épuisée. Sans plus s'occuper de lui, elle gravit rapidement les marches menant aux remparts.

Elle haïssait cette notion d'inéluctabilité dans laquelle elle se trouvait, elle avait la sensation de n'être qu'un jouet entre les mains de dieux sadiques et cruels et c'était particulièrement déplaisant.

Arrivée sur le chemin de guet elle observa le monde devant elle. Elle aperçut de derrière la dernière colline située au-delà la plaine menant au fort, un nuage de poussière. L'ennemi approchait. Il apparut enfin et les hommes s'étalèrent en ordre sur la plaine devant eux. Cinq cents hommes lourdement armés. Elle se demanda si elle pouvait les vaincre aidée de Turgich et des six mercenaires. Peut-être après tout, cela lui éviterait d'ouvrir les portes vers cet inconnu qu'elle avait elle-même créé.

Un homme avec un drapeau blanc se détacha de la troupe et s'approcha des portes du fort. Un prêtre, le seul à ne porter aucune arme, elle aurait dû commencer par tuer celui-ci. Il s'arrêta à quelques mètres des murailles, se dressa sur sa monture et hurla :

— Donnez-nous la sorcière, donnez-la-nous et nous vous laisserons la vie sauve, je vous laisse une heure.

Shaïna sentit l'énervement la gagner et alors que l'homme faisait faire demi-tour à sa monture, elle se saisit d'une flèche, arma et banda son arc puis tira. La flèche siffla dans l'air et vint se planter dans le cou du prêtre qui sembla se tasser sur sa monture avant de basculer sur le côté.

Elle n'avait cure de son drapeau blanc, personne n'avait le droit de la menacer ainsi et de la traiter de sorcière et peu lui importait les conséquences de son acte.

Le temps sembla se poser, presque silencieux, ses compagnons ne s'étant permis aucune remarque suite à son tir. La masse de cavaliers de blanc vêtus ne bougeait pas et seul le cheval du prêtre broutait tranquillement l'herbe devant le fort, indifférent à la chute de son cavalier.

Shaïna aperçut un autre nuage de poussière au loin avant qu'une deuxième troupe n'apparaisse. Ceux-là elle les connaissait, de lourdes montures harnachées de cuir, leurs cavaliers couverts de métal et maniant de longues lances. Les soldats d'Eridu. Ils étaient accompagnés par d'autres cavaliers vêtus de rouge et possédant des arcs ainsi que trois courtes lances placées dans une sorte de fourreau situé à l'arrière de leur selle. Des archers à cheval, venant d'Ur certainement.

Ils avaient maintenant devant eux plus de mille cinq cents hommes, des soldats aguerris et déterminés, voire fanatiques. Elle n'avait pas vraiment le choix. Et puis elle était furieuse, elle n'avait rien demandé, elle était venue ici loin de tout et de tous afin de quitter le monde des hommes et voilà que c'était eux qui revenaient vers elle.

Elle se tourna vers Turgich et lui fit comprendre que tous devaient quitter les remparts et aller se réfugier dans les bâtiments.

Turgich l'observa un instant, puis fit un signe aux hommes avant d'obtempérer. Comme toujours il n'y avait ni peur ni surprise dans son regard, il semblait lui faire totalement confiance. À moins qu'il sache ce qu'elle allait faire bien sûr.

Elle se tourna ensuite vers l'armée. Elle décida qu'une seule porte serait suffisante, elle craignait ce qui allait se passer.

Ses ongles se tintèrent de rouge, les veines de son cou s'enflammèrent et une brûlure interne supérieure à tout ce qu'elle avait vécu l'emporta dans le monde des souffrances. Elle dessina dans le ciel des traits de feu qui semblaient vouloir s'incruster dans le ciel avant de retomber au pied des remparts sous forme d'une pluie de cendre.

Le cheval du prêtre mort s'enfuit en hennissant de peur. La pluie ardente finit par cesser et Shaïna portant son regard sur l'armée dans la plaine. Les hommes n'avaient pas bougé, leur détermination et leur fanatisme étant supérieurs à leur peur et Shaïna se dit qu'il était vraiment dommageable qu'une telle volonté ne soit pas mise au service du bien-être de leur peuple plutôt qu'à celui de leurs dieux stupides.

Le sol devant le fort devint flou et Shaïna comprit que les portes étaient ouvertes, pas une seule comme elle l'avait espéré mais trois. Elle avait tout de même réussi à ne pas les ouvrir toutes et de ne pas laisser l'enfer venir sur terre.

Les premiers à sortir furent ceux qu'elle avait un temps comparé à Turgich, grands, très grands, maigres, les bras pendant jusqu'aux chevilles et terminés par de longues griffes, la tête ronde dépourvue d'yeux mais à la bouche démesurée pleine de dents pointues. Il se dégageait d'eux une sensation d'horreur difficilement contrôlable.

Ils étaient suivis par des êtres ailés, des démons ressemblant à des chauves-souris volantes d'une envergure de plus de cinq mètres aux serres acérées. Elles poussaient des cris suraigus et douloureux à entendre qui firent se cabrer de nombreux chevaux.

Apparu ensuite des dizaines de chiens grands comme des chevaux dont la bave coulait sans interruption de leur énorme gueule. Eux aussi étaient décharnés, affamés. Tous ces êtres semblaient mourir de faim. Ces démons se nourrissaient de la chair des êtres maudits, mais ne se sustentaient jamais, la chair n'était qu'illusion dans les enfers et ils étaient condamnés à la faim éternelle. Il n'y avait nul réel vainqueur dans les abysses.

Shaïna n'était ni surprise ni apeurée, tout lui semblait logique et nécessaire. Elle sut le vrai nom de leur maître, Lannu, et ne fut même pas surprise de savoir que la maîtresse des enfers était une déesse.

L'armée des villes se décida à charger, ce qui déclencha l'attaque des démons en retour.

Les hommes ne pouvaient pas le savoir, mais les démons n'étaient pas vraiment mortels, les flèches ne leur faisaient rien, les lances pouvaient les renverser, mais ne perçaient pas leurs peaux. Quant aux épées, elles rebondissaient sur eux sans leur faire le moindre effet. Ces hommes étaient courageux, mais ce ne fut qu'un massacre particulièrement sanglant, les démons déchiquetant les chairs et les âmes comme ils auraient pu le faire dans les enfers. Les hommes hurlaient, frappaient, mouraient sans aucune chance de succès. Les derniers survivants finirent par s'enfuir laissant les démons se repaître des cadavres. Pour la première fois de leur existence, ces monstres obtenaient une sorte de satiété qu'ils ne pouvaient obtenir dans les enfers où la chair n'avait nulle substance. Mais cela ne dura pas et une voix glaciale résonna au travers des esprits, cette voix de l'enfer qui n'était que souffrance à entendre.

— Cela suffit !

Les démons se redressèrent, à l'écoute, abandonnant leur proie, puis commencèrent à s'effacer pour finir par disparaître.

— De connaître le goût de la chair et de la satiété les entraînera vers encore plus de souffrance dans les enfers, la faim, la soif et la frustration les rendront encore plus cruels et implacables. Pour moi, tu as rempli cette part-ci du marché qui nous unit et même s'il te reste d'autres portails à ouvrir je te libère de cette obligation, mais pas de ton devoir.

Une sorte d'implosion balaya son esprit, une porte s'y ouvrit, d'autres se fermèrent. Elle sut que son handicap lui avait été ôté et qu'elle avait maintenant le droit de parler mais aussi que sa tâche était loin d'être achevée. Elle le comprit d'autant plus que les âmes des hommes morts s'élevaient maintenant au-dessus du champ de bataille et attendaient, immobiles, tremblotantes sous le soleil. Après avoir été massacrés par les démons de ces enfers, ils ne souhaitaient pas laisser leur esprit s'y perdre et attendaient de revenir à la vie afin de la servir et d'être sauvés. Son don s'était encore renforcé et elle l'accepta comme une évidence.

Son don étant devenu puissant, les âmes reprenaient corps rapidement, déjà quelques-uns d'entre eux étaient revenus à la vie et mettaient genou à terre pour exprimer leur allégeance.

Shaïna grimaça, en l'espace de quelques heures elle passait de l'état d'ermite à celui de chef de guerre avec une armée de mille cinq cents hommes à gérer et à nourrir.

Turgich apparut à ses côtés et elle murmura plus qu'elle ne dit.

— Je crois qu'il nous faut maintenant repartir.

C'était la première fois qu'elle parlait et cela lui parut à la fois étrange et agréable, les mots semblaient chatouiller sa gorge et sa voix était douce et chaude. Elle se sentit heureuse de pouvoir exprimer ainsi ces quelques mots, la parole lui avait souvent manqué et elle avait beaucoup souffert de son absence.

Turgich ne parut même pas surpris de la voir ainsi s'exprimer. Il se contenta de la regarder de coin avant de lui répondre d'une voix grave.

— Commande et j'obéirai.

— Charge-toi de ces hommes Turgich, nous répartirons dans une semaine le temps que les hommes et les montures se reposent. Qu'ils montent leur camp devant les portes, je viendrais les voir plus tard, peut-être.

Turgich inclina légèrement la tête en signe d'acquiescement et entreprit de redescendre les marches aux pieds desquelles l'attendaient les mercenaires revenus. Elle réalisa qu'ils avaient la même tenue rouge aux manches bouffantes que les archers montés, venaient-ils d'Ur ? Probablement.

Elle descendit les marches à son tour presque joyeusement, elle était heureuse de retrouver Pietra et Almaric, à condition que Pietra cesse de la prendre dans les bras toutes les cinq minutes, car ça, c'était vraiment trop dur à supporter.

Mais ce n'était qu'un vœu pieux, à peine eut-elle descendu les marches que Pietra sortit du bâtiment et se précipita vers elle. Elle tendit la main devant elle et s'exprima de cette voix douce et chaude qui lui était revenue ou qui lui avait été offerte.

— Arrête-toi Pietra, je n'aime pas que l'on me touche.

Pietra s'arrêta net et ouvrit grand la bouche et les yeux l'air complètement abasourdi.

— Mais tu parles, tu parles !

Et elle se jeta sur elle, la saisissant dans ses bras en criant de joie et Shaïna se demanda à quoi pouvait bien lui servir le fait de parler si elle ne l'écoutait pas.

La femme d'Almaric portait en elle trop de tristesse, elle lui dit s'appeler Kiam et qu'elle était désespérée par la mort de son père et de ses frères, par la destruction de sa cité et par le fait d'avoir été mariée de force à un être revenu des morts. C'était un petit bout de femme, brune et jolie, mais la tristesse la rendait transparente. Shaïna se sentit désolée pour elle mais avait du mal à ressentir de la compassion. Le combat pour survivre ayant toujours été sa ligne de conduite alors il lui était difficile d'accepter cette tristesse et cette passivité, cette absence de révolte. Elle ne laissa pas cependant s'exprimer ses pensées, qu'importait après tout, elle n'était pas la première et ne serait pas la dernière à vivre des drames en ces temps troublés.

***

La troupe marchait maintenant depuis un mois, organisée et bien ordonnée. Les archers sécurisaient les flancs et chassaient afin de nourrir les soldats. Turgich et Almaric avançaient en tête tandis que Shaïna, sous prétexte de partir en éclaireur, restait loin devant.

Elle était partie du fort avec cinq cents hommes, laissant soin aux autres de construire une ville autour de celui-ci. Tout cela sous la supervision d'Almaric, bien plus compétent qu'elle à gérer une société en construction.

Elle s'était mis en tête de récupérer les survivants des royaumes détruits ou au moins de Kish et de les ramener ici, dans ce lieu où elle avait passé les dernières années de sa vie et qu'elle aimait tant. D'y créer un royaume libre de toute religion avec son cortège de violences, ses intolérances et ses sacrifices. Elle en donnerait le contrôle à Almaric puis repartirait, franchirait les montagnes pour ne jamais revenir. Sa vie n'était pas avec les êtres humains.

Ils n'étaient pas encore partis que certains hommes commençaient déjà à reconstruire le village de pêcheurs, d'autres étaient partis couper du bois afin de construire des bateaux. Enfin certains des soldats avaient abandonné leurs armes et avaient entrepris, à l'aide de leurs chevaux et après avoir élaboré un socle de charrue, de labourer le sol situé sur la plaine devant le fort. La saison ne se prêtait pas à la plantation des semailles, mais pour certaines racines, il était encore temps et Shaïna possédait toujours son grand sac de graines prêtes à être plantées.

Débarrassés de leur dieu et de leur fanatisme, traumatisés par leur mort dans des conditions affreuses et par leur résurrection, ces hommes redevenaient des êtres doués de raison. Peut-être était-ce là le sens des souffrances des enfers ?

Elle avait conscience que sa troupe, aussi fidèle soit-elle, ne pourrait s'opposer aux armées des différentes villes mais il n'était pas dans son intention de partir en guerre. Elle se doutait cependant que la destruction et le massacre qu'entraînaient les guerres laissaient toujours quelques survivants, perdus et à la merci des pillards. Pour une raison qu'elle ignorait, elle désirait les secourir. C'était comme une sorte d'obligation morale bâtie sur le néant, car elle ne se sentait nullement redevable envers ces hommes et ces femmes, mais éprouvait le besoin de le faire. Peut-être pour exprimer le dégoût que lui faisait ressentir ces dieux sanglants. Et puis, elle possédait toujours au fond d'elle la clé vers les enfers. Elle en avait ouvert trois maintenant refermés à jamais, mais il devait en exister des centaines. Toutes ces guerres avaient également dû laisser des milliers d'âmes en proie aux doutes, à la folie. Peut-être se devait-elle de les guider vers les différents mondes appropriés et faire revivre les plus belles. Comme souvent elle était perdue dans ses doutes et questionnements et comme toujours, les hommes la plaçaient dans une situation où son libre arbitre n'était plus qu'illusion.

Le chemin du retour se passa tranquillement, elle retrouva avec joie la rivière qu'elle avait suivie en compagnie de Turgich, mais fut un peu déçue lorsqu'elle constata que la tribu nomade n'était pas revenue sur le promontoire. De s'être fait attaquer les avait sans doute dissuadés de revenir en ce lieu.

Ils finirent par arriver sur la longue plaine menant à Kish et Shaïna fit partir des éclaireurs dans toutes les directions. Elle-même décida de pousser jusqu'à la ville, laissant la troupe loin derrière elle.

Elle y arriva la nuit tombée, mais la ville n'était plus qu'un amas de cendre. Tout semblait y avoir été détruit et rasé et rien ne semblait y avoir survécu. Comme elle s'en était doutée, des centaines d'âmes perdues rôdaient dans la ville détruite à la recherche d'un passé fait d'illusions. Elle dessina trois dessins qu'elle grava de ses ongles redevenus sang à même le sol. Puis elle attendit. Les âmes prirent conscience de sa présence et se dirigèrent vers elle avant de se faire aspirer par l'un des tracés. Un pour l'enfer, un pour une sorte de paradis ou de repos et le troisième elle ne savait pas trop, mais après tout, qu'importait. Elle avait dessiné, comme toujours, ce qui s'était imposé à son esprit.

Beaucoup de ces âmes étaient mortes depuis longtemps, sacrifiées ou maudites, mais la plupart étaient issues de la destruction de la ville. Toutes étaient mortes de mort violente et toutes étaient traumatisées par les conditions de leurs décès.

Certaines ne furent cependant pas attirées par les dessins gravés sur le sol. Beaucoup d'entre eux étaient des soldats désirant encore combattre, la rage brûlant leurs esprits morts. Mais aussi des jeunes femmes dont la douleur de n'avoir jamais été mère associée à celle des viols et meurtres qu'elles avaient subis les avait plongées dans un état proche de l'hébétude. Voyageant entre frustration et douleur leurs âmes se dirigeaient immanquablement vers la folie. Ces âmes seraient longues à guérir, mais tant d'entre elles ressemblaient à Pietra.

Elles reprirent forme devant elle conscientes de l'espoir qu'elle représentait et Shaïna les accepta paisiblement. Elle était habituée maintenant, y compris pour les plus anciennes avec cette phase de transformation passant par leur corps mort et pourri.

Lorsque ce fut fait, elle réalisa qu'il n'y avait plus rien à faire ici. Cette ville était maintenant complètement morte et ne renaîtrait sans doute jamais.

Suivie des hommes et des femmes qui venaient de renaître, elle prit le chemin du retour vers le gros de la troupe. Elle se sentait un peu abattue, comme désillusionnée. Elle aurait aimé ramener plus de monde de cette ville martyre. Trois ou quatre cents personnes, c'était peu et beaucoup à la fois.

Les éclaireurs revinrent les uns après les autres, bredouilles, avant qu'enfin un des hommes lui signale un campement situé à plusieurs heures de cheval vers l'ouest. Plusieurs centaines de femmes et d'enfants étaient retenus en esclavage par une centaine d'hommes, des déserteurs lui avait-il semblé.

Shaïna demanda à Turgich de rassembler trois cents hommes et ils partirent sans attendre guidés par l'éclaireur. Elle ressentait une forme d'urgence en elle, elle voulait délivrer ces femmes et ses enfants et désirait punir leurs bourreaux le plus rapidement possible. Ils galopèrent sans relâche pour arriver à destination sur le petit matin. Un semblant de fort avait été construit sur la plaine, ou plutôt une butte de terre haute de quelques mètres en faisait office. Quelques gardes à moitié endormis surveillaient les alentours, plus endormis qu'autre chose. De l'endroit légèrement surélevé où ils se situaient, ils pouvaient apercevoir à l'intérieur de l'enceinte une clôture dans laquelle étaient rassemblés des êtres humains, un peu comme on parquerait des animaux. L'enceinte comportait aussi quelques baraquements de bois mal assemblés, les dortoirs et la cantine probablement.

Shaïna se tourna vers Turgich, un mélange de dégoût et de colère l'envahissait, elle était décidée, aucun de ces hommes ne devait sortir vivant de ce fort.

— Attends que j'ai tué les gardes puis, pas de quartier.

Elle se dressa sur sa monture, laissant le temps à son corps de se faire envahir par le feu et le pourpre avant de tracer dans le ciel au-dessus du fort le portail menant vers le monde des enfers, celui des monstres munis de griffes, puis elle lança « brin d'amour » au galop vers le fort, son arc à la main.

Arrivée à portée, alors même que les gardes, peu attentifs, n'avaient toujours pas remarqué sa présence, elle arma son arc et tira sans même ralentir. Trois hommes protégeaient le côté par lequel elle arrivait, ils s'effondrèrent morts et elle franchit la butte de terre, suffisamment pentue pour faire ralentir sa monture mais pas pour l'empêcher de la gravir. Arrivée sur le chemin de garde tracé sur le sommet, elle s'arrêta et entreprit d'abattre les derniers gardes. Les deux derniers essayèrent bien de réagir mais pas suffisamment rapidement pour éviter ses traits. Une fois les gardes morts, elle lança sa monture afin de redescendre la butte vers l'intérieur du fortin, sauta de celle-ci et ouvrit en grand la porte de bois, seule et unique entrée. Les soldats la franchirent, l'arme à la main et se ruèrent vers les bâtiments et le massacre commença. Elle avait stipulé pas de quartier, ses hommes n'en faisaient aucun, tuant sans aucune pitié les hommes, pour la plupart encore ensommeillés et ne se défendant que vaguement. Un petit groupe de survivants finit par se regrouper devant l'enclos sous les ordres d'un homme très grand à l'allure brutale. Elle s'approcha du groupe et s'effaça de leurs esprits. Elle se saisit de son épée et la planta sans hésiter et avec une forme de délectation dans la bouche de l'homme. Bouche qu'il tenait ouverte pour hurler des ordres à ses hommes. La mort de leur chef par une épée jaillie de nulle part déclencha la panique chez les derniers déserteurs qui tentèrent de s'enfuir en courant pour se faire rattraper par les flèches des archers qui s'étaient postés sur le remblai.

Tout s'arrêta enfin, les femmes et les enfants dans l'enclos s'étaient regroupés dans le coin le plus éloigné, apeurés, se demandant certainement ce qui allait encore leur arriver. Ils étaient vraiment en mauvais état, souffrant de malnutrition et de mauvais traitements. Shaïna se sentit heureuse pour eux, leur cauchemar était terminé, ses propres hommes allaient s'occuper d'eux maintenant, les nourrir, les vêtir, puis plus tard ils les ramèneraient vers un nouveau pays pour y avoir une vie descente. Quelques jeunes femmes complètement nues, cherchant à cacher leur nudité par des gestes désuets, l'air hagard et sortant des bâtiments en bois se dirigèrent vers l'enclos comme pour s'y réfugier. Pauvres hères, depuis combien de temps servaient-elles d'esclaves sexuelles ainsi. Shaïna leva les yeux vers l'invisible portail ouvert dans le ciel. Les âmes des hommes morts s'y dirigeaient sans autres possibilités, ils allaient payer leurs crimes et elle n'en était absolument pas désolée.

« Brin d'amour » vint poser sa tête contre son épaule et elle en apprécia le contact. Elle lui caressa le toupet. Sa mission ici était terminée et elle savait déjà ce qu'elle allait faire.

Ses hommes allaient s'occuper de tous ces survivants et revenants, et elle, elle allait se diriger vers Nippur avec un petit groupe. La ville avait été pillée, mais elle se doutait bien qu'elle n'avait pas été détruite, elle représentait trop de richesses et le fils de sa sœur en était roi de fait. Il lui semblait nécessaire de s'y rendre. De nombreuses âmes perdues devaient s'y trouver et elle allait les récupérer.

L'organisation se fit rapidement, en plus de Turgich et des six hommes qu'elle avait tués, elle choisit trente guerriers, ceux qui lui parurent les plus implacables. Elle laissa les chevaux et les hommes se reposer une journée, puis ils prirent la direction de Nippur, le reste du groupe prenant le chemin de retour après s'être regroupé avec ordre de retourner vers le fort sans les attendre. La route allait être longue, les femmes et les enfants qu'ils venaient de libérer étant faibles et les chevaux en nombre insuffisant. Il était probable que tous n'arrivent pas au bout du périple, mais c'était là le prix à payer pour leur liberté.

***

Le trajet vers Nippur se fit relativement rapidement, cette fois-ci ils n'étaient pas suivis par toute une ordonnance et ne marchaient pas au rythme des tambours. Il ne leur fallut que trois jours pour commencer à voir les premières fermes. Comme elle se l'était imaginée, elles étaient bien occupées et des paysans y travaillaient d'arrache-pied. La cité n'avait pas été détruite, juste « punie ». Sans hésiter, elle se dirigea vers la petite vallée où elle s'était installée lors de sa vie dans cette région. Ils y arrivèrent le soir et Shaïna décida qu'ils s'y reposeraient jusqu'au matin avant de se diriger vers la cité.

La petite maison n'existait plus, elle avait été brûlée comme pour ôter toutes traces de son passage en ce lieu. L'œuvre du roi avant sa chute probablement. Elle ne s'en offusqua pas outre mesure, même si elle eut un petit pincement au cœur, elle n'avait apporté que la guérison dans cette ville et voilà comment les hommes la remerciaient. Mais au bout du compte cela n'avait pas d'importance, elle était venue ici afin de permettre aux hommes et aux chevaux de se reposer. Le ruisseau coulait toujours et la vallée était fraîche et agréable et c'était bien là le principal.

Ils partirent le lendemain matin et se dirigèrent droit vers la ville. Shaïna n'avait aucune idée de ce qui les attendait mais elle ne ressentait aucune crainte, elle voulait récupérer les âmes perdues mais aussi punir les prêtres et elle était intimement persuadée que rien ne pourrait l'en empêcher.

Ils arrivèrent en fin de matinée devant les portes de la ville. Le soleil tapait fort et une brume de chaleur commençait à s'élever d'un sol durci par le manque d'eau. Devant les portes du château, étaient alignés en rangs serrés des centaines de cavaliers lourdement armés, le reste de l'armée probablement. Ils étaient donc attendus, ce qui, en soi, n'était guère surprenant. Les hommes ne semblaient pas vouloir bouger ni attaquer, ils bloquaient juste l'accès à la ville, immobile et parfaitement alignés. Ils s'approchèrent d'eux, marchant au pas, déterminés. Shaïna se sentait calme, comme détachée des événements, même si les hommes autour d'elle étaient un peu nerveux, elles pouvaient le ressentir par l'énervement de leurs montures. Ils savaient que mourir à son service sauverait leur âme, ce n'est donc pas ce qui les inquiétait, mais s'attaquer à des centaines de soldats aguerris à trente-huit, c'était de la folie. Ils craignaient pour sa vie, sauf Turgich qui semblait toujours calme et détendu comme toujours.

Shaïna s'arrêta à quelques mètres des hommes immobiles, se saisit de son épée et la brandit vers le ciel, ses ongles, ses veines et ses vaisseaux prenant la teinte rouge vif qui les caractérisaient dans ces moments-là. Mais le rouge n'envahit pas son arme, il n'y avait nulle nécessité de combattre ici. Les hommes devant elle, à la vue de l'épée, de ses mains et de son visage zébré de rouge, s'écartèrent en murmurant, baissant leurs armes vers le sol en signe de paix.

Shaïna engagea sans hésiter sa monture entre les rangs des hommes et pénétra dans la cité.

Aussitôt des centaines d'âmes mortes semblèrent se dresser autour d'elle, elles aussi l'attendaient. Il y avait là des soldats tombés lors de la prise de la cité, mais aussi des hommes, des femmes et des enfants, victimes des violences ou des sacrifices aussi bien récents que provenant d'un passé lointain. Tous reprenaient vie à sa vue, plus ou moins rapidement, passant par des stades provoquant des exclamations apeurées de la part des soldats qui venaient de la laisser passer. Les habitants, eux, se terraient dans leur maison et elle se dit que c'était certainement la meilleure chose à faire pour eux.

Suivie par la foule de revenants qui grossissait derrière elle, elle se dirigea vers le centre de la cité, son temple et son château. Lorsqu'ils débouchèrent sur l'esplanade, ce fut pour se retrouver devant une troupe, peut-être d'un millier d'hommes, tout de rouge vêtus, armés de lances que les premiers rangs pointaient dans sa direction. Des soldats d'Ur, c'était donc eux qui dirigeaient la cité. Devant les marches du temple, une centaine de prêtres complètement nus, attendaient également. Shaïna nota une forme de suffisance dans le regard des prêtres, ils étaient nus afin de bien marquer leur masculinité face à celle qu'ils prenaient pour une hérésie. Ils la regardaient avec le mépris que pouvaient ressentir les hommes de cette cité pour les femmes, mais en même temps Shaïna pouvait sentir la peur en eux et elle se dit qu'ils avaient bien raison.

Shaïna mit pied à terre à l'entrée de l'esplanade, ses gardes et Turgich à ses côtés, la foule des revenants massée derrière elle. Pour elle, il n'y avait aucune hésitation à avoir. Elle leva ses bras toujours striés de rouge vers le ciel et dessina le portail que lui imposait son esprit.

Le dessin s'inscrivit en lettres de feu dans le ciel avant de venir se poser au centre de la place, lentement, flottant dans l'air comme aurait pu le faire la feuille d'un arbre en automne. Au contact du dessin, le sol de pierre se mit à fumer et à noircir puis en son centre, masqué au début par la fumée avant de devenir parfaitement visible, un être apparu. Il était un peu étrange, pas très grand et difforme, les bras et les jambes de tailles inégales, un peu bossu avec une grosse tête aux cheveux longs et épars. Même de loin on pouvait voir que son visage était constellé de véroles purulentes. Sa peau était noire, couverte de plaies d'où suintait un liquide jaunâtre et il était complètement nu. Mais ce qui frappait le plus chez lui, c'étaient ses yeux rouges, d'un rouge qui n'était pas sans rappeler celui qui l'avait elle-même envahi et aussi, cette façon étrange qu'il avait à bouger sa tête dans tous les sens en murmurant des mots sans suite ni logique. Il s'en dégageait une sensation de malignité telle que tous les hommes se raidirent ou firent un pas en arrière.

L'être tournait sur lui-même comme à la recherche de quelque chose, puis son regard se porta sur les prêtres. Un sifflement étrange sortit de sa bouche. Il était là, au centre de la place, puis ne le fut plus, pour réapparaître au côté d'un des prêtres. Il sembla comme l'effleurer, même si le mouvement fut trop flou pour être vraiment perçu. Le prêtre se mit alors à hurler, un hurlement d'une telle violence qu'il en déchira le silence qui s'était installé sur la place. Son corps s'embrasa et il se mit à courir vers le temple le corps en feu, heurtant ses congénères qui s'enflammèrent à leur tour en hurlant avant qu'ils ne viennent heurter d'autres prêtres qui s'enflammèrent également. En quelques instants l'ensemble des prêtres se transformèrent en torches humaines. Ils se précipitèrent dans le temple, espérant peut-être la clémence de leur dieu. Mais le temple s'enflamma lui aussi comme une cabane en bois. Le feu semblait ronger les chairs comme la pierre et l'endroit où les prêtres s'étaient tenus n'était plus qu'un magma de lave en fusion dégageant une chaleur insupportable. Heureusement le feu ne semblait pas vouloir s'étendre, se cantonnant aux endroits qui avaient été touchés par les hommes en feu.

L'être, lui, ne s'occupait déjà plus des prêtres, il était revenu au centre du portail. De la même façon qu'il s'était déplacé vers les prêtres, il se trouvait à un endroit, puis à un autre, sans sembler bouger et toujours parlant dans une langue incompréhensible une suite de mots qui ne semblait n'avoir de sens que pour lui, balançant sa tête dans tous les sens, y compris dans des torsions impossibles pour un mortel.

Les hurlements cessèrent enfin et les âmes des prêtres morts furent alors comme aspirées vers le portail ponctué par les ricanements du démon qui semblait presque joyeux. Lorsque la dernière âme eut disparu, le démon hésita un instant avant de se tourner vers elle, dardant ses yeux rouges dans les siens. Puis il fut là, il ne semblait pas s'être déplacé, se matérialisant juste devant elle à quelques centimètres.

De près son visage donnait envie de vomir, ses pustules laissaient couler du pus sans discontinuer, il n'avait pas vraiment de nez ni de menton et sa bouche, petite et aux lèvres inexistantes, était entre ouverte sur une dentition pourrie. Une courte langue fourchue entrait et sortait entre ses dents noires, produisant un petit sifflement perpétuel. Il se dégageait de lui une odeur pestilentielle de cadavre en pleine décomposition. Shaïna le trouva à la fois terrifiant et répugnant. Mais le pire chez cet être se trouvait dans son regard. Ses yeux rouges laissaient percevoir le monde d'où il venait, une lande terne et brûlante où les âmes maudites hurlaient, dévorée par un feu éternel.

Ses yeux rivés dans les siens il siffla plus qu'il ne murmura.

— Shaïna, Shaïna, tu l'as appelé Shaïna, peut-être qu'il reviendra pour toi. Peut-être, s'il le désire.

Puis il disparut, Shaïna l'aperçut subrepticement se dissoudre avec le portail. Le temple continuait de brûler de l'intérieur, des flammes jaillissant maintenant de sa toiture, mais l'incendie semblait comme bloqué dans une bulle, incapable de s'étendre. Le sol où s'étaient tenus les prêtres était redevenu de pierre, le magma s'étant figé avec le départ du démon. Shaïna se dit que de tous les enfers, celui-ci était le plus terrible, mais ces prêtres ne méritaient rien d'autre. Tous devaient payer.

Des hommes d'Ur des commandements jaillirent, lui rappelant où elle se trouvait et les soldats chargèrent. Aussitôt des centaines d'hommes et de femmes, puis des milliers la dépassèrent en hurlant et se ruèrent sur eux. Les âmes payaient leur dette.

Si les premiers revenus se firent empaler par les lances, le nombre était avec eux, ils se jetaient sur les soldats sans la peur de la mort, se sacrifiant parfois pour bloquer les armes et permettre aux suivants de sauter sur les hommes d'Ur, les faisant alors tomber au sol avant de les frapper jusqu'à la mort. Et lorsqu'un soldat arrivait à se débarrasser de son assaillant, ce n'était que pour se retrouver devant deux ou trois autres revenus enragés.

Ce combat-là ne dura pas très longtemps non plus. Quelques soldats parvinrent bien à s'approcher d'eux, mais ce ne fut que pour rencontrer l'arme de Turgich qui se faisait une joie de leur éclater la tête à larges coups d'épée. Le calme revint rapidement sur une esplanade remplie de cadavres, bien sûr pour un soldat d'Ur, trois ou quatre revenus gisaient sur le sol, mais la victoire leur appartenait tout de même, et c'était là l'important.

Shaïna observa la scène. De nombreux blessés gémissaient sous l'effet de la douleur et les survivants commençaient déjà à les aider. La plupart ne survivraient pas, elle le savait, mais pour les autres, elles en soigneraient une partie et le reste guérirait de lui-même. Chez les soldats d'Ur, il n'y avait aucun survivant, tous avaient été tués.

Elle se sentait curieusement détachée de tout cela, la vie des hommes était ainsi faite et lui importait peu. Les âmes des hommes morts semblaient se dissoudre dans l'air alors que celles des soldats se faisaient aspirer par un portail apparu dans le sol et qu'elle seule voyait. La mort était immuable et chacun trouvait son chemin dans l'au-delà, même s'il menait droit aux enfers.

Elle reporta son attention sur l'entrée du château. Une fine ligne d'hommes armés d'épées et vêtus de noir en bloquait l'accès. La garde royale, du moins ce qu'il en restait. Un ordre jaillit et les hommes s'écartèrent pour laisser apparaître casque d'or. Il était donc vivant. Derrière lui marchait sa sœur tenant un enfant par la main et deux hommes vêtus de rouge. Son « neveu » aussi était donc bien vivant comme elle l'avait pensé. Casque d'or ainsi que sa sœur accompagnée de son fils et des deux hommes d'Ur avancèrent jusqu'aux premiers cadavres avant de s'arrêter.

Shaïna n'hésita pas, elle s'avança à son tour, contournant ou enjambant les morts avant de venir s'arrêter devant sa sœur. Son corps était toujours marbré de rouge et la flamme en elle brûlait toujours douloureusement. Elle fit un autre pas en avant puis, sans prévenir, d'un geste souple et puissant, fit décrire une courbe dans l'espace à son épée. La tête de l'homme d'Ur qui lui avait semblé commander roula sur le sol sous les yeux apeurés de son compatriote et ceux indifférents de sa sœur et de casque d'or.

Shaïna s'adressa à son compatriote d'une voix glaciale.

— Ramasse sa tête et cours dire à ton roi que s'il remet les pieds ici, je viendrais faire pareil avec la sienne au sein même de sa cité.

L'homme n'hésita pas, il se saisit de la tête de son compatriote avec un air dégoûté puis s'éloigna rapidement, évitant les corps avec soin.

Shaïna se tourna vers un de ses hommes.

— Fais en sorte qu'on lui donne une monture et qu'on le laisse partir.

Celui qui fut un soldat d'Uruck s'inclina et se précipita à la suite de l'homme.

Sa brûlure interne sembla vouloir enfin à se calmer et ses veines puis ses ongles reprirent leur teinte habituelle, le combat était terminé et elle se sentit soulagée. Ses dons étaient puissants mais la douleur qu'elle ressentait lorsqu'ils l'envahissaient était difficilement supportable.

— Merci ma sœur. Et aussi, je suis heureuse que tu aies retrouvé la parole et que tu puisses parler.

Shaïna rapporta son attention sur celle qui venait de l'interpeller ainsi. Elle avait maigri un peu, mais était toujours aussi belle, de cette beauté propre à cette famille avec ses cheveux blonds, ses yeux bleus, sa peau claire parsemée de taches de rousseur. Elle porta son attention sur le fils de sa sœur, mêmes yeux, mêmes cheveux, même peau. L'enfant ne disait rien se contentant de tenir fermement la main de sa mère un peu apeurée mais l'air fier. Elle fixa son regard dans celui de sa sœur, notant au passage qu'elle ressemblait de plus en plus à sa génitrice et également qu'elle était définitivement guérie de sa maladie. Mais ces gens n'étaient rien pour elle, elle n'avait pas de famille.

— Je ne suis pas ta sœur, je suis celle que l'on a jetée aux chiens. Je ne souhaite pas faire partie de ta famille. Je suis revenue chercher les morts et détruire le temple. Voilà qui est fait, adieu.

Elle jeta un coup d'œil à casque d'or qui regardait droit devant lui, raide et pâle.

Ce monde-là ne l'intéressait plus. Elle fit demi-tour et suivit de ses hommes et des âmes revenues survivantes et entreprit de sortir de la ville.

***

Voilà maintenant plus d'une semaine que Shaïna et ses hommes campaient dans la petite vallée. Une semaine durant laquelle elle n'avait fait que soigner les blessés. Et rien n'avait changé, elle passait presque autant de temps à vomir qu'à soigner. Elle se sentait épuisée, vidée de ses forces, il était temps que tout ceci s'arrête. Heureusement, le dernier des hommes blessés était maintenant guéri et elle avait pris une décision.

Elle allait se diriger vers Eridu sa ville natale et redonner vie aux âmes perdues. Elle ne se souvenait que trop bien des catacombes, des milliers d'âmes s'y trouvaient et elle ressentait la nécessité de les ramener. Nul n'avait le droit de disposer des âmes si ce n'était Lannu et il lui semblait insupportable que des âmes aient pu être damnées ainsi sans son accord.

De nombreux soldats étaient venus les rejoindre durant la semaine, des déserteurs refusant le joug d'Ur. Certains la prenant toujours pour l'envoyé d'Elil ou cherchant une raison de vivre autre que les rapines et la fuite. Ils apportaient vivre et chevaux et Shaïna se demanda un instant s'il n'était pas préférable de les tuer avant de les ramener afin d'être certaine de leur fidélité, mais elle finit par se contenter de les faire jurer sur leur âme et leur vie de lui obéir en toutes circonstances. Il y avait eu suffisamment de morts.

Parmi les revenus se trouvaient plusieurs généraux de l'ancienne armée de Nippur. Elle en choisit un et lui expliqua la route à suivre et aussi qu'ils devaient rattraper et guider les survivants de Kish jusqu'au fort. Là, ils se mettraient tous au service d'Almaric l'ancien roi de Kish et ceux, jusqu'à son retour. L'homme se contenta d'acquiescer avant de rassembler les hommes pour leur expliquer leur rôle.

Tous les hommes et femmes partirent le matin du huitième jour et Shaïna se sentit soulagée de ne se retrouver qu'en compagnie de Turgich. Subir la présence de tous ces hommes lui donnait la sensation d'étouffer, d'être entraînée dans une suite d'obligations et de contraintes dont certaines allant contre sa nature, comme le fait de soigner qui la rendait tellement malade.

Elle sauta sur le dos de « brin d'amour » ils voyageraient léger, on lui avait expliqué qu'il existait plein de petits bourgs entre ici et Eridu, que le commerce était où avait été florissant et qu'ils trouveraient facilement à se loger sur leur route. Elle avait retrouvé de nombreuses pièces d'or dissimulées sous une pierre à l'extérieur de la maison et ils n'avaient donc aucun souci à se faire. L'idée étant de passer inaperçue jusqu'à la cité, Shaïna avait posé un voile sur son visage afin que personne ne la reconnaisse et puis, qui aurait voulu s'en prendre à Turgich.

La route fut longue et leur prit plusieurs semaines. Ils ne voyageaient pas trop vite pour ne pas attirer l'attention et s'arrêtaient dans des relais à moitié déserts. Les patrons des établissements ainsi que les quelques marchands et voyageurs se plaignaient souvent de la chute de leur chiffre d'affaires en raison des guerres. Ils espéraient juste un retour à la normale et se moquaient bien qui dirigeait les villes et qui en était le dieu. Ils voulaient juste commercer et gagner convenablement leur vie. Shaïna se contenta d'écouter, elle connaissait l'enfer les attendant, elle l'avait visité. Personne ne s'occupa d'eux, même si les hommes jetaient parfois des regards curieux vers ce couple atypique constitué d'un géant et d'une guerrière voilée.

Un groupe d'hommes tentant bien de les dépouiller, les tendant un piège au sein d'une forêt, mais elle se contenta de s'effacer de leur esprit puis d'en abattre trois à l'aide de son arc et les autres s'enfuir sans demander leur reste. Turgich lui, ne broncha pas, se contentant de la laisser faire, imperturbable, comme toujours.

Ils arrivèrent en vue de la ville avec la pluie. Le paysage avait bien changé depuis leur départ et le vert s'était imposé dans le paysage. Les forêts étaient devenues plus profondes et l'essence des arbres avait changé, le chêne ou le hêtre avaient remplacé le pin et le musc des feuilles en décomposition celui, plus acide, des épines de pins. La pluie était ensuite apparue, elle en apprécia la fraîcheur et elle fut la bienvenue dans un premier temps, semblant vouloir nettoyer les voyageurs de la poussière accumulée durant le voyage, pour finir par devenir gênante puis désagréable au fur et à mesure qu'elle devenait froide et pénétrante. Les vêtements de peau que portait Shaïna la protégeaient correctement, mais l'eau finissait par s'introduire par les coutures, se glissant partout, la faisant frissonner et c'est avec joie qu'ils s'arrêtaient le soir sous le toit d'une auberge où d'un relais. L'automne approchait et les feuilles commençaient à changer de couleur, les nuits étaient plus fraîches et les jours plus courts et c'est avec une forme de soulagement qu'ils aperçurent enfin les remparts d'Eridu.

Pour Shaïna ce fut un choc violent, tous ses souvenirs émergèrent. Chaque instant, chaque rue, chaque pierre, tout était gravé en elle et, à part la période en compagnie de Aldrick, il n'y avait vraiment rien de positif. La peur, la violence, elle sentit un goût de fiel dans sa bouche, savoir que ces hommes et ses femmes seraient punis au-delà de ce qu'ils pouvaient imaginer lui paraissait presque trop clément pour ce peuple.

Ils approchèrent des portes sous une pluie battante, une pluie identique à celle de son départ, arrivant face à eux, poussés par un vent violent. C'était un peu comme si elle n'était partie que quelques heures. Et dans son esprit ce n'était pas inexact, tout lui revenait. Les bruits, les odeurs, les couleurs et la peur, ce sentiment perpétuel autour duquel elle avait dû bâtir son existence. Mais elle n'était plus cette enfant fluette et craintive qu'elle avait été, elle était une athlète et une combattante. Elle était devenue sûre d'elle et de sa force, sans parler de sa capacité à s'effacer qui lui donnait cet avantage sur n'importe quel adversaire.

Il n'y avait personne sur la route à part une charrette bâchée menée par deux chevaux puissants et de robe noire, des frisons. La charrette passa la porte sous l'œil indifférent des gardes, mais lorsqu'ils approchèrent les gardes se mirent au milieu de la route leur barrant le chemin. Un homme s'approcha et Shaïna le reconnut, c'était le même qui avait voulu l'empêcher de sortir dix ans auparavant et qui se dressait de nouveau devant elle.

— Que viennent faire deux voyageurs dans notre belle cité par une telle journée.

Elle n'eut pas à répondre, ni même à brandir le bijou de sa mère qu'elle portait toujours à son pouce. Turgich s'avança et se pencha en murmurant vers le garde. Il lui glissa ensuite quelques pièces dans la main et le garde se recula de quelques pas avant de faire signe à ses hommes de les laisser passer.

Shaïna sourit en elle-même, la corruption, voilà un moyen auquel elle n'avait pas pensé dans son enfance, et pourtant tellement efficace.

Ils franchirent les portes et Shaïna ne put s'empêcher de frissonner de dégoût. Elle haïssait cette cité. Elle porta le regard autour d'elle, de façon surprenante, tout lui paraissait plus petit, comme rétréci. Bien sûr elle reconnaissait chaque endroit, chaque détail, mais leurs perspectives étaient différentes. Elle en fut un peu surprise avant de réaliser qu'en réalité c'était elle qui avait grandi.

Elle se dirigea directement vers les ruines. La pluie avait cessé, et un pâle soleil essayait de percer les nuages chassés par un vent tempétueux. Le sol était trempé et de véritables petits ruisseaux charriant pluie et déjections coulaient entre les sabots des chevaux. Cette ville était toujours aussi sale. En réalité la seule chose qui avait changé, c'était elle.

Elle sentit sous ses pieds les âmes perdues et maudites la suivre au travers des catacombes. Certaines, les plus récentes commençaient déjà à prendre forme humaine et lorsqu'elle arriva aux pieds des ruines des dizaines de revenus en descendaient avide d'être sauvés. Elle les observa un instant. Beaucoup d'entre elles étaient des âmes malsaines dont les années passées dans les catacombes avaient été préférables aux enfers auxquels leurs vies les avaient destinées, mais ils n'en avaient nulle conscience.

Shaïna arrêta sa monture devant eux et dit simplement.

« Tuez les prêtres et ceux qui vous en empêchent. »

Les revenus les dépassèrent en courant, se saisissant pour certains de morceaux de bois ou de pierres. Combien y avait-il d'âmes dans ces souterrains, des milliers sans doute. Peut-être n'arriveront-ils pas à tuer tous les prêtres mais ils feront une grosse saignée dans leurs rangs.

Elle aurait pu faire appel au démon de Nippur, mais elle ne le souhaitait pas, d'abord parce qu'il était vraiment effrayant, même pour elle, et aussi parce qu'un autre projet lui tenait à cœur, elle avait surtout besoin d'une diversion que ces âmes revenues allaient lui fournir.

Sans plus s'occuper d'eux, elle fit faire demi-tour à « brin d'amour » et se dirigea vers la ville haute. La route passait devant la ruelle de son enfance. La, un peu plus loin se trouvait la maison de sa maltraitance. C'est dans cet endroit que « la matrone » avait voulu la vendre comme putain. Elle s'arrêta un instant, hésitant sur la démarche à suivre. Puis elle poussa « brin d'amour » vers l'avant. Que lui importait cette femme, elle était comme la pluie et le vent, un élément qui fut incontournable dans sa vie, mais qui ne représentait désormais plus aucun intérêt. Qu'elle profite de sa courte vie, l'enfer qui l'attendait serait sans pitié pour elle. Les revenus continuaient à passer près d'elle, courant vers le temple pour assouvir sa volonté. Beaucoup étaient armés et affichaient une détermination sans faille.

Elle finit par arriver devant la maison d'Aldrick alors que les premiers cris et hurlements en provenance de la ville haute lui parvenaient. Elle avait une dette en ce lieu et se devait de la payer. Elle mit pied à terre et vint frapper à la porte comme elle le faisait étant jeune. Son cœur battait fort dans sa poitrine, c'était le seul endroit dans cette ville où elle avait pu être à la fois heureuse et sereine et les souvenirs qu'elle en gardait lui paraissaient toujours merveilleux. Jusqu'à l'apparition de sa génitrice bien sûr.

La porte s'ouvrit doucement et le visage fin d'une petite fille apparut derrière la porte entrouverte. Ses yeux exprimaient autant de curiosité que de peur et elle la fixait avec de grands yeux bruns. L'enfant devait avoir quatre ou cinq ans, elle finit par ouvrir un peu plus la porte et dit d'une voix qu'elle aurait probablement aimée assurée mais qui tremblait un peu.

— Bonjour, je m'appelle Shaïna et mes parents ne sont pas là, mais ils vont bientôt revenir.

Shaïna eut un petit mouvement de surprise, ainsi Aldrick avait appelé sa fille comme elle, c'était à la fois touchant et charmant. Elle sourit à l'enfant puis se saisit d'une bourse pleine de pièces d'or et la tendit à l'enfant.

— Pourras-tu dire à ton papa que cette bourse est pour ton avenir et ton éducation ? Tu lui diras que c'est une autre toi-même qui te l'a donnée. Tu as compris ?

L'enfant prit précautionneusement la bourse que lui tentait Shaïna puis s'inclina respectueusement.

— Oui madame.

Elle lui tendit aussi une lettre qu'elle avait écrite la veille, l'encourageant à les accompagner vers une nouvelle vie, loin de cette ville.

— Et ceci aussi, s'il te plaît n'oublie pas.

— Non madame.

L'enfant referma la porte derrière elle et Shaïna sentit le souvenir d'un passé se refermer avec elle.

Les hurlements et le fracas des armes s'intensifiaient dans la ville haute et des revenus continuaient à les dépasser pour se ruer vers le temple. Ils se dirigèrent vers l'esplanade du palais. Une bataille féroce s'y déroulait, de très nombreux soldats tentaient de bloquer l'accès du temple aux revenus qui se jetaient sur eux sans retenue. Le sol était jonché de cadavres dont des prêtres et des soldats. Les armes des soldats morts étaient ramassées par les revenus suivants qui se jetaient dans la bataille pendant que d'autres tentaient de contourner les soldats pour se précipiter vers le temple. Certains d'entre eux devaient y être parvenus car de nombreux hurlements provenaient de l'édifice.

Shaïna et Turgich contournèrent les combats par la droite et se dirigèrent vers les portes du château. Une dizaine de soldats en bloquaient l'accès l'arme à la main et l'air déterminé. Shaïna demanda à Turgich de garder les montures, elle sauta de « brin d'amour » et s'effaça de l'esprit des gardes. Ensuite elle se faufila entre eux sans qu'ils la remarquent et entr'ouvrit la grande porte pour se glisser à l'intérieur.

Le château était comme dans ses souvenirs, immense, magnifique, sobre et luxueux à la fois, mais elle ne s'y attarda pas. Le hall était rempli de gardes alignés en rangées défensives et armés de lances. Elle s'effaça de nouveau et les contourna pour gravir les marches monumentales. Une fois arrivée en haut, elle s'engagea dans le couloir où elle avait rencontré sa mère pour la première fois. Rien n'avait changé, tout semblait comme figé dans le temps. Les mêmes tableaux, les mêmes bureaux. Elle avança jusqu'à la grande porte de bois sculptée et l'ouvrit d'un coup.

Le roi et la reine s'y trouvaient dans une vaste pièce, assis sur deux trônes de pierre placés sur une estrade. Deux gardes armés d'épées se précipitèrent vers elle pour l'intercepter. Elle ne s'effaça pas. Elle évita la frappe du premier d'un petit saut de côté, para l'attaque en ligne haute du second en prime tout en faisant une demi-fente, se redressa et le frappa à toute volée de sa lame sur le casque. Le tranchant de sa lame déchira le métal et pénétra profondément le crâne de l'homme qui s'effondra. Elle se tourna vers le premier assaillant qui l'attaquait d'une large couronne. Elle attendit le dernier moment puis se baissa d'un coup, esquivant ainsi son attaque et frappa dans le même mouvement la cuisse de l'homme d'un mouvement demi-circulaire, déchirant les muscles et faisant éclater son os. L'homme s'effondra en hurlant et Shaïna se redressa tranquillement pour s'approcher des deux trônes.

Son père s'était levé d'un coup et elle put le contempler pour la première fois. Il était exactement comme elle se l'était imaginée. Grand, un visage de brute à la mâchoire proéminente, aux yeux petits et froids. Mais aussi brutal soit-il, il était pâle et sa lèvre inférieure tremblait légèrement.

— Tu viens réclamer vengeance pour t'avoir abandonné à ta naissance ?

Au moins savait-il qui elle était. Elle jeta un coup d'œil à sa mère, mais elle s'était tassée sur son trône et pleurait doucement.

— Sache que j'ignorais tout de toi avant que ta sœur me raconte ton apparition.

Shaïna leva la main vers lui, lui faisant comprendre de se taire, ses explications ne l'intéressaient pas.

— Je suis venue pour les âmes maudites, pour détruire le temple de ton dieu et pour envoyer ses prêtres en enfer.

Elle ôta la bague qui lui avait servi de sauf-conduit pour fuir la cité et la brandit vers le roi.

— Et je suis venue rendre ceci.

Elle jeta la bague aux pieds de sa mère qui eut un hoquet douloureux puis sans d'autres regards, elle fit demi-tour et sortit tranquillement de la pièce. Ses dettes étaient payées, elle pouvait repartir maintenant.

Elle s'effaça de nouveau des gardes dans le hall et à l'entrée et rejoignit Turgich qui attendait tranquillement, au côté de « brin d'amour ». La place n'était plus qu'un immense charnier. Les soldats avaient fini par prendre le dessus et les survivants passaient entre les corps pour achever les blessés. Curieusement ils ne faisaient aucun cas d'eux.

— J'ai dit au commandant que nous étions des envoyés de Nippur pour le roi et ils n'ont pas insisté. Trop occupé, je suppose.

— Alors, allons-nous-en, avant qu'ils ne réalisent.

Elle sauta sur le dos de sa monture et ils s'éloignèrent presque paisiblement. Shaïna savait que les revenus avaient rempli leur rôle et que les prêtres avaient été tous massacrés. Elle pouvait voir leurs âmes s'enfoncer dans les profondeurs des enfers, le petit démon allait être content. Était-ce la volonté de Lannu ? Peut-être. Les âmes des revenus morts s'effaçaient dans l'air. Qu'advenait-il d'eux ? Elle l'ignorait.

Ils passèrent sans se détourner devant la maison d'Aldrick et la rue de son enfance pour sortir rapidement de la cité. À peine eurent-ils franchi les portes que la pluie se mit à tomber de nouveau, comme un don des dieux pour la laver de son passé. Elle lança « brin d'amour » au galop. Elle se sentait comme soulagée d'un poids, d'une impression désagréable. La peur peut-être.

***

Ils rejoignirent les survivants alors qu'ils suivaient la rivière, pas très loin de l'endroit où elle avait passé l'hiver de ses seize ans. L'automne était bien là, mais les grands bovidés n'avaient pas encore migré. Elle put ainsi faire une provision suffisante de viande et de peau. Au moins ne souffriraient-ils pas de la faim. Elle laissa donc le commandement de la colonne à Turgich pour aller vadrouiller et chasser, ce qui lui convenait parfaitement. Elle se sentait à la fois responsable de ces gens et en même temps une part d'elle-même en était totalement détachée.

Le retour fut long, les femmes et enfants qu'ils avaient délivrés étaient dans un état de grande faiblesse, ayant subi la faim et la violence de leurs bourreaux. Ils n'avaient pas suffisamment de chevaux et trop de personnes proches de l'épuisement étaient obligées de marcher malgré tout. Elle dut intervenir à de nombreuses reprises pour soigner des malheureuses aux portes de la mort. Elle entreprit aussi de rechercher des plantes sauvages afin de préparer des concoctions utiles à leur guérison, les renforçant d'arts noirs lorsque cela était nécessaire. Mais malgré ça, plusieurs femmes se laissèrent mourir de désespoir. Souvent, celles dont les enfants avaient été tués, voire parfois torturés et massacrés sous leurs yeux.

Shaïna n'était pas réellement triste pour ces femmes, elle savait que l'enfer n'était pas pour elles et qu'elles seraient appelées vers des lieux de paix. Mais elle vivait chaque décès comme une sorte d'échec personnel et elle trouvait ça à la fois injuste et difficile à porter. Quant à la destination des mortes, autant la vision de certains enfers lui était possible, autant ceux vers lesquelles l'âme de ces malheureuses se dirigeait lui étaient totalement inaccessibles.

Ils arrivèrent en vue du fort vers la fin de l'hiver et il était temps. Certains des survivants étaient vraiment à bout de force et leur chance de survie s'amenuisait un peu plus chaque jour. Pour Shaïna ce fut également un soulagement, elle allait pouvoir laisser la responsabilité de leur avenir à d'autres.

Shaïna partit en avance afin de préparer Almaric à leur venue et ce qu'elle vit la laissa stupéfaite. Toute une ville était en construction. Autour du fort, les prémices d'une seconde muraille de protection étaient en train de sortir de terre. La plaine devant la ville et sa nouvelle muraille était remplie de champs parfaitement alignés. En regardant au loin, elle pouvait apercevoir des petits points blancs sur la mer, des bateaux. Elle était stupéfaite de l'avancée des travaux, jamais elle n'aurait cru Almaric capable de gérer la ville avec autant de réussite.

Elle arriva devant le fort par une large avenue de terre battue. Almaric l'y attendait, un franc sourire sur le visage, accompagné de Pietra qui comme à son habitude, et à son grand désarroi, lui sauta dessus dès qu'elle fut descendue de sa monture.

Une fois à l'intérieur du fort, Shaïna constata qu'un nouveau bâtiment y avait été construit, ressemblant plus à une maison classique avec des ouvertures extérieures et des volets de bois. Ils s'y dirigèrent aussitôt. La maison était simple mais agréable, une grande pièce carrée avec une cheminée et des portes donnant sur d'autres pièces. Ce n'était pas un palais, pourtant elle se doutait bien que c'était de cette maison qu'Almaric gouvernait. Shaïna nota l'absence de Kiam mais ne dit rien. Elle se doutait que cette femme était trop malheureuse pour rester avec le mari qu'on lui avait imposé. Elle jeta un regard de coin à Pietra mais pour elle s'était déjà une évidence. Mais au fond, cela ne l'intéressait pas vraiment, même si elle avait appris à les apprécier, elle n'était pas capable de s'attacher vraiment.

Almaric écouta avec attention son histoire et commença à donner des ordres afin de préparer l'arrivée de la colonne de survivants. Shaïna se leva pour partir lorsqu'il l'interpella d'une voix douce mais ferme.

— Shaïna, les hommes ont besoin de croire, il leur faut un dieu pour trouver une raison à leur existence, même s'ils ne sont que des revenus.

Shaïna hésita, elle ne s'attendait pas à ça. Que ces hommes aient besoin ainsi d'un dieu la dégoûtait un peu, elle les détestait tous.

— Dis-leur que je leur ai demandé d'adorer Lannu déesse des enfers.

Aldrick la regarda, surpris et inquiet à la fois, la déesse des enfers n'était pas à proprement parlé le dieu auquel il avait pensé.

— Lannu ne supporte pas les sacrifices, car les âmes des sacrifiés lui échappent. Et c'est elle qui décide ce que deviennent les âmes après la mort. Alors un simple temple pour lui demander d'être clémente suffit.

Elle le regarda intensément.

— Même si clémente elle ne l'est jamais.

Puis elle quitta la maison, tout cela la décevait un peu, ce n'était pas sa place, il était temps de partir.

Vingt-deux ans

Shaïna était heureuse d'avoir retrouvé sa solitude. Elle n'était pas restée au fort après les événements et n'avait même pas attendu l'arrivée des survivants. Elle s'était contentée de charger deux chevaux de bas avec ses affaires et était partie en direction des montagnes, laissant ce monde d'êtres humains derrière elle. Elle avait pleinement conscience qu'une fois de plus elle fuyait mais avait estimé que c'était là la meilleure démarche pour elle.

Elle avait chevauché quinze jours avant de trouver l'endroit qu'elle recherchait. Elle s'était arrêtée sur les contreforts d'une montagne situés entre la mer et les sommets enneigés. La vue qu'elle avait sur un golf marin était magnifique, la côte se découpait au loin en une série de courbes et d'arrêtes rocheuses relevées par une série de contrastes de couleurs souvent époustouflants. La luminosité variait continuellement, suivant l'heure, les marées et les désirs du temps, offrant au regard, et dans une même journée, un gris pouvant évoluer du clair à l'anthracite et se transformant parfois en un bleu d'une intensité presque douloureuse au regard.

Derrière elle, les montagnes blanches formaient une suite de dents irrégulières tant par la hauteur que la profondeur, sauvages et attirantes. Elle lui faisait penser aux dents de quelques démons cruels et elle trouvait ça amusant. Elle allait souvent en explorer la diversité, à la recherche de cols, espérant pouvoir un jour franchir ces sommets enneigés, mais sans aucun succès jusqu'alors. La montagne était indomptée et sans concession. Elle lui refusait le passage, à moins qu'elle ne les escalade, mais cela impliquait de se séparer de « brin d'amour » et ça, il n'en était pas question.

Turgich avait fini par la retrouver et venait souvent lui rendre visite même s'il semblait comprendre et accepter son besoin de solitude. Il lui avait appris que la nouvelle ville qu'elle avait contribué à créer avait pris le nom de Lagash et avait rapidement dû faire face à de nombreux problèmes. Manque de matériaux, manque de graines, manque de savoir-faire. La ville faisait face à de multiples difficultés mettant en péril son existence même.

Turgich lui avait demandé si elle voulait bien accepter d'enseigner les bases de certaines connaissances. Celles qu'elle avait apprises durant son enfance lors de ses longues journées d'observation dans le quartier des artisans et elle avait fini par accepter après bien des hésitations.

Aujourd'hui un groupe d'une dizaine d'hommes repartait vers la ville après deux mois à apprendre certaines techniques de charpenterie. Trouver le bois et la pierre, en soi ne posait guère de problèmes. Apprendre à créer des tenons ou des queues d'aronde oui !

Elle avait appris qu'Almaric avait décidé de créer une route commerciale vers Nippur et avait envoyé pour cela une petite délégation afin de rencontrer sa sœur. Trouver des accords commerciaux, créer des points relais chevaux et des auberges, c'était toute une infrastructure qu'il lui fallait organiser. Il en avait donné la direction à un des généraux revenu et à un autre la gestion délicate de l'approvisionnement.

La première année avait été difficile et les rationnements rigoureux, mais la ville s'en était sortie. Elle manquait cependant de diversité dans les cultures et la délégation envoyée vers Nippur avait aussi comme but de ramener différentes sortes de graines. Mais comment sa sœur allait réagir après tous les événements, cela, elle l'ignorait, même si elle se doutait bien que l'idée de faire des profits serait prépondérante.

De toute manière, elle ne s'était pas vraiment souciée de tous ces problèmes, c'était là le rôle d'Almaric. Et puis, au fond d'elle-même, ce qu'elle voulait, c'était franchir les montagnes afin de découvrir un autre monde. Partir pour ne plus revenir, laisser derrière elle ce monde qu'elle trouvait de plus en plus répugnant.

Les hommes qui retournaient maintenant vers Lagash lui avaient ramené une jeune jument d'un blanc étincelant provenant des écuries de Nippur et elle se disait qu'avec un peu de chance elle aurait bientôt un poulain à s'occuper en plus que de monter ses deux chevaux. Pour l'heure elle apprenait à sa nouvelle monture à obéir et à ressentir les desiderata de sa nouvelle cavalière. Tout se passait bien et « brin d'amour » galopait à leurs côtés, poussant des hennissements féroces, visiblement heureux d'avoir une jument à ses côtés.

Elle se trouvait maintenant à plusieurs heures de cheval de son campement, ce qui ne la souciait pas outre mesure. Même s'il lui fallait rester plusieurs jours loin de celui-ci, cela n'avait aucune importance. Dormir à la belle étoile ne lui déplaisait pas et son campement était plus un lieu de stockage et de réserve qu'autre chose.

Elle marchait au pas, permettant à la jument de souffler un peu, le soleil tapait fort et les chevaux étaient trempés de sueur. Elles les laissaient donc vadrouiller à leur bon vouloir, les laissant brouter l'herbe drue et épaisse, lorsqu'elle perçut le martèlement de nombreux pieds sur le sol accompagné de cris gutturaux. Sans hésiter, elle se dirigea vers l'origine de ce bruit qui paraissait presque indécent dans le silence que lui offrait la nature. Elle finit par se retrouver sur le haut d'une colline surplombant une étroite vallée s'enfonçant entre les montagnes.

Elle n'était jamais venue par ici et elle se dit qu'elle avait peut-être trouvé là une route menant de l'autre côté des montagnes. Mais elle s'occuperait de cette possibilité en temps et en heure, il y avait plus important.

Une troupe importante d'hommes à pied apparue de derrière l'une des collines, courant à un rythme régulier, parfaitement aligné en rangées de quatre soldats. Revêtus de lourdes armures et armés de grandes haches, ils avançaient en ordre et accompagnés d'une chanson déclamée par l'un d'entre eux. Elle pouvait ressentir chez ces hommes, une grande détermination et un sens aigu du sacrifice. Ces hommes allaient à la guerre mais ne pensaient pas pouvoir en revenir. Ils étaient en mission pour d'autres, leur peuple probablement. Elle trouva cela vraiment étrange et elle ne comprenait pourquoi ils se dirigeaient dans cette direction. Ils n'avaient pas l'intention d'attaquer la ville, elle l'aurait ressenti et de toute manière ils n'étaient pas assez nombreux, alors que faisaient-ils là ?

Elle se décida et lança sa jument au galop afin de venir couper leur route. Elle ne se sentait pas en danger et ne s'était même pas saisie de ses armes, ces hommes se préparaient à combattre, mais pas contre elle ou son peuple, alors elle voulait savoir où ils allaient et contre qui ils partaient en guerre.

Les arrivants prirent conscience de sa présence qu'une fois arrivés à quelques dizaines de mètres d'elle. Ils s'arrêtèrent brusquement mais dans un ordre parfait et se tinrent immobiles devant elle, la hache sur l'épaule droite. L'un d'entre eux se détacha du groupe et s'approcha avant d'ôter le casque qui recouvrait son crâne et son visage dans leur intégralité ne laissant ouvert qu'une étroite visière devant les yeux, mais tout en conservant tout de même sa lourde hache dans son autre main, méfiant.

Shaïna ne ressentait toujours aucun véritable danger. Ces hommes n'étaient pas là pour elle et semblaient totalement surpris par sa présence.

L'homme s'arrêta à quelques pas d'elle. Il était grand et fortement bâti, mais son visage était différent ! Il possédait une mâchoire proéminente et un front fuyant, de larges narines et de petits yeux noirs profondément enfoncés dans d'épaisses orbites. Ses cheveux roux et longs tombaient en désordre sur ses épaules. Après s'être arrêté à quelques pas de sa monture, il ouvrit une bouche aux lèvres épaisses dévoilant une dentition étrangement blanche avant de l'interpeller d'une voix forte et gutturale.

Shaïna l'observa un instant, hésitant sur ce qu'elle devait faire, puis la solution s'inscrivit toute seule dans son esprit. Ses ongles devinrent rouges et elle traça vers le visage de l'homme une rapide arabesque.

Les yeux de l'homme devinrent encore plus noirs et il se mit en garde, la hache levée, mais Shaïna ne s'en inquiéta pas, elle avait terminé et elle lui dit :

— Qui êtes-vous, que faites-vous là ? Et quelles sont vos intentions ?

L'homme parut décontenancé, mais Shaïna était contente, elle avait réussi, l'homme la comprenait parfaitement. Il hésita un instant puis se détendit, baissant son arme.

— Je pourrais vous retourner la question, les hommes ne sont pas censés être établis dans cette région, que faites-vous là ?

Shaïna sauta de sa monture et s'approcha de l'homme. Il était vraiment grand, elle lui arrivait à peine au niveau de l'épaule et était massif, les épaules larges, le tronc épais sur des jambes puissantes. Elle se dit qu'ils devaient être de terribles combattants.

— Vous vous trompez, les survivants d'une guerre ont établi une ville à l'emplacement d'un ancien fort depuis plus de deux ans.

L'homme parut troublé, déstabilisé par cette nouvelle. Il hésita puis lui répondit d'une voix d'où perçait l'inquiétude.

— Alors ton peuple est en grand danger, nous sommes l'année du loup et les démons vont apparaître et ils massacreront tous ceux qu'ils rencontreront.

Il se raidit, l'air à la fois fier et heureux, pointant vers elle son menton carré.

— Nous sommes les « bienheureux », nous sommes venus les affronter et mourir afin de faire honneur à notre peuple. Ils ne resteront que quinze lunes dans notre monde, alors il nous faudra tenir le plus longtemps possible pour éviter qu'ils ne viennent dévaster nos villages.

Shaïna réalisa que le fort n'avait pas vraiment été abandonné, il servait à combattre les démons. Voilà donc pourquoi les portails s'affichaient ainsi sur sa muraille. Mais pourquoi Lannu ouvrirait-elle un portail dans un endroit aussi isolé ? Pour entraîner des démons au combat peut-être, mais dans quel but ? Elle réalisa que toute la ville était en danger, si les démons se matérialisaient auprès d'une population pacifique ou qui ne s'était pas préparée à leur venue, ce serait une hécatombe.

Sans plus s'occuper de son interlocuteur, elle sauta sur sa jeune jument et, suivie de près par « brin d'amour », partit au galop vers Lagash. Elle devait les prévenir et organiser l'évacuation de sa population. Étrangement même si elle ne souhaitait pas avoir le moindre contact avec les hommes, elle se sentait responsable d'eux. Mais elle ne s'occupa pas de cette contradiction, l'urgence du moment était l'apparition prévue de démons assoiffés de sang.

La ville avait bien changé depuis son départ, elle s'était étendue tout autour du fort et une petite muraille, quoique toujours en cours de construction, l'entourait complètement maintenant.

Shaïna n'apprécia pas ce qu'elle vit, la ville lui rappelait trop son enfance et ses souffrances, mais elle évita d'y penser, il y avait plus important que ses propres souvenirs et conceptions. Elle pénétra au galop à l'intérieur de la petite cité, les gens s'écartant en catastrophe devant elle, l'insulte au bord des lèvres avant de la reconnaître et de crier son nom.

Elle franchit les murailles du fort à pleine allure. Elle était à cet instant sur le dos de « brin d'amour ». Et celui-ci avait appris à répondre à ses moindres demandes. Ainsi s'arrêta-t-elle net devant Almaric en pleine discussion avec ses généraux.

Les hommes s'inclinèrent respectueusement tandis qu'Almaric la regardait d'un air anxieux. Il se doutait bien que son apparition ne pouvait être porteuse de bonnes nouvelles.

***

La petite armée des hommes des montagnes arriva trois jours plus tard, toujours en bon ordre et au pas de course. Ils avaient certainement dû croiser les femmes et les enfants que Shaïna avait envoyés se réfugier vers les montagnes, accompagnés de la plupart des soldats. Le reste de l'armée, trois cents hommes, était en position sur les murailles, prêts au combat. Shaïna était inquiète, bien sûr en tant que revenus ces hommes ne craignaient pas de mourir, mais si les démons ressemblaient à ceux qu'elle avait elle-même invoqués, aucun être vivant ne pourrait les vaincre.

Shaïna attendait les hommes des montagnes devant les portes de la ville accompagnée de Turgich et de trois généraux, lorsque l'armée s'aligna devant eux. Ils étaient vraiment impressionnants avec leur grande taille, leur armure recouvrant le torse, les épaules, les bras et les cuisses, leur casque fermé et leurs lourdes haches. Shaïna remarqua que le métal de leurs armes était différent à celui qu'elle connaissait. Un tranchant d'un blanc étincelant semblait avoir été rajouté sur la lame. Un tranchant capable de percer la peau des démons comprit-elle !

L'homme ou plutôt l'humanoïde qui s'était déjà adressé à elle s'avança et s'inclina brièvement.

— Vos armes ne peuvent rien contre les démons, vous ne servez à rien dans cette guerre, vous devez fuir.

À sa grande surprise, ce fut Turgich qui répondit. Elle avait jeté un sort à cet homme et était donc censée être la seule en mesure de le comprendre. Il connaissait donc la langue de ces hommes, décidément il était plein de surprises.

— Nous n'avons nullement l'intention de fuir, homme de Qafzeh, mais nous allons discuter d'un plan d'action pour détruire ces démons. Cette fois-ci une représentante de Lannu se trouve parmi nous et la victoire sera nôtre, j'en suis convaincu.

L'homme lui jeta un regard de coin dans lequel se reflétait une certaine surprise mais ne dit rien, se contentant d'incliner la tête dans sa direction.

— Les démons apparaîtront demain matin avec l'aube, alors je t'écoute, toi qui parles ma langue.

***

Shaïna observait le soleil se lever sur la mer. Avec le jour levant, les couleurs apparaissaient plus fortes encore, et cette transition entre le noir profond, mais apaisant, de la nuit, suivi du gris d'une aube presque naissante se teintant d'orange au fur et à mesure que le soleil apparaissait pour se transformer ensuite en ce bleu profond qu'apportait le jour, la fascinait comme à chaque fois.

Les démons étaient censés apparaître sur la grève et les hommes s'étaient alignés devant le fort, surplombant par leur position le lieu prévu de leur arrivée. Une masse d'une centaine de cavaliers armés de lances et recouverts d'armures de plaques. Derrière eux, l'armée de Qafzeh, alignée impeccablement, la hache posée sur l'épaule, impassible. Turgich et Shaïna s'étaient eux placés sur le côté des cavaliers et tous attendaient. Un silence oppressant seulement troublé par le hennissement de quelques chevaux ressentant la nervosité de leur maître régnait dans les rangs. Les hommes savaient qu'ils allaient mourir, qu'ils se sacrifiaient pour que les autres vivent et Shaïna se demanda bien quel pouvaient être leurs pensées à cet instant. Ils paraissaient calmes, comme détachés, l'esprit serein avant la mort. Pourtant, bientôt, les cris, les hurlements, le martèlement furieux des sabots remplaceraient ce moment d'une beauté presque irréelle et le monde ne serait plus que fureur, bien loin en tout état de cause du silence présent.

Avec les premiers rayons du soleil, une fumée noire et épaisse commença à s'élever de la plage et un dessin complexe s'inscrivit sur le sable et les galets, en traits aussi sombres que la fumée qui s'en dégageait.

Shaïna en analysa les lignes. Elle n'en connaissait pas la structure, mais comprit rapidement comment refermer le portail en cours de formation. Sans plus hésiter, elle s'élança au moment même où des dizaines de démons faisaient leur apparition à l'intérieur même du dessin. Ils n'avaient rien à voir avec ceux qu'elle avait elle-même invoqués. Ils faisaient tous plus de trois mètres de haut et faisaient passer Turgich pour chétif. Des bras longs et épais armés de massues de feu, des jambes courtes en comparaison de leur torse et une grosse tête cabossée aux petits yeux étroits.

Shaïna ne s'occupa pas vraiment d'eux, concentrée qu'elle était sur le portail. Ses mains et ses bras étaient devenus rouge vif et elle savait le reste de son corps parcouru par un sang devenu en feu. La brûlure qu'elle ressentait était à peine supportable et seule l'excitation du combat lui permettait de ne pas hurler de douleur. Mais cette fois-ci, ce qui était différent des autres fois, c'était sa vision. Elle comprit que le rouge qui enflammait son corps avait envahi ses yeux lui permettant ainsi de distinguer encore plus nettement le portail et sa structure, même si la douleur enflammait maintenant sa tête, provoquant des élancements qui martelaient son crâne sans discontinuer. Elle en était maintenant convaincue, ce n'était pas Lannu qui avait créé ce portail, mais qui ?

Elle arriva sur les premiers démons en même temps que les cavaliers lancèrent leur charge. Ils savaient qu'ils n'avaient aucune chance, l'idée étant d'attirer l'attention des démons pour que les hommes de Qafzeh aient la possibilité de les approcher et d'utiliser leurs haches. Ils se sacrifiaient et le faisaient sans peur ni doute.

Shaïna s'effaça mais n'y réussit que partiellement, les démons ne la distinguaient plus que difficilement mais avaient de toute façon leur attention attirée par les cavaliers les chargeant en hurlant son nom.

— Shaïna ! Shaïna !

Ils mourraient pour elle.

Turgich la dépassa brusquement alors qu'elle arrivait au contact d'un démon, se baissa pour éviter la masse de feu et le frappa de son immense épée au niveau du genou. Le genou du démon explosa sous le choc, l'arme de Turgich était donc efficace contre ces monstres. L'énorme apparition perdit l'équilibre et bascula vers l'avant. Shaïna se dressa aussi haut qu'elle le put sur sa monture et frappa le cou du monstre au niveau de la carotide. L'épée traversa l'épaisse peau, déchira l'artère et un flot de « sang » jaune et visqueux, puant la mort, en jaillit. Son épée fonctionnait aussi. Elle ne s'arrêta pas et profita de l'ouverture créée par la chute du démon pour se précipiter à l'intérieur du portail d'où continuaient à apparaître les monstres.

Son corps s'enflamma complètement, devenant totalement rouge et l'entraînant dans des douleurs au-delà du soutenable. Elle résista comme elle put, geignant toutefois sous le joug de ces langues de feu traversant son corps. Jamais encore ils n'avaient atteint une telle intensité et elle se demanda un court instant si elle pouvait y résister. Mais il le fallait si elle voulait réussir. Elle sauta de « brin d'amour », se concentra et attira vers elle certaines lignes du portail qui s'élevèrent alors du sol pour venir flotter devant elle, comme en attente de ses demandes. Turgich ne l'avait pas suivi et c'était une bonne chose, elle était complètement effacée maintenant et les démons ne la percevaient plus, se précipitant vers les cavaliers et les hommes à pied. Elle nota du coin de l'œil que plusieurs démons étaient au sol, mais également de trop nombreux cavaliers. Comme elle s'en était doutée, les démons étaient complètement insensibles aux pointes des lances qui se brisaient sur leur peau épaisse. Ils se saisissaient des cavaliers de leurs immenses mains et, après les avoir portés à leur bouche, leur arrachaient la tête qu'ils mâchouillaient en grognant avant de rejeter au loin le corps sans vie.

Elle se concentra encore davantage sur ce qu'elle essayait de faire. Plus elle irait vite, moins il y aurait de morts. Des fils de feu apparurent au bout de ses doigts et elle entreprit de relier les lignes du portail flottant devant elle avec ses propres fils, créant ainsi une sorte de boucle. Le portail se fermait. Une fois les lignes reliées les unes aux autres, elle les laissa retomber sur le sol. Le portail sembla se nécroser, se recroqueviller sur lui-même puis disparut et avec lui l'apparition de nouveaux monstres. Elle avait réussi.

Elle se tourna vers le combat qui faisait rage sur la pente menant au fort. Les cavaliers étaient tous morts maintenant, ainsi que de nombreux hommes de Qafzeh mais le plan était en passe de réussir. La plupart des démons gisaient sur le sol et seule une dizaine étaient encore debout encerclés par de nombreux soldats qui profitaient de chaque ouverture pour planter leurs haches dans le corps des démons. Les pertes étaient lourdes, les démons difficiles à abattre et se défendant avec rage à grands coups de massues, écrasant les soldats ou les enflammant.

Shaïna se précipita dans la mêlée, frappant et tranchant les membres à sa portée. Son épée avait, elle aussi, pris une teinte rouge sang et la brûlure de son corps semblait s'apaiser un peu à chaque fois qu'elle frappait. Trancher dans la chair de ces démons, lui procurait une joie intense et elle ne se priva pas de ce plaisir.

Turgich se retrouva soudain à ses côtés, il semblait heureux. Il était fait pour tuer. Elle acheva un démon qui venait de s'effondrer à côté d'elle en lui plantant son épée dans l'œil jusqu'à la garde, l'en ôta aussitôt pour constater que le combat était maintenant terminé. Tous les démons étaient morts et le portail définitivement fermé, ils avaient réussi.

Elle sentit avec soulagement la brûlure de son corps régresser jusqu'à disparaître. Elle respira, ouvrant ses poumons à l'air marin qui commençait déjà à chasser l'odeur nauséabonde des démons, lorsque le monde autour d'elle s'effaça.

Elle se retrouva debout dans un jardin, mais un jardin de ronces et d'épineux. Ils poussaient partout, envahissant chaque recoin, ne laissant la place à aucune autre plante. Elle-même se trouvait dans une minuscule clairière, ou plutôt une petite trouée, qui semblait avoir été créé pour elle afin qu'elle ne soit pas déchirée par la multitude d'épines. Elle leva les yeux vers le ciel, il était du même rouge que celui qui brûlait dans ses veines et sur ses ongles lorsqu'elle utilisait ses pouvoirs. Voilà donc d'où émanaient ses facultés. Elle se doutait bien que ses capacités n'étaient pas naturelles, mais elle n'avait pas réalisé qu'elles provenaient de Lannu. Elle grimaça, elle n'était pas certaine que ce fut une bonne nouvelle.

Devant elle, les ronces semblèrent s'écarter avec une sorte d'étrange respect qu'elle percevait ou imaginait. Tout était différent ici et les végétaux lui paraissaient vivants, alors que le monde lui était mort, comme figé dans ce ciel vermeil.

Elle s'engagea entre les ronces qui se refermèrent aussitôt derrière elle et se retrouva bientôt devant une fontaine toute simple avec un bassin de pierres mal taillées et possédant en son centre une statue sans réelle forme et de toute façon inachevée. Elle était laide et aucune eau n'en coulait. Shaïna s'en approcha indécise. Que faisait-elle là ? Elle était visiblement dans un enfer où les hommes devaient être condamnés à marcher nus au milieu des ronces, des acacias, des houx et autres groseilliers à maquereau qui leur déchiraient sans relâche ni repos la peau et les chairs. Douloureux mais elle avait vu pire. Pourtant il n'y avait personne en ce lieu, aucune âme.

— Aimes-tu mon jardin ?

Shaïna se plia en deux de douleur. La voix la pénétrait comme aurait pu le faire un viol, déchirant son ventre et son esprit avant de s'éloigner laissant un goût de sang frais dans la bouche. Lannu. Elle regarda autour d'elle, personne.

— Tu ne peux me voir. Vois-tu, tu penses encore qu'il existe des enfers bien précis dans lesquels les âmes sont emportées, mais en réalité chacun crée le sien propre même si beaucoup sont équivalents, comme ceux des soldats ayant tués des innocents ou bien ceux des prêtres et des hommes mauvais. Tu connais celui-là, tu l'as visité. Mais ici, comprends-tu, c'est le mien, te plaît-il ?

Shaïna ne pouvait répondre, la voix de Lannu n'était que douleur et elle était tombée à genou, se maintenant au bassin, du sang coulant par chacune des ouvertures de son corps, le nez, la bouche, les yeux, les oreilles. Elle pouvait aussi sentir le sang couler le long de ses cuisses, coulant de ses orifices, douloureusement. Dans le même temps, tout son corps avait pris cette teinte rouge, celui du ciel et une brûlure comme elle n'en avait jamais ressenti la parcourait, la déchirait. La douleur était tellement intense qu'elle ne pouvait même pas hurler, cloîtrée à l'intérieur de celle-ci, dévorée par son intensité.

— Je vois que mes paroles te sont douces.

Shaïna plongée dans sa douleur perçut une forme de ricanement, visiblement Lannu se délectait de sa douleur.

— Je t'ai fait venir ici pour que tu comprennes que tu peux encore modifier ton avenir, cela ne dépend que de toi. À une époque le tien aurait pu ressembler à ceci.

Shaïna se retrouva jeune adolescente, attachée sur un lit de ronces, les épines déchirant son dos, ses fesses, les jambes ouvertes alors que de nombreux hommes laids et complètement nus s'approchaient d'elle, le sexe dressé et l'air lubrique. La vision disparue et Shaïna se retrouva de nouveau près de la fontaine. Les ronces l'avaient maintenant envahi et commençaient à s'accrocher à ses jambes, en déchirant la peau, mais leur douleur était presque douce en comparaison de celles procurées par la sensation de brûlure qui inondait son corps ou par la voix de Lannu.

— Je t'ai montré ceci afin de te remercier d'avoir refermé le portail, à bientôt, Shaïna.

Les derniers mots résonnèrent dans son esprit avec une telle intensité qu'elle crut que sa tête allait éclater. Puis le monde autour d'elle s'évanouit et elle eut la sensation de chuter dans un puits sans fin.

Elle reprit conscience allongée sur les galets de la plage. La bataille contre les démons venait de se terminer et les hommes erraient un peu hagards à la recherche des survivants blessés. Seul Turgich était immobile à quelques mètres d'elle, semblant l'attendre. À ses côtés se tenait le commandant de l'armée Qafzeh. Elle se redressa et s'approcha de lui essuyant le sang qui coulait encore de son nez.

— Je veux aller au-delà des montagnes.

L'homme la regarda sans rien dire, visiblement il hésitait. Il la regarda de haut en bas cherchant à comprendre pourquoi la peau de ses jambes était ainsi déchirée et pourquoi du sang coulait encore de son nez, de ses oreilles ou ses yeux. Il passa d'un pied à l'autre puis se décida.

— Nul humain ne peut aller au-delà des montagnes, mais je t'en montrerai la route si tu le souhaites. Mais à toi et ton chien de guerre seulement.

Shaïna ne releva pas, qu'il nomme Turgich « chien de guerre » ne la choquait pas outre mesure et cela lui correspondait bien.

***

Après la victoire contre les démons, la vie reprit rapidement ses droits dans la ville. Les femmes et les enfants étaient revenus et les morts avaient été enterrés. Les cavaliers qui s'étaient sacrifiés étant tous sans famille, ils avaient été ensevelis dans une fosse commune, et toute la ville leur avait rendu hommage.

Ensuite la vie avait repris comme si rien ne s'était passé. Mourir au service de Shaïna impliquait le salut pour ces hommes, alors leur mort était presque considérée avec joie, même si elle ne savait pas en quoi consistait ce salut et si elle doutait de plus en plus qu'il puisse être plaisant. Lannu n'était guère clémente.

Elle avait bien vu les âmes s'effacer dans la lumière, mais elle n'en savait pas plus et ignorait totalement ce qu'il advenait d'elles.

Le reste de l'armée de Qafzeh était ensuite partie sans réels adieux et elle les avait suivis juchée sur « brin d'amour », Turgich à ses côtés. Leur chef leur ayant promis de leur montrer le chemin menant de l'autre côté des montagnes, elle était maintenant impatiente. Elle avait laissé la jeune jument aux soins de Pietra avec regret, mais elle ne savait pas où sa route la menait ni les dangers qui l'attendaient, alors gérer deux montures était trop incertain, l'homme de Qafzeh lui ayant bien fait comprendre que le passage à emprunter était d'une extrême dangerosité.

Ils finirent par s'enfoncer dans l'étroite vallée où elle les avait rencontrés pour la première fois. À sa grande surprise, celle-ci s'élargit rapidement pour déboucher sur un immense lac dont la couleur bleue contrastait presque violemment avec le sombre de hautes montagnes dépourvues de végétation et l'herbe verte des rives et des premières pentes. Le chemin emprunté se situant en hauteur par rapport au fond de la vallée, et elle pouvait distinguer de nombreux petits villages construits sur les rives du lac et des dizaines de bateaux naviguant dessus.

Voilà donc le monde de Qafzeh pensa-t-elle, mais où était la ville, probablement à l'autre bout du lac. Elle allait le demander lorsque Turgich se pencha vers elle.

— Il n'existe pas à proprement parlé de ville, plutôt des regroupements, l'un militaire, l'autre pour la gestion du peuple et le centre des artisans. Le reste de la population est éparpillé dans les nombreux villages le long du lac.

Shaïna se tourna vers lui l'air abasourdi. Mais comment savait-il tout cela ?

— Jeune je me suis enfuie de chez les nomades et je suis venu ici.

Shaïna ne répliqua pas, cet homme était une énigme. Peut-être un jour lui demanderait elle de lui raconter sa vie, mais pour l'instant elle n'en ressentait pas la nécessité.

Lorsqu'ils passaient dans un village, celui qui était le chef des hommes de Qafzeh, faisait s'arrêter les survivants et parlait aux personnes présentes d'une voix forte et pleine d'emphases, décrivant leur lutte et leur victoire contre les démons avec grands gestes. Puis, une fois son récit terminé, il venait s'incliner respectueusement devant elle et les gens assemblés se mettaient à crier, exprimant une joie non feinte, mélange de fierté pour leurs soldats et de soulagement à l'idée que tout était enfin fini.

Ils se ressemblaient tous à ses yeux, grands, puissants, le front fuyant sur de grosses arcades sourcilières, de larges narines et un menton proéminent. Elle les trouvait laids, mais une humanité profonde brillait dans leurs petits yeux enfoncés profondément dans leurs orbites. Ces hommes étaient pacifiques et l'annonce de la destruction des démons et de la fermeture du portail les remplissaient de joie.

Ils finirent par déboucher dans un village plus important formé de baraquements rectangulaires et Shaïna en déduisit qu'ils arrivaient dans le village des soldats. Une foule immense les y attendait, scandant son nom à leur arrivée. Elle grimaça, il n'était pas question qu'elle devienne, ici aussi, une sorte d'icône. Elle poussa « brin d'amour » au petit trot jusqu'à venir se placer à côté de celui qui commandait et qui était le seul capable de la comprendre. Elle se pencha vers lui et dit d'un ton sec espérant qu'il ne perçoive pas l'angoisse qui commençait à l'étreindre.

— Je ne souhaite pas participer à une quelconque fête de victoire, je veux juste un guide pour me conduire de l'autre côté de la montagne.

L'homme la regarda étrangement mais ne répliqua pas. Il interpella l'un de ses soldats qui accouru en courant.

— Voici Trishh, son village se trouve à côté du chemin menant de l'autre côté. Mais personne n'en est jamais revenu sachez-le.

Shaïna haussa les épaules, peu lui importait les autres. Elle arrêta sa monture, laissant les soldats défiler devant elle jusqu'à ce que Turgich soit à ses côtés puis fit un petit signe au soldat qui, sans un mot, traversa la foule vers les crêtes sur la droite et entreprit d'en gravir la pente suivit des deux cavaliers.

Ils mirent deux jours, marchant avec le lac en contrebas avant d'arriver au village de l'homme. Le village était une simple rue, entourée de petites maisons basses construites en torchis. Il était désert, tout le monde étant probablement parti fêter la victoire au village des soldats. Ils ne s'arrêtèrent donc pas et continuèrent leur route. Le chemin se mit rapidement à grimper vers les hautes montagnes surplombant le lac, les cailloux remplaçant l'herbe grasse au fur et à mesure que la pente devenait de plus en plus raide et sinueuse.

L'homme finit par s'arrêter devant un sentier à moitié effacé se situant le long d'une pente abrupte et caillouteuse. Le sentier formait des s sur le flanc de la montagne et s'élevait jusqu'à perte de vue. L'homme s'inclina et sans un mot fit demi-tour avant de s'éloigner. Shaïna ne s'en préoccupa pas et décida de s'engager sur le sentier sans plus attendre. Elle mit pied à terre et sans plus un regard pour son guide qui redescendait, elle commença à suivre l'étroit sentier.

Elle ressentait une forme d'urgence en elle, une nécessité absolue de franchir cette montagne rapidement. Bien sûr elle percevait que cette obsession était probablement dictée par Lannu, mais elle n'arrivait pas à faire la part des choses et à lui résister.

La pente devint rapidement très raide et si « brin d'amour » suivait tranquillement sa maîtresse, il n'en était pas de même pour la monture de Turgich qui glissait souvent sur les cailloux et qu'il devait maintenir fermement afin d'éviter qu'elle ne panique.

La nuit fut compliquée, aucun espace autour d'eux n'était plat et les cailloux étaient omniprésents et pointus. Ils dormirent donc comme ils purent, assis sur le chemin, adossés à un gros rocher inconfortable et furent presque contents de repartir aux premières lueurs du matin.

La montée dura encore toute la matinée, ils étaient maintenant bien au-dessus du lac qu'ils percevaient au fond de la large vallée. La vue était magnifique et ils s'arrêtèrent à de nombreuses reprises pour l'admirer. Puis le petit sentier ou du moins ce qu'il en restait tourna sur un autre flanc de la montagne et les premières plaques de neige apparurent. Il faisait froid, ils étaient maintenant du côté nord et un vent glacial soufflait sans discontinuer. La deuxième nuit, ils ne dormirent que par à-coups, grelottants de froid mais incapables de continuer à progresser dans la nuit noire. Le petit matin fut une délivrance et ils s'empressèrent de repartir.

Après quelques heures de marche devenues harassantes avec la fatigue, le peu d'oxygène et le manque de sommeil, ils arrivèrent devant un pont étroit en pierre. Il semblait très ancien et menait vers une grotte située sur le flan d'un autre sommet encore plus haut que le précédent. Le pont était glissant et certaines pierres manquaient, mais il était étrangement solide. Cependant ils comprirent aussitôt la difficulté qu'ils auraient à faire traverser les chevaux, même s'il n'était pas question de les abandonner. De chaque côté du pont large d'à peine un mètre, la profondeur des ravins ne laissait aucun doute sur ce qui arrivait à quiconque glissait puis chutait. Si les chevaux paniquaient, c'était la mort assurée.

Shaïna s'y engagea la première, avançant précautionneusement, suivit de près par « brin d'amour » qui avait posé sa tête sur son épaule, confiant. Elle avançait pas après pas afin d'éviter de glisser ou de perdre l'équilibre, suivie par sa monture qui semblait calme, se contentant d'accompagner sa maîtresse sans s'énerver, posant doucement, presque précautionneusement ses sabots sur le pont de pierres. Celui-ci n'était pas très long, dix mètres tout au plus, mais n'en était pas moins périlleux pour des animaux habitués à galoper sur des plaines. Ils finirent par arriver sur une petite plate-forme et elle poussa un soupir de soulagement. Elle avait conscience que pour la première fois la peur qu'elle avait ressentie ne la concernait pas mais était dirigée vers sa monture et elle trouva ça encore plus désagréable que lorsqu'elle était seule concernée.

Elle se demanda comment Turgich allait faire. Celui-ci entreprit d'aveugler sa monture avec une peau puis la guidât doucement, pas après pas, sans cesser de lui parler doucement et de le maintenir à l'aide d'un licol d'une main ferme. Tout se passa bien Turgich et sa monture traversèrent sans problème et bientôt ils se retrouvèrent tous les deux devant l'entrée de la grotte. Son ouverture était suffisamment grande pour qu'ils s'y engagent de front et de toute façon, ils n'avaient guère le choix. Le surplomb sur lequel ils se trouvaient n'était entouré que de gouffres dont on ne distinguait même pas le fond. Le seul chemin, c'était cette entrée qui semblait vouloir s'enfoncer dans la montagne.

Ils y pénétrèrent et Shaïna comprit aussitôt : la grotte était un labyrinthe avec des ouvertures dans tous les sens plongeant dans le noir absolu. S'ils prenaient la mauvaise route, ils risquaient de se perdre pour ne jamais revenir.

Shaïna réfléchit, bien sûr elle n'était jamais venue en ce lieu, mais en même temps cet endroit lui rappelait d'autres souvenirs. Elle s'avança dans la grotte puis réalisa. Cet endroit avait la même structure que les catacombes de son enfance. Elle savait où elle se trouvait, à l'endroit où elle avait fui la bande des marais, près de leur repaire, là où l'enfant était morte de peur. Le chemin s'afficha dans son esprit. Elle trouva vraiment étrange de retrouver la même structure de construction en ce lieu alors qu'Eridu se trouvait à des mois de marche. Ceux qui avaient creusé la montagne étaient forcément les mêmes que ceux qui avaient construit les souterrains de sa jeunesse.

Elle secoua la tête, qu'importait après tout, ce peuple avait disparu depuis longtemps et leurs secrets avec eux. Elle connaissait le chemin, même dans le noir le plus complet et c'était là l'important. Elle engagea « brin d'amour » dans le chemin qu'elle savait mené à une sortie. Elle avait choisi d'aller jusqu'à celle menant aux ruines, du moins ceux de sa ville natale, là, elle verrait bien où cela les entraînerait. La différence la plus importante était qu'ici elle ne cheminait pas dans des ruines parfois effondrées et bas de plafond mais dans des grottes hautes et bien découpées. Elle préféra tout de même marcher aux côtés de sa monture, elle ne connaissait pas la hauteur exacte des grottes, alors autant ne pas s'assommer dans le noir sur son plafond.

Elle avançait sûre d'elle, lorsque la voix de Turgich résonna dans le noir, s'enfonçant loin autour d'eux pour revenir sous forme d'écho.

— J'ai passé mille ans dans les catacombes d'Eridu. Cet endroit me fait me souvenir à quel point elles étaient sordides.

Shaïna ne répliqua pas, à une certaine époque elles les trouvaient sécurisants. Et puis ici, nulle âme perdue pour la supplier de revenir.

La sortie qu'elle avait choisie n'était pas éboulée comme dans les souvenirs de son enfance mais au contraire s'élargissait pour déboucher sur un large plateau de montagnes à la végétation parcellaire et malingre. Un peu partout des points d'eau, des mares et des petits lacs brisaient la monotonie d'un paysage un peu fade. L'air était rare, ils devaient se trouver en haute altitude.

Il n'était donc pas question de forcer l'allure des chevaux, ils s'éloignèrent donc du labyrinthe au pas, respirant avec difficulté, sous un ciel certes d'un bleu sans nuages mais où le soleil n'apportait nulle chaleur. Les nuits étaient glaciales et l'absence de bois rendait impossible toute forme de feu. Shaïna chercha bien des plantes qui leur auraient permis de se réchauffer, mais elle n'en reconnut aucune. Tout semblait différent, seule la couleur verte restait la même. La flore présente sur ce plateau et à cette altitude lui était totalement inconnue. Quant à la faune, il n'y en avait pas, pas même un oiseau dans le ciel.

Le plateau finit par amorcer une pente douce et après une journée de marche, ils purent commencer à respirer plus librement, se sentant moins oppressés. Les premiers oiseaux apparurent alors et Shaïna se sentit soulagée, l'absence d'oiseau l'avait perturbée, bien plus que le froid ou le manque d'oxygène. Les premières neiges apparurent aussi, par plaques éparses que le maigre soleil ne pouvait faire fondre et le paysage se creusa en cuvettes peu profondes avec de petits lacs en leur centre.

Un matin, ils débouchèrent sur une cuvette plus large que les autres et contenant un grand lac mais surtout, trois maisons de pierres construites sur une berge de sable sur laquelle trois barques avaient été tirées. Ils s'arrêtèrent autant surpris que curieux. Qui pouvait bien vivre dans un endroit aussi désert. Les conditions devaient en être particulièrement frustes et misérables.

Ils s'approchèrent doucement, ils ne savaient pas qui habitait là et ne voulaient pas les effrayer. À leur approche, des hommes et des femmes sortirent des misérables maisons, construites de pierres entassées visiblement instables et se resserrant jusqu'à se rejoindre dans une sorte de pointe. Leur forme n'était pas sans rappeler les tentes des nomades, mais en pierre.

Les hommes et les femmes qui en sortirent étaient maigres, presque misérables et leurs habits ressemblaient plus aux haillons de son enfance qu'à autre chose. Leurs pensées semblaient flotter entre la peur, l'incompréhension et une forme d'espoir incertain. Elle n'eut pas à s'approcher beaucoup pour les reconnaître, des hommes de Qafzeh, mais un peu plus petits et surtout beaucoup moins bien portants et forts que ceux qu'elle avait rencontrés de l'autre côté des montagnes.

Celui qui semblait le plus âgé d'entre eux se détacha du petit groupe avant de s'adresser à eux dans une langue gutturale qui semblait être la même que celle de leurs congénères.

Shaïna ne l'écouta pas vraiment, laissant Turgich gérer le dialogue. Il parlait leur langue alors elle ne voyait pas la nécessité d'essayer de la comprendre. Elle regarda autour d'elle, tout était misérable. Elle grimaça, peut-être valait-il mieux repartir. Elle avait traversé les montagnes, poussée par une nécessité, mais même si elle n'arrivait pas à comprendre pourquoi, ce n'était certainement pas pour venir en aide à ces malheureux. La voix de Turgich s'adressant à elle lui fit reprendre pied dans la réalité.

— Ils se présentent comme les gardiens oubliés de la cité sous la terre. Malheureusement ils ne connaissent pas le chemin pour rentrer chez eux et nous demandent de les aider à retrouver leur peuple.

Shaïna hésita un court instant avant de répondre. Il n'était pas question de faire demi-tour, ces hommes attendraient.

— Dis-leur que nous les récupérerons sur le chemin de retour, mais que pour l'instant nous devons poursuivre notre chemin.

Turgich reprit son dialogue avec le vieil homme et « brin d'amour » frappa le sol de son sabot comme pour exprimer l'impatience de sa maîtresse.

— Il dit que nous ne reviendrons pas et que les monstres nous dévoreront mais il va tout de même nous offrir du poisson pour notre voyage.

L'homme indiqua un point loin devant eux tout en continuant à parler son étrange langue.

— À deux jours de marche se trouve la grande forêt, mais personne n'a jamais réussi à la traverser, ceux qui ont essayé ne sont jamais revenus.

Shaïna haussa les épaules, peu lui importait les « ceux ». Elle poussa doucement « brin d'amour » et contourna l'homme avant de s'engager sur le petit chemin longeant le lac.

Turgich la rejoignit quelques minutes plus tard et comme d'habitude il ne commenta pas sa décision, de toute façon, il n'y avait rien à commenter. Elle souhaitait avancer pour de bonnes raisons, sa vie passée lui était devenue insoutenable alors que dans le même temps quelque chose l'appelait, l'attirait sans qu'elle sache quoi, ni comment lui résister.

La suite de la descente se fit paisiblement, la pente était douce et continuelle et la montagne commença à vivre. Marmottes, cabris, aigles et insectes commencèrent à apparaître en même temps que l'air se faisait moins oppressant, comme plus léger. Le premier ours les accueillit à leur arrivée dans une large et belle vallée au fond de laquelle grondait une rivière issue des nombreux torrents venant des sommets. Ce cadre était vraiment beau et sauvage comme ceux qu'elle aimait tant, mais ils ne s'y attardèrent pas, Shaïna savait que son destin se trouvait bien plus loin.

Ils s'étaient attendus à découvrir une forêt épaisse, voire infranchissable comme leur avait décrit les « gardiens », mais le spectacle qui s'offrit à leurs yeux au sortir de la vallée les laissa stupéfaits. À peine se furent-ils engagés sur une plaine que leur route fut barrée par une sorte de cloaque nauséabond. Pas de forêt verte grouillante d'animaux, mais un marécage gris et puant s'étendant à perte de vue. Ici aucune vie, pas même un insecte, juste cette odeur de décomposition prenant à la gorge et donnant envie de vomir.

Shaïna prit conscience de la dangerosité de ce marais qui semblait ne pas avoir de fin. Leur chemin pouvait être bloqué par des trous d'eau dans lesquels ils risquaient de se noyer. À certains endroits une vase collante pouvait les aspirer voir les engloutir et puis cette absence de vie était étrange et malsaine. À moins que ce marais ne se situe pas dans le monde des vivants, mais alors que faisait-il là ?

Elle mit pied à terre, ramassa un long bâton qu'elle trempa dans l'eau grisâtre. À cet endroit l'eau ne semblait pas très profonde alors elle avança un peu, de l'eau jusqu'aux genoux, tâtonnant de son bâton le sol devant elle, suivit de près par « brin d'amour » qui secouait la tête dans tous les sens, visiblement mécontent d'être ici. Turgich s'engagea à son tour, lui aussi muni d'un long bâton qu'il plongeait dans l'eau croupie avec détermination.

Après de longues minutes d'une progression lente et éprouvante, la rive disparut et ils ne furent plus qu'entourés par cette eau sombre et puante. Çà et là ils pouvaient apercevoir le reste d'un arbre mort, sortant de l'eau comme s'il voulait s'échapper, mais ils ne s'en approchaient pas. Ils se doutaient bien que de tels troncs jaillissant ainsi de l'eau impliquaient la présence de trous d'eau dont la profondeur pouvait vite devenir fatale. L'eau était épaisse, voir poisseuse et il aurait été vraiment difficile, voire impossible de nager dedans.

Étrangement ils finirent par s'habituer à l'odeur, mais Shaïna se sentait toujours mal à l'aise. Cet endroit n'était pas naturel, le silence pesant qui les entourait était pour le moins angoissant et ils se sentaient comme emprisonnés dans cet environnement. Ils continuèrent à avancer ainsi toute la journée, fouillant le sol de leurs perches et marchant avec précaution jusqu'à ce que la nuit les rattrape. Ils décidèrent de passer celle-ci assis sur leur monture et d'attendre le matin pour repartir. Même si la lune était bien haute et éclairait le marécage d'une lumière blanchâtre le rendant ainsi encore plus angoissant, elle n'était pas suffisante pour leur permettre de progresser dans une relative sécurité. Shaïna sauta donc sur le dos de « brin d'amour » qui ne broncha pas et s'endormir aussitôt, harassée par cette journée de marche dans ce cloaque.

Le cri qui la réveilla n'avait rien d'humain. Instinctivement elle s'effaça, mais avec une telle force qu'il engloba son compagnon ainsi que leurs montures. C'était la première fois qu'elle effaçait ainsi quelqu'un d'autre, elle n'avait pas réalisé à quel point son pouvoir avait grandi et à quel point elle était devenue puissante. Réveillée en sursaut, elle regarda tout autour d'elle, choquée, presque paniquée par le hurlement inhumain qui venait de la réveiller. La lune éclairait le marais de sa lumière spectrale et une brume éparse s'élevait de l'eau rendant la visibilité aléatoire.

Le hurlement déchira de nouveau le calme absolu de la nuit, renforcé par l'absence de toute vie. Il ne ressemblait à rien qu'elle eut déjà entendu, strident, inhumain exprimant à la fois une douleur sans fin et une rage inassouvie pleine de haine et de ressentiment. Il semblait ne jamais vouloir s'arrêter perçant les consciences pour les entraîner vers une panique incontrôlable liée à la peur qu'il suscitait.

Le hurlement finit par s'arrêter pour reprendre quelques instants après, qui que ce soit qui poussait ainsi ces hurlements, il se déplaçait. Shaïna finit par apercevoir une forme se détachant de la brume. Presque aussi translucide que celle-ci. Une femme avec de longs et rares cheveux épars traînant dans l'eau. Elle s'approcha d'eux, mais visiblement elle ne les voyait pas. Elle s'arrêta à quelques pas et Shaïna put la contempler à la lumière de la lune. Elle n'était pas très grande ou du moins elle était si voûtée que sa taille paraissait petite, pourtant elle ne semblait pas très vieille, juste tassée sur elle-même. Son visage était ravagé par le pourrissement, le même que celui de l'eau, gris et puant. Son crâne était dégarni à part quelques longues mèches grisâtres elles aussi et ses yeux jaunes fouillaient partout, visiblement à leur recherche. Elle posa ses mains longues, sales et griffues sur sa tête, semblant souffrir horriblement puis hurla de nouveau, dévoilant des dents pourries et une langue noire. Le hurlement fut difficile à supporter, il était fait pour porter la crainte et la panique mais ne semblait s'adresser qu'aux hommes, les chevaux ne semblaient pas avoir conscience de la présence de la femme et ne bronchèrent pas. À moins que de les avoir effacés fonctionne pour eux dans les deux sens. Le monstre ne les voyait pas, mais ils ne la voyaient pas non plus. La femme cessa de hurler et se griffa le visage de ses ongles crochus, elle semblait désespérée. Puis elle s'enfonça dans la nuit, s'éloignant d'eux trop lentement à leur goût, comme flottant au-dessus de l'eau et s'arrêtant régulièrement pour pousser ses hurlements déchirants.

Shaïna s'adressa à Turgich à voix basse, encore un peu choquée par ce qu'ils venaient de vivre.

— Nous sommes dans un des mondes de Lannu, mais je ne sais pas ce qu'il fait là. C'est pour cela qu'il n'y a aucune vie ici, nous sommes dans le monde des morts.

Turgich la regarda attentivement, il n'y avait aucune crainte particulière sur son visage et il se contenta de répondre de façon laconique.

— Je sais.

Soudain l'étrange apparition revint dans leur direction. Elle les cherchait, elle savait qu'ils étaient là quelque part et ne comprenaient pas pourquoi elle ne pouvait pas les voir. Elle poussa de nouveau son cri strident, visiblement incertaine sur ce qu'elle devait faire, tournant sur elle-même, tentant même de les sentir, rejetant sa tête en arrière pour respirer profondément au travers d'un nez tordu aux narines déchirées. Mais il n'y avait rien à sentir ici, tout était imprégné de l'odeur des marais. Elle hésita de nouveau puis repartit. Shaïna remarqua que ses pieds ne s'enfonçaient pas dans l'eau, elle donnait l'impression de marcher dessus. Était-elle un démon dans cet enfer ou une âme punie à errer et à dévorer toute vie ? C'était difficile à dire.

— Ici viennent les âmes condamnées à être détruites, sans possibilités de repentance. Ce monstre leur aspire l'âme petit à petit jusqu'à ce qu'il ne reste plus rien. L'âme condamnée se voit être engloutie sans rien pouvoir faire si ce n'est assister à sa propre destruction, et ce, dans d'horribles souffrances.

Shaïna se tourna brusquement vers Turgich qui venait de lui expliquer cela d'une voix froide comme détachée du monde. Comment savait-il cela ?

— Mon âme est passée par ici avant de rejoindre les catacombes.

Comme pour lui donner raison, un homme apparut à quelques dizaines de mètres d'eux, l'air à la fois surpris et perdu. Aussitôt le hurlement inhumain de l'être déchira la nuit et ils virent l'entité se ruer sur l'homme qui hurla à son tour comme pour la repousser de son cri mais sans aucun résultat. L'apparition sembla embrasser l'homme sur la bouche, l'enlaçant de ses bras maigres, il tenta vainement de s'échapper sans y parvenir avant de se mettre à geindre et à pleurer. Puis l'être le relâcha et s'éloigna de lui comme rassasié, disparaissant dans la nuit. L'homme tomba à genou dans l'eau, la tête entre les mains continuant à pleurer.

— Il vient de comprendre que son âme va se faire dévorer petit à petit jusqu'à sa totale destruction et qu'il ne peut rien faire si ce n'est tenter de fuir. Moi je l'ai fait, mais je suis le seul et je ne suis toujours pas certain d'avoir bien fait.

Shaïna ne dit rien mais certaines idées germaient dans sa tête. Tout ceci avait été en quelque sorte planifié. Il était fort possible qu'il eût échangé auprès de Lannu sa complète disparition contre celle de devenir son ange gardien. Cela voudrait dire que son existence avait été programmée des siècles auparavant. Mais après tout, le temps avait-il un sens pour les dieux ?

L'apparition ne revint pas de la nuit, quant à l'homme, il finit par se relever et par partir au hasard, titubant dans l'eau croupie. Ils purent dormir un peu, par à coup, les nerfs à vifs, se réveillant régulièrement en sursaut inquiet à l'idée de voir la femme démon réapparaître. Ils repartirent dès les premières lueurs de l'aube, le ventre vide et l'estomac noué. Cet endroit était fait pour susciter la peur et l'angoisse. Les mêmes sentiments que ceux de son enfance et elle comprit.

— Moi aussi je viens d'ici et je sais que la femme que nous avons vue se nourrit de la peur de sa victime, mais cette nourriture qu'elle recherche désespérément lui fait ressentir l'horreur de sa victime. Son hurlement est autant un hurlement de faim que de désespoir.

Turgich ne répondit pas se contentant de la fixer froidement. Elle comprenait depuis longtemps que le corps qu'elle habitait n'était qu'un véhicule pour son âme. L'âme de ce corps n'avait jamais existé ou du moins était morte lorsqu'elle-même avait pris conscience, mais qui était-elle ? Se put-il qu'elle fut comme l'apparition de cette nuit ? Où venait-elle d'ailleurs ? Son âme avait certainement une existence antérieure, mais laquelle ?

— Tu n'auras les réponses à tes questions que lorsque tu auras rempli ta tâche.

Elle s'était parlé à elle-même, comme une évidence intérieure et elle décida de ne plus se torturer l'esprit. Ils devaient arriver à sortir de ce marais dont elle ne percevait pas la fin et ils y seraient en danger toute la traversée.

S'échapper de ce cloaque sordide et puant leur prit cinq jours. Ils en sortir dans un état d'épuisement proche de l'hébétude, titubant, affamés et assoiffés, les traits décomposés par la fatigue et l'horreur des nuits passées. Lors de chacune d'elles, l'apparition était revenue, poussant ses hurlements glaçants, tournant autour d'eux comme un requin autour de sa proie mais sans pouvoir ni les voir ni les sentir. Chaque nuit un mort finissait par apparaître comme jeté là pour attirer son attention et elle se ruait sur le pauvre hère hurlant de peur afin de se nourrir de son âme. Le spectacle était traumatisant et elle en ressortait choquée à chaque fois, même Turgich semblait mal à l'aise. Le plus dur à supporter étant peut-être les sanglots poussés par les âmes lorsqu'elles réalisaient qu'elles étaient appelées à disparaître à jamais. Mais la pitié n'existait pas dans les royaumes de Lannu.

La délimitation avec le marais était nette, absolument pas progressive. L'instant d'avant ils marchaient dans l'eau croupie et puante et l'instant d'après leurs pieds se trouvaient sur une herbe grasse et un sol dur et non spongieux.

Shaïna avait réalisé depuis longtemps que si cet enfer était apparu dans le monde des vivants, c'était afin de servir de frontière infranchissable, seuls son don et les âmes jetées comme appâts leur avaient permis de traverser. Sans son don ils auraient été à la merci du démon et sans les apparitions d'âmes qui détournaient son attention, il aurait probablement fini par les découvrir.

Shaïna et Turgich s'effondrèrent à bout de force sous le premier arbre qu'ils rencontrèrent. Un immense chêne debout là, un peu comme une incongruité après ce qu'ils venaient de vivre. Ils s'endormirent comme des masses, trop épuisés pour se soucier du moindre danger.

Lorsqu'ils se réveillèrent le matin commençait à poindre, ils avaient donc dormi au moins seize heures et se sentaient reposés. Leurs montures broutaient tranquillement auprès d'eux. La faim leur tordait le ventre et la soif laissait leurs lèvres gonflées et douloureuses. Ils se séparèrent à la recherche d'eau et de nourriture. Ce fut Shaïna qui trouva le petit ruisseau, ou plutôt elle s'était laissée guider par « brin d'amour » tout autant assoiffé qu'elle et qui la mena droit vers ce point d'eau. Elle trempa son visage dans l'eau glacée et eut la sensation d'être lavée de l'horreur qu'elle venait de vivre. Elle sentit son corps se détendre et son âme s'apaiser. Le ruisseau étant plein d'écrevisses elle s'amusa à les laisser pincer ses doigts afin de les attraper. Elle rit en voyant l'extrémité de ses mains terminées ainsi par ces petits crustacés noirs. Ils avaient leur repas.

Ils ne repartirent que le lendemain, profitant de la journée pour récupérer. Ici tout était serein, le calme des lieux était vraiment le bienvenu et lorsque Shaïna sauta sur le dos de « brin d'amour » elle se sentait presque légère malgré les événements.

Ils marchèrent ainsi plusieurs jours, Shaïna avait retrouvé la joie de vivre qui la caractérisait lorsqu'elle voyageait, elle lançait souvent sa monture au galop afin d'explorer les alentours et se sentait libre de toutes contraintes ou craintes, même si elle se doutait bien que cela ne durerait pas. Le paysage était bucolique, de l'herbe à perte d'horizon sur de multiples petites collines et vallons, agrémentés de bosquets d'arbres feuillus. L'automne approchait et les feuilles commençaient à prendre leurs teintes rouges et marron et les arbres ressemblaient maintenant à certaines peintures qu'elle avait pu admirer dans des livres chez Aldrick, la rendant un peu nostalgique. Quelques loups croisèrent bien leur piste, mais ils s'éloignaient aussitôt sans chercher à les approcher apeurés par leur présence. Ils n'avaient probablement jamais vu d'êtres humains et préféraient rester prudents.

Shaïna aurait aimé que ce périple dure des années mais il s'acheva le matin du dixième jour devant une immense plaine descendant doucement vers une mer qui semblait grise et tumultueuse. De nombreux nuages passaient rapidement dans le ciel amenant avec eux des averses éparses. Le vent soufflait fort portant jusqu'à eux l'odeur piquante de la mer.

Shaïna se sentait tendue, mal à l'aise, quelque chose s'était passé ici, il y avait bien longtemps, un drame terrible.

— Je suis mort ici, un dieu m'a tué.

Les mots de Turgich résonnèrent en elle comme un présage. Une terrible bataille s'était produite ici entre des dieux et des hommes, des milliers, peut-être beaucoup plus étaient morts sur cette plaine et certains dieux avaient été détruits. Et c'est alors qu'elle les sentit, ils l'attendaient depuis si longtemps, les morts, les âmes perdues. Aucun des soldats tombés en ce lieu n'avait trouvé place dans l'un des enfers, ils étaient encore tous là, attendant son hypothétique venue pour renaître et reprendre le combat. Alors les hommes réapparurent, prenant forme, là même où ils étaient tombés, passant de l'état de fantôme à celui de soldats armés, prêts à combattre. Il y avait là des hommes de Qafzeh armés de leurs lourdes haches, des hommes plus petits de taille ne portant aucune armure et faisant virevolter à toute allure deux courtes épées dans leur main, mais aussi de nombreux humains de haute taille et portant des casques pointus armés de lances épaisses et longues et juchés sur de hautes montures.

Les hommes reprirent vie plus ou moins rapidement, passant par tous les stades qu'avait entraînés la décomposition de leurs corps, puis ils vinrent s'aligner en rangs bien ordonnés, devant eux. Plusieurs d'entre eux se détachèrent de la masse des hommes pour s'approcher. De par leur vêtement et la richesse de leurs armures, Shaïna en déduisit qu'elle avait affaire à des généraux, les commandants de l'armée. Ils mirent un genou au sol et le plus âgé d'entre eux s'adressa à elle dans une langue qui lui parut familière, même si elle ne l'avait jamais entendu de la bouche d'un homme et surtout, dans une langue qu'elle comprit parfaitement.

— Tu nous as rappelé, nous voici déesse, nous sommes prêts à mourir de nouveau pour toi.

Déesse, quelle drôle d'idée ! Ce besoin qu'avaient les hommes de l'élever ainsi était ridicule. Démon peut-être, et encore, même ça elle n'en savait rien.

— Les démons vont bientôt apparaître, nous pouvons les vaincre, mais nous ne pouvons rien contre leur dieu, c'est lui qui nous a détruits voilà plus de mille ans. « Chien de guerre » à tes côtés a bien essayé de le combattre, mais il a échoué et nous fûmes tous massacrés.

Shaïna jeta un regard de biais à Turgich qui se tenait droit sur sa monture, comme toujours imperturbable. Elle porta son regard vers le fond de la plaine. Loin devant, sur une longue plage de sable jaune, elle pouvait distinguer un immense portail noir dessiné à même le sable. De la fumée commença à en sortir, s'épaississant rapidement et avec elle les mêmes monstres que ceux qu'elle avait déjà combattus sur la plage du fort. Encore eux. Ils sortaient, immenses, jaillissant du néant par dizaines et s'attroupaient sur la plage, indisciplinés mais toujours aussi impressionnants. Rapidement, ils furent plusieurs centaines et commencèrent à se positionner sans ordre véritable sur le bas de la plaine. Ces êtres comptaient sur leur force brute pour vaincre, pas sur la discipline ou l'organisation. La fumée en provenance du sable s'épaissit encore et un démon encore plus disproportionné que les autres en jaillit.

Il était immense, devant bien mesurer plus de dix mètres de haut tout en étant la copie conforme des autres. Même tête difforme, même bras démesuré, mêmes jambes courtes et même massue de feu tenue dans une main.

Shaïna se sentit mal à l'aise. Ainsi venait leur dieu pour prendre part au combat et eux ils n'avaient qu'elle pour lui faire face.

— Voilà celui qui m'a tué. Avant lui je me pensais invincible.

Shaïna ne répliqua pas. Elle ne comprenait pas pourquoi elle était là, comment pourrait-elle vaincre un dieu de dix mètres de haut.

— Avant moi, il a tué Mardouk et les autres dieux qui menaient cette armée, c'est pour cela que la cité de Kish était si faible, leur dieu était mort. Et c'est en raison de cette défaite que Lannu a créé cette frontière située dans le monde des morts. Et c'est également pour cela qu'elle t'a envoyé toi, elle ne veut pas mourir.

Shaïna hocha la tête, bien sûr, elle comprenait mieux maintenant.

— Mais qui sont-ils ?

— Nul ne le sait, ils viennent d'une autre dimension, d'ailleurs. Leur dieu aimerait bien envahir notre monde, mais la création de portails semble compliquée et difficile à maintenir dans le temps. À part celui-ci. Cette partie du monde lui appartient maintenant. Mais je crois que ce dieu voudrait surtout détruire les nôtres. La mort de Mardouk l'a comblé et il en voudrait plus, beaucoup plus afin de régner sur le monde des vivants comme sur celui des morts.

Shaïna avait écouté toutes ces explications avec attention. Elle était vraiment abasourdie que Turgich sache tout cela et un peu vexée qu'il ne lui ait rien révélé jusqu'alors.

— Mais comment sais-tu tout cela ?

— J'ai participé à cette guerre et Lannu m'a expliqué le reste.

Les monstres commençaient à avancer sur la plaine, dominés par l'ombre gigantesque de leur dieu. Comme souvent, Shaïna mit ses doutes et questionnements de côté et se décida à agir. Elle s'adressa tout d'abord aux généraux.

— Faites votre part dans cette guerre et je ferais la mienne.

Puis sans autre consigne ou ordre, elle lança « brin d'amour » au galop en direction de l'armée des monstres, suivie de près par Turgich. Son corps s'enflamma comme il ne l'avait jamais fait. De petites flammèches rouges jaillirent de sa peau, une petite partie du pouvoir de Lannu, elle le comprenait bien. La douleur n'aurait pas dû en être supportable, mais elle était compensée par l'excitation et la peur. Elle allait combattre un dieu. Elle se saisit de son épée qui s'enflamma à son tour. Le feu rouge contre le jaune de celui des monstres.

Elle savait qu'elle possédait une arme que ses adversaires ignoraient et qui lui donnait un avantage, si tant soit est que l'on puisse avoir un avantage contre un dieu.

À la vue de ces deux cavaliers les chargeant, les monstres poussèrent des cris de haines ressemblant vaguement aux aboiements des chiens, puis ils chargèrent. Leurs jambes avaient beau être courtes en comparaison du reste de leur corps, ils n'en avançaient pas moins vite et la distance entre elle et eux diminua rapidement. Alors elle puisa en elle, concentrant toute son énergie et s'effaça. La puissance liée au désespoir de savoir que c'était son unique chance lui permit de s'effacer complètement, entraînant avec elle Turgich, sa monture ainsi que « brin d'amour ». Ils disparurent complètement aux yeux de tous : amis comme ennemis.

Les monstres semblèrent un instant décontenancés, puis reportèrent leur attention sur l'armée ennemie se précipitant à leur rencontre.

Shaïna et Turgich passèrent au milieu d'eux comme des fantômes et se dirigèrent droit vers leur dieu. Lui non plus ne pouvait les voir, Shaïna passa au galop entre ses jambes, fit pivoter sa monture vers la droite et frappa le tendon d'Achille du dieu qui se trouvait au même niveau que son épaule. Son épée tranchant la chair et les fibres tendineuses sans difficulté particulière et le dieu hurla, pivotant sur lui-même pour frapper de sa massue le sol derrière lui.

Sans la vitesse de « brin d'amour », Shaïna eut été écrasée par la massue. Mais ce dieu ignorait que celui qui venait de le frapper pouvait se déplacer aussi vite. Il se redressa et reprit sa route vers l'armée, sa blessure commençant déjà à se refermer.

Shaïna n'hésita pas, elle relança sa monture au galop et vint frapper de nouveau le dieu à l'emplacement même de sa blessure presque refermée. La blessure se rouvrit laissant jaillir un sang épais fait de flammes ardentes. Elle sentit une brûlure intense sur son épaule, mais n'en tint pas compte, son corps étant lui-même en feu, la douleur n'était guère supérieure.

Le dieu hurla de nouveau et se mit à frapper le sol autour de lui de son énorme masse ardente. Le sol tremblait sous les coups de masse mais Shaïna se contenta de les éviter à l'aide de la vitesse de sa monture. Elle contourna le dieu qui s'était retourné et toujours lancé à pleine allure, elle frappa une troisième fois la blessure maintenant ouverte et qui avait du mal à se refermer. Son coup tranchant complètement le tendon faisant se rétracter l'énorme muscle du dieu.

Il hurla d'une force telle que Shaïna cru un instant avoir perdu l'ouïe, mais surtout il fit ce qu'elle espérait, il mit un genou au sol. Elle fit pivoter son cheval de ses jambes et lui demanda toute la vitesse dont il était capable. Le dieu était sur un genou, mais elle avait encore la place de passer entre ses jambes, et entre ces jambes pendouillaient les parties génitales du dieu. Démesurées, à son image, mais maintenant accessibles. Elle brandit son arme et frappa le sexe du dieu de toute sa force. La verge coupée en deux vola dans les airs alors que le dieu portait ses mains vers son bas ventre.

Shaïna évita les mains de justesse et s'éloigna de plusieurs dizaines de mètres. Là elle s'arrêta et contempla son œuvre. Certes, ce dieu n'était pas mort, mais ses blessures étaient importantes et invalidantes. Elle avait pris un avantage certain.

Soudain, le dieu se redressa et Shaïna grimaça. Ses blessures semblaient s'être refermées et sa verge coupée repoussait déjà. Elle commença à vraiment douter en ses capacités. Cela servait à quoi de blesser ce monstre s'il guérissait en quelques secondes, elle était dans une impasse.

Le dieu hésita un instant, puis fit brusquement demi-tour pour se précipiter vers le portail. Peut-être que ce dieu n'avait jamais souffert ou n'avait jamais été blessé et que la douleur le faisait paniquer, mais visiblement il fuyait le combat.

Il se jeta dans le portail et y disparut, provoquant une épaisse fumée noire et un grondement assourdissant. Shaïna y vit sa chance, il fallait refermer le portail derrière lui et ça, elle savait le faire. Elle lança « brin d'amour » vers le centre de la fumée, ses mains commençant déjà à créer les fils rouges nécessaires à la fermeture. Lorsqu'elle sauta de sa monture, de nombreux tracés noirs du portail s'étaient démêlés et se tendaient vers elle. Elle entreprit aussitôt de les relier aux siens, trop confiante en ses capacités certainement. Si les fils se relièrent comme elle le souhaitait, le noir du portail supplanta le rouge de ses fils, les faisant changer de couleur avant d'envahir ses ongles, puis ses mains et enfin son corps tout entier. La brûlure apparentée au feu qui avait envahi son corps depuis le début du combat se transforma en une brûlure glaciale encore plus douloureuse. Après la brûlure vint la disparition de toute sensation, ses extrémités se nécrosèrent et elle commença à grelotter. Finir de relier les fils entre eux fut très compliqué, ses muscles ne répondant plus à sa volonté. Elle y réussit toutefois mais lorsqu'elle voulut jeter les fils au sol, ceux-ci semblèrent comme attachés, collés à ses doigts, et l'entraînèrent avec eux vers le sol. Alors tout devint noir et elle perdit connaissance.

Vingt-trois ans

Shaïna traça un petit trait sur la paroi du labyrinthe de la pointe de son épée. Cinq cents, cela faisait cinq cents jours qu'elle se trouvait là, dans ce lieu sordide. Elle y avait repris connaissance, après avoir refermé le portail, sur un sol dur et froid entre deux murs s'élevant à l'infini vers un ciel gris et terne. Elle avait d'abord cru qu'elle était morte et qu'elle se trouvait dans un des royaumes de Lannu, pour finir par conclure que cet enfer était bien trop clément pour elle et que la déesse de la mort ne pouvait être si magnanime à son égard.

Les brûlures dans son corps avaient disparu et elle se sentait : entière. Seule restait celle sur l'épaule provenant du sang du dieu qu'elle avait reçu lorsqu'elle lui avait tranché le talon d'Achille. Elle avait observé son épaule, la brûlure était profonde et mettrait probablement longtemps à guérir lui laissant de vilaines cicatrices, mais ça, elle s'en moquait éperdument. Inconsciemment, elle réalisait qu'ici ses dons ne lui seraient d'aucune utilité et qu'elle ne pouvait donc pas se soigner par magie.

Elle avait alors porté son attention sur son environnement. Elle se trouvait entre deux murs sans fin espacés de quelques mètres. Les murs étaient faits d'une matière inconnue, lisse et froide alors que le sol était en terre battue. Elle avait trouvé cela étrange mais avait décidé, malgré la douleur provenant de sa brûlure, d'aller explorer les lieux.

Après quelques dizaines de mètres d'une marche en ligne droite, elle s'était retrouvée devant un embranchement et avait pris à droite, à tout hasard. De toute manière elle se rappellerait parfaitement comment revenir sur ses pas. Elle avait marché ainsi plusieurs heures, jusqu'à ce que le gris du ciel devint plus sombre et qu'enfin elle découvre une petite source sortant du mur pour tomber dans une sorte d'étroit bassin de pierre avant de disparaître dans le sol. Elle avait soif, donc elle n'était pas morte. Elle s'était assise, que faisait-elle là ? Elle s'était remémoré le chemin qu'elle venait de parcourir et avait alors compris. Elle se trouvait dans le portail, elle s'était réveillée sur un des liens qu'elle avait elle-même créés et avait suivi une des lignes sur quelques centimètres. D'avoir réalisé où elle se trouvait l'avait profondément perturbé, un portail ne laissait nulle ligne seule, tout se reliait, il n'existait aucune sortie. De plus, il lui avait fallu plusieurs heures pour en parcourir quelques centimètres, combien lui faudrait-il de temps pour le parcourir dans sa totalité ? Des dizaines d'années ?

Elle en était là dans ses réflexions lorsqu'elle les entendit. Des sortes de ricanements sinistres suivis du martèlement de pieds courant sur le sol de terre battue. Elle s'était redressée et s'était saisie de son épée. Tout comme pour ses dons, elle avait compris que son épée, ici, n'était plus qu'une lame normale, incapable de trancher la peau d'un démon et encore moins celle d'un dieu et qu'il lui faudrait faire preuve de toute sa technicité et dextérité pour survivre si elle était attaquée. Elle possédait également son arc, mais peu de flèches et surtout la faible visibilité n'en permettait pas une utilisation efficace. Les ricanements s'étaient alors rapprochés et des animaux ressemblant un peu à des chiens étaient apparus, la bave coulant de leur babine dévoilant des crocs longs et pointus. Ils étaient laids, mais semblaient puissants avec leur corps trapu et musculeux et ils étaient visiblement affamés.

Le premier d'entre eux s'était alors jeté sur elle et elle lui avait fait éclater la tête d'un couronné rapide avant de réaliser qu'il n'était qu'un leurre. Elle avait plongé vers le sol, roulant sur elle-même, mais pas suffisamment rapidement et avait senti les griffes d'une de ces bêtes déchirer son dos douloureusement. Elle s'était redressée et avait planté sa lame dans le même mouvement dans l'œil de la bête, la faisant couiner de douleur avant qu'elle ne meure. Les autres, et ils semblaient être nombreux, s'étaient éloignés prudemment alors que la nuit devenait noire et opaque.

Shaïna était restée debout, l'arme prête à frapper pendant de longues minutes avant qu'elle ne réalise que les bêtes s'étaient enfuies. Elle avait aussitôt compris qu'il allait en être ainsi tous les soirs, ces bêtes viendraient la traquer pour la dévorer et elle devrait lutter pour sa survie. Son dos lui faisait mal, elle n'avait aucune plante pour se soigner et ses dons devenus inaccessibles en ce lieu ne lui permettraient ni de s'effacer ni de se faire guérir. Ses blessures se cicatriseraient difficilement et risquaient de l'affaiblir, la rendant vulnérable, elle n'avait pas le choix, elle se devait d'être performante dans ses frappes et précautionneuse dans ses attaques et défenses si elle voulait survivre. Il fallait prendre ces attaques de chiens comme un défi permanent où l'échec signifiait la mort et la victoire la possibilité de vivre un jour de plus. Elle connaissait ces sensations et sentiments, c'étaient ceux de son enfance, elle avait alors réussi à survivre, elle réussirait ici aussi, elle en était persuadée.

Cinq cents jours de combats et de longues marches entre les murs de ce qu'elle considérait comme sa prison s'ensuivirent. Pour survivre, elle dut boire aux sources qu'elle trouvait de-ci de-là et manger la chair crue et écœurante des bêtes qu'elle tuait après qu'elles l'avaient attaquée. Lors de ses premières tentatives, elle vomit la chair au goût pourri de ces bêtes, puis elle finit par s'habituer un peu et à avaler des petits bouts de viande tout en se réfrénant de ne pas vomir. Ces hauts de cœurs perdureraient longtemps avant qu'elle ne finisse à réussir à avaler cette viande sans que son corps n'essaye de la rejeter. Mais elle n'avait pas le choix de toute façon, il lui fallait se nourrir un minimum sous peine de voir ses forces diminuer et de finir par se faire elle-même dévorer.

Ces étranges chiens semblaient être les seuls êtres vivants en ce lieu, à part elle bien sûr. Ils l'attaquaient tous les soirs sans relâche et elle ne devait sa survie qu'à l'enseignement qu'elle avait reçu dans l'art de l'épée et la maîtrise de ses émotions et de ses peurs. Elle ne comprenait pas comment ces bêtes pouvaient venir encore et encore, elle avait dû en tuer un millier depuis le début de son périple et pourtant tous les soirs ils revenaient sans relâche. Elle trouvait cet univers cruel, sans pitié, la survie en étant la seule expectative. Son corps était couvert de cicatrices dues aux morsures et aux griffures, elle avait maigri et se sentait à bout de force, mais elle ne désespérait pas. Elle avait longuement analysé le tracé du portail, se souvenant de sa structure et avait réalisé que le centre de celui-ci était en tout point égal aux catacombes de son enfance. Elle devait s'y rendre pour essayer de s'enfuir elle en était persuadée, c'était sa seule raison de se battre encore et aujourd'hui, elle allait enfin atteindre l'une des entrées du labyrinthe.

Le tunnel, au sein duquel elle marchait, s'élargit soudain, elle approchait enfin. L'entrée du labyrinthe se présenta comme aurait pu l'être celle d'une caverne. Un large trou noir dans l'un des murs. Ici enfin elle allait retrouver un plafond et non des murs s'élevant à l'infini, ici se trouvait sa délivrance, elle en était persuadée. Mais son entrée était également gardée par une quinzaine de chiens ricaneurs qui grondèrent à sa vue et s'avancèrent aussitôt vers elle, les babines retroussées, bavant une salive gluante.

Elle dégaina son épée, ici tout s'arrêterait pour elle si elle n'arrivait pas à vaincre. Elle se positionna l'épée haute au-dessus de sa tête, fléchit les jambes et laissa les bêtes se rapprocher suffisamment avant d'attaquer brusquement les deux derniers sur sa droite. Elle frappa d'un couronné sec la tête le premier, dégagea sa lame qui s'était enfoncée jusqu'au cerveau de l'animal avant d'en planter la pointe dans l'œil du deuxième se ruant vers elle en faisant claquer ses mâchoires. Elle ôta la pointe, pivota sur elle-même et trancha la gorge d'une troisième bête en train de se jeter sur elle, puis elle se recula brusquement avant de venir attaquer le centre de la meute de larges moulinets blessant ou tuant trois autres bêtes. Une douleur terrible faillit lui faire perdre l'équilibre; l'une des bêtes venait de la mordre profondément à l'arrière de la cuisse. Elle fit pivoter son arme et la planta dans le corps de l'animal qui la maintenait entre ses mâchoires, lui faisant lâcher prise. Elle pivota de nouveau et d'une frappe transversale coupa en deux la mâchoire d'un autre. Elle recula, titubant un peu sous l'effet de la douleur, même si celle-ci semblait un peu anesthésiée par l'excitation du combat, elle n'en était pas moins invalidante. Elle finit par se retrouver acculée au mur, les animaux survivants se positionnant en demi-cercle autour d'elle. Un court instant de répit lui fit prendre conscience que la morsure à la cuisse était très profonde et qu'elle perdait beaucoup de sang. Elle se devait d'en tenir compte dans son combat, elle allait être moins rapide maintenant, puis les chiens attaquèrent tous en même temps. Elle frappa, à droite à gauche, donna un coup de pied à l'un d'entre eux, pivota frappa encore. Un chien lui saisit le bras gauche entre ses crocs et elle put entendre ses os se briser sous la puissance des mâchoires. Elle laissa son bras tomber, tenant son arme d'une main, frappa un chien qui sautait sur elle et planta son arme dans le corps de celui qui lui tenait le bras et qui lâcha prise, mort. Elle tourna sur elle-même, partout des corps de chiens, elle avait réussi, elle avait survécu. La douleur envahit totalement sa conscience alors même qu'elle commençait à se détendre et elle gémit. Et c'est alors qu'une des bêtes qui avait fait semblant d'être morte lui sauta sur le dos, tentant de refermer ses mâchoires sur son cou. Dans un réflexe désespéré, elle se jeta sur le sol, roulant sur elle-même et l'animal ne put que mordre son visage avant de lâcher prise, emportant avec lui un bout de chair. Shaïna hurla dans un mélange de rage et de douleur tout en plantant son épée dans le corps de la bête. Une fois, deux fois, trois fois. Cette fois c'était bien fini.

Elle tomba à genoux, la souffrance explosait dans son corps et sa tête, la menant aux frontières de l'évanouissement. Des larmes de douleurs et de soulagement coulèrent sur ses joues, elle avait réussi. Soudain elle entendit d'autres ricanements provenant des couloirs, la ramenant à la réalité du moment. D'autres chiens ricaneurs approchaient. Elle rassembla ses dernières forces et courut en boitant jusqu'à l'entrée du labyrinthe qu'elle reconnaissait comme étant celui de son enfance et se précipita à l'intérieur. Elle était certaine que les bêtes n'entreraient pas dans ce lieu, du moins l'espérait-elle, sinon elle était perdue.

À peine en eut-elle franchi le seuil que des transformations s'opérèrent en elle, elle retrouvait ses pouvoirs. Elle s'adossa contre la paroi et se laissa glisser contre sa structure rugueuse, indifférente à la roche qui écorchait son dos, et ce, jusqu'à se retrouver assise sur le sol. Ses ongles prirent cette couleur rouge qu'elle ne connaissait que trop et elle accepta la brûlure qui envahit son corps comme une délivrance, elle allait pouvoir guérir.

Shaïna se réveilla dans le noir le plus complet, elle avait donc perdu connaissance. Elle sut que ses blessures avaient cicatrisé car elle ne ressentait plus aucune douleur. Elle porta la main à son visage, même si son don lui avait permis de se soigner, elle porterait à jamais les stigmates de ses combats contre ces bêtes. Elle haussa les épaules, c'était comme ça, il n'y avait rien à y faire.

Elle se redressa, elle voulait quitter cet endroit maintenant et elle connaissait parfaitement les chemins menant aux différentes sorties. Elle décida donc de se rendre à la plus proche et s'y dirigea d'un pas allègre, la liberté lui semblait à portée de mains et le souvenir de ses combats désespérés contre les chiens ricaneurs lui semblait déjà lointain. Après plusieurs heures de marche, comme dans le labyrinthe précédent les distances étaient multipliées au-delà de l'entendement, elle finit par arriver à ce qui aurait dû être une sortie. Mais le chemin était fermé, la roche ne présentait aucune ouverture, ni même aucune trace d'une éventuelle sortie passée, rien qu'une roche dure et froide au toucher. Bien sûr elle était dans le noir complet, mais même avec le changement d'échelle, ses souvenirs lui permettaient de savoir exactement où elle se trouvait. Ici il aurait dû se trouver une petite ouverture ronde donnant sur une ruelle, mais là, il n'y avait rien.

Shaïna se sentit un peu perdue, sa déception était forte et l'angoisse de ne trouver aucune échappatoire lui serrait la gorge. Allait-elle être condamnée à rester ici, à mourir ici ? Elle réfléchit et décida de se diriger vers l'entrée la plus importante du labyrinthe. Celle se trouvant près du château, du moins dans celui de son monde. En marchant rapidement il allait lui falloir plus d'une semaine pour y arriver, mais ici elle n'avait plus à craindre les chiens ricaneurs. Il fallait juste espérer qu'elle trouve de l'eau, sans cette eau, elle risquait de mourir de soif. Elle se sentait un peu désespérée, marquée dans sa volonté. Les événements qu'elle avait vécus l'amenaient au bout de ses capacités de survie. Elle se ressaisit, il n'était pas temps de céder, elle devait se battre. Elle releva le menton, rejeta d'un mouvement brusque ses cheveux sales vers l'arrière et s'engagea dans le tunnel suivant.

Elle ne savait pas vraiment depuis combien de temps elle marchait, ici il faisait nuit tout le temps et le noir était absolu. Elle n'avait pas trouvé de source, mais l'eau suintait de certaines parois, alors elle les avait léchées pour ne pas mourir de soif. Bien sûr c'était loin d'être suffisant et ses lèvres étaient gonflées tandis que son esprit rêvait sans cesse d'une eau pure et fraîche coulant dans sa gorge, mais elle survivait, marchant sans relâche, ne dormant que de courts instants, rêvant alors de baignade dans des cours d'eau glacés. La soif était une sensation cruelle et douloureuse, mais elle était habituée à la douleur et retrouvait les certitudes de son enfance : c'était comme ça et puis c'est tout.

Enfin elle finit par arriver à la sortie tant espérée. Son ventre se serra et eut un spasme douloureux, que se passerait-il si celle-ci était fermée ? devrait-elle les essayer toutes dans l'espoir d'en trouver une ouverte ? En aurait-elle la force ? À l'approche de la sortie, l'espace s'élargit et elle s'arrêta, surprise. Cela ne correspondait pas à ses souvenirs, mais était ce bon signe ? Elle avança, l'espace s'élargit encore et une lumière faible, mais presque douloureuse à la vue pour elle qui était restée si longtemps dans le noir absolu, apparut en provenance du sol. Faible au début, à peine perceptible puis de plus en plus forte au fur et à mesure qu'elle progressait, jusqu'à donner l'impression d'être en plein jour. Le chemin emprunté finit par déboucher sur une large place, et elle s'arrêta complètement interloquée. Derrière la place se dressait un château comme elle n'en avait jamais vu avec des tours immenses partant dans tous les sens, sans ordre particulier et sans aucune ouverture, massives et grises. Le château n'avait pas vraiment de remparts, ou plutôt il était tellement démesuré qu'il faisait passer ses remparts pour négligeables. Mais ce n'était pas la vue de cet immense château qui l'avait fait s'arrêter net. Devant le château, comme semblant l'attendre, immobile mais les yeux rivés vers elle, le Dieu qu'elle avait combattu se tenait debout, les bras croisés. Shaïna réalisa qu'en fait le château était à sa dimension, d'une taille complètement irréelle pour un simple humain comme elle.

Après un instant d'hésitation, elle se décida et avança, de toute façon elle n'avait guère le choix. À l'instant même où elle s'engagea sur la place, les yeux du Dieu semblèrent vouloir la transpercer, elle voulut s'effacer, mais son don lui sembla hors de portée, inaccessible. La voix du Dieu résonna alors dans sa tête, une voix de stentor roulant dans sa tête, rebondissant dans son esprit jusqu'à la douleur et la forçant à s'arrêter.

— Je t'attendais démon. Et pour commencer, montre-moi qui tu es vraiment. Reprends ta véritable apparence.

Shaïna sentit son corps se transformer. Il devint maigre et flétri, ses épaules se voûtèrent, des ongles noirs et tordus apparurent au bout de ses doigts. Elle n'avait pas besoin de se regarder pour savoir à quoi elle ressemblait. Une faim dévorante lui vrilla le ventre, il lui fallait se nourrir de peur et de désespoir, il lui fallait manger des âmes. Elle tourna son visage défiguré vers le Dieu, il n'y avait nulle peur ou désespoir en lui, mais son absence d'empathie rendait ses autres sentiments accessibles à sa faim dévorante. Elle hurla de dégoût et de haine et son cri strident déchira le silence environnant, puis soudain tout disparut et elle redevint elle-même alors que la voix du Dieu résonnait de nouveau dans son esprit.

— Voilà ce qui t'arrivera si tu ne me rends pas les clés de mon portail pour que je puisse retourner dans mon monde.

Shaïna ne répondit pas, elle était pliée en deux, les transformations de son corps qu'elle venait de subir avaient été très douloureuses et elle était sous le choc de cette révélation. Bien sûr, elle s'était doutée un peu lors de la traversée de l'enfer du marais qu'elle avait un lien avec la créature qui les avait chassés, mais quelque part en elle, elle espérait que ce n'était là que le fruit de son imagination. Ce dieu immonde venait de lui prouver que non.

— Dépêche-toi, humaine ! Brise les lignes que tu as créées, rends-moi le contrôle.

Shaïna sentit cette brûlure qui était devenue une part de sa vie l'envahir de nouveau, tout son corps devint rouge et les lignes du portail lui apparurent à nouveau. Elles avaient été tordues, étirées, piétinées, mais rien n'avait pu défaire son œuvre et les liens qu'elle avait créés, en vérité elle n'était qu'un vecteur, sa puissance lui venait de Lannu et était celle d'un dieu. Elle fit monter les lignes devenues démesurées par la taille vers le ciel puis coupa net les liens rouges qui se recroquevillèrent sur eux-mêmes avant de disparaître, laissant les seules noires flotter dans l'air. Le dieu s'en saisit aussitôt et s'empressa de les relier entre elles dans des formes complexes. Le monde autour d'elle commença à disparaître alors que la voix du Dieu résonna une dernière fois dans son esprit.

— Et voici ta punition pour t'être dressée devant moi.

Shaïna sentit toutes les blessures, les brûlures, qu'elle avait soigneusement guéries quelques jours auparavant s'ouvrir à nouveau dans un océan de douleurs.

— Et tes dons ne te permettront pas de les guérir cette fois-ci.

Mais sa voix était déjà lointaine, le monde disparaissait, sa tête se mit à tourner et elle perdit connaissance.

***

Lorsque Shaïna reprit conscience, ce fut pour réaliser qu'elle se trouvait sur un sol froid et dur dans une nuit complète. Son corps la faisait terriblement souffrir et elle se sentait faible. Elle comprit qu'elle avait perdu beaucoup de sang et que sa vie même était en danger. Elle ne tenta même pas d'utiliser son don, le Dieu avait été clair avec elle, il lui faudrait passer par une médecine traditionnelle pour essayer de guérir. Elle se redressa difficilement, sa tête tournait et elle avait envie de vomir, mais elle devait lutter si elle voulait avoir une chance de survivre.

Elle fit deux ou trois pas et comprit où elle se trouvait. Les catacombes d'Eridu. Mais comment était-elle arrivée ici ? Elle se trouvait à côté de la place donnant sur le château. Tous les différents labyrinthes étaient donc reliés entre eux, ou ne formait qu'un ? Elle chassa ces pensées de son esprit, pour le moment elles avaient d'autres préoccupations, elle devait essayer de survivre à ses blessures. Elle réfléchit un instant, sa respiration était courte et ses pensées un peu confuses, mais elle savait où aller, où elle pourrait espérer trouver de l'aide et s'y dirigea en boitant. Sa jambe la faisait souffrir et ne lui permettait pas d'avancer rapidement et l'os de son avant-bras gauche sortait de sa peau, brisé par la mâchoire de la bête qui l'avait saisie tandis que son visage et son épaule n'étaient plus que douleurs lancinantes qui battaient sans discontinuer dans sa tête au rythme incertain de son cœur. Mais la pire des douleurs, celle qui lui ôtait tout espoir et la poussait vers l'abandon, était psychique. De savoir ce qu'elle était vraiment, lui donnait envie de vomir, de se laisser aller et de mourir. Elle ne tenait que parce qu'une flamme minuscule, celle d'une enfant luttant pour sa survie, brillait encore en elle faiblement, comme la flamme d'une bougie dans la nuit éternelle.

La maison d'Aldrick était comme dans ses souvenirs et elle tituba jusqu'à sa porte, boitant et laissant une large traînée de sang derrière elle. Elle était à bout de force et frapper à la porte lui parut représenter un effort surhumain. Sa vision devenant floue, elle ne vit pas qui ouvrit la porte mais entendit une voix douce murmurer après un temps qui lui parut infini et juste avant qu'elle ne perde connaissance.

— Je me souviens de vous.

Les jours qui suivirent furent une suite de reprises de conscience et de perte de connaissance. Elle vit plusieurs fois des visages penchés sur elle, mais trop flous pour qu'elle puisse les distinguer, tout lui paraissait vague, comme lointain, dénué de toute substance. À chaque fois qu'elle reprenait connaissance, elle gémissait, la douleur était prégnante et détruisait toute réalité jusqu'à ce qu'elle replonge dans l'inconscience.

Un matin, elle le sut tout de suite à la lumière du soleil pénétrant dans la pièce, la douleur fut suffisamment supportable pour qu'elle reste éveillée. Elle mit de longues minutes avant de se rappeler où elle se trouvait, puis ses souvenirs lui revinrent et elle gémit un peu, tentant, dans une démarche désuète de s'enfoncer un peu plus dans ses oreillers. La porte s'ouvrit doucement et une jeune femme d'une vingtaine d'années portant un plateau rempli de bandages apparut. Shaïna l'observa avec attention, elle ne comprenait pas, visiblement cette jeune femme était la fille d'Aldrick, elle lui ressemblait trop pour être quelqu'un d'autre, mais cette fille n'aurait pas dû avoir plus de douze ou treize ans.

La jeune femme, se rendant compte qu'elle était consciente, posa le plateau sur le lit et s'assit à son chevet.

— Bonjour, je m'appelle Shaïna tout comme vous. Peut-être vous souvenez-vous de moi, j'étais cette petite fille à qui vous avez offert cette bourse d'or il y a maintenant plus de dix ans.

Shaïna hocha la tête doucement, bien sûr qu'elle se souvenait, mais cet événement n'était pas si lointain, deux ans tout au plus.

— Je vous ai reconnue tout de suite, même si vous étiez dans un sale état, aux portes de la mort. Je ne pensais pas qu'il serait possible de vous sauver, mais la vie est tellement forte en vous. Enfin, heureusement tout de même que la bourse que vous m'avez offerte me sert à faire des études de médecine, sans ça, je n'aurais pas pu sauver votre bras.

Shaïna porta son regard sur son bras recouvert d'un énorme bandage. Elle bougea les doigts et fut soulagée de voir qu'ils répondaient sans problème.

— Vous allez récupérer, mais il vous faudra du temps. Maintenant, je vais changer le bandage de votre cuisse, je ne sais pas quel animal a bien pu vous mordre, mais ces blessures étaient emplies de venin, heureusement que je m'en suis rendu compte et aussi qu'il s'apparentait à un venin de vipère. J'ai su et pu ainsi vous soigner.

Sa voix, même si douce et paisible, était pleine de certitudes et d'autorité. Elle allait donc survivre, mais pour quoi faire ?

Elle coassa.

— Où est Aldrick ?

— Il va bientôt passer vous voir, mais vous devez avant tout vous reposer, vous n'êtes pas encore sauvée.

Shaïna ne répliqua pas et se contenta de laisser la jeune femme la soigner. Comme souvent elle subissait les événements, se contentant de nager dans son courant, déterminée à vivre ou au moins à survivre. Peut-être avait-elle été un démon dans une autre vie, mais aujourd'hui elle était elle-même et c'était ainsi. Et puis elle n'était pas certaine que croire un dieu était une bonne idée. Ils étaient fourbes et menteurs, alors elle allait survivre, guérir et partir d'ici. Reprendre sa route, franchir de nouveau les montagnes et retrouver Turgich et de là, elle verrait bien. Sa décision était prise, elle avait juste besoin d'un peu de temps pour retrouver l'intégrité de ses capacités. La seule chose qui la perturbait, c'était cette différentiation de temps. Pour elle, elle n'était restée qu'entre cinq cents et six cents jours dans le portail soit près de deux ans, ici il semblerait que ce fut plus de dix ans. En même temps si les hommes étaient soumis aux volontés du temps, les dieux n'y étaient pas contraints, voir le maîtrisait et l'utilisait.

Aldrick arriva quelques minutes plus tard, sa fille étant toujours en train de changer son bandage de la cuisse. Il avait vieilli comme en prouvait la couleur poivre et sel de ses cheveux. Il semblait à la fois heureux de la voir et soulagé qu'elle eût repris connaissance. Shaïna était également heureuse de le revoir, malgré sa trahison passée, il restait l'homme de son enfance, celui qui avait été le plus proche de ce que pouvait être un père du moins. En tout cas, il avait été un référent important dans sa vie.

— Je vais devoir repartir.

Aldrick éclata d'un rire franc et clair.

— Mais il va te falloir des mois pour guérir, alors je crains qu'il ne te faille accepter mon hospitalité.

Shaïna ne répondit pas, sa tête commençait à tourner et elle se sentit plonger dans les bras de l'inconscience.

En réalité, il ne lui fallut que quelques semaines pour récupérer la majeure partie de ses capacités et elle put commencer à reprendre l'entraînement dans la cour de la maison. Son corps portait et porterait à jamais les stigmates de ses blessures mais elles n'avaient pas atteint ses capacités physiques, alors elle s'en moquait complètement.

Elle avait pris le parti de se dire que tous les dieux n'étaient que des êtres pervers et menteurs et qu'en aucun cas elle ne pouvait être ce démon de l'enfer des marais que ce Dieu lui avait fait vivre quelques instants, même si elle ne savait toujours pas qui elle pouvait bien être.

Vivre dans la maison d'Aldrick était plutôt agréable, tout le monde était aux petits soins pour elle. La mère de son homonyme était une femme douce et gentille, adorable avec elle et, elle-même, passait ses nombreuses heures libres assise sur le fauteuil de sa jeunesse à relire les livres qu'elle avait tant aimés. Elle avait appris que le roi était mort et que la reine régentait maintenant dans l'attente de la majorité de ses enfants, ce qui devait arriver dans l'année à venir. Après le massacre des prêtres par les « revenus », le peuple avait décidé qu'ils ne se soumettraient plus à aucun dieu en particulier. La ville avait donc été ouverte à tous les cultes sans restriction et les offrandes interdites. Pour Shaïna cela ne changeait pas grand-chose, tous les dieux étaient pervertis. Elle écoutait Aldrick raconter l'histoire de sa ville avec un mélange d'indifférence et de plaisir à l'écouter parler. Elle apprit aussi que sa marâtre était morte et se demanda un instant dans quel enfer elle avait pu finir. Celui des marais probablement, avec la destruction complète de son âme. Elle ne ressentit rien à cette idée, chacun devait payer ses fautes. Elle finit par accepter la différence de temporalité comme elle aurait accepté la pluie ou le froid. C'était comme ça et puis c'est tout.

Au bout d'un mois, elle se décida à sortir un peu pour aller se promener en ville. Tout était comme dans les souvenirs de son enfance et sa plus grande joie fut sans aucun doute d'acheter ces petites brioches chaudes qu'elle avait tant aimées, il lui semblait en avoir encore le goût et le fondant dans la bouche. Le marchand était toujours le même, bourru, grommelant dans sa barbe tandis qu'elle lui tendait quelques piécettes de cuivre mais c'est avec délectation qu'elle croqua dans cette gourmandise savoureuse, chaude et suave se remémorant chacune des sensations qu'elle avait ressenties la première fois. Elle regarda autour d'elle et constata qu'il n'y avait que peu de mendiants, la reine semblait avoir assaini la situation, à moins que les bandes ne se soient jamais remises du massacre perpétré par Turgich. Tout cela laissait un léger sentiment de nostalgie dans ses pensées. En même temps elle se souvenait que trop bien de tout ce qu'elle avait vécu dans cette ville alors ce sentiment s'effaça rapidement pour laisser place à une sourde colère. Sa seule réelle crainte était que quelqu'un la reconnaisse, que l'on fasse le lien entre elle et la famille royale, mais son visage avait été suffisamment défiguré par le chien ricaneur pour que la plupart des gens détournent simplement le regard à sa vue et ne s'attardent pas à essayer de la reconnaître.

Un soir alors qu'elle rentrait chez Aldrick se demandant si elle devait maintenant partir, laisser cette famille retourner à ses équilibres et la continuité de sa vie, elle constata que de nombreux gardes se trouvaient autour de la maison. Elle ne s'en inquiéta pas particulièrement, elle se doutait bien que sa génitrice avait continué à faire surveiller la demeure d'Aldrick et qu'un moment ou à un autre elle aurait connaissance de sa présence. Les soldats n'étaient ni en formation offensive, ni particulièrement armés et elle déduisit donc qu'ils n'étaient pas là pour essayer de l'arrêter.

Ses sentiments envers sa mère avaient évolué avec le temps et son vécu récent. Elle comprenait bien qu'elle n'avait été qu'un jouet entre les mains de Lannu, tout comme elle, et qu'elle n'était pas vraiment responsable de son passé. Si Lannu l'avait choisie, c'était en toute connaissance de cause et sachant pertinemment ce qui se passerait. Cette reine n'était qu'un pion parmi d'autres dans les méandres des pensées et volontés de ce Dieu peut-être encore plus fou que les autres.

Elle s'approcha tranquillement de la maison lorsqu'un homme au port altier et richement habillé se détacha d'un groupe de soldats et se dirigea droit vers elle. Un civil, cela confirmait bien ses pensées. Il s'inclina respectueusement et dit d'une voix un peu plate, presque indifférente.

— Bonjour madame, je suis ici pour vous dire que la reine votre mère, vous fais mander pour souper.

Il se redressa et l'observa avec un mélange de crainte et de curiosité.

— Elle vous fait dire que vous n'êtes tenue à rien, mais que votre présence serait une grande joie pour elle. Elle m'a demandé de vous accompagner, si vous le souhaitez bien sûr.

Shaïna répondit un peu sèchement.

— J'arrive !

Sa voix était devenue différente depuis sa morsure par le chien ricaneur, plus éraillée, presque instable et elle avait un peu de mal à s'y habituer.

Sans plus s'occuper de l'homme, elle pénétra dans la maison. Elle avait déjà pris sa décision et allait accompagner cet homme, mais elle voulait tout d'abord récupérer les armes qu'elle avait laissées dans la pièce où elle dormait, ne voyant pas l'utilité de les porter pour aller acheter une brioche ou déambuler dans la ville de son enfance. Il n'était pas question de laisser ses armes, ici, sans surveillance et puis elle désirait bien faire comprendre à sa mère qu'en aucun cas elle ne venait en paix. Même si elle acceptait son invitation, le passé n'en était pas pour autant oublié ni pardonné.

Lorsqu'elle entra dans la salle où se tenait un petit banquet, elle eut la surprise de constater qu'elle n'était pas la seule invitée. Si sa mère trônait en bout de table, sa sœur était assise à sa droite et sur sa gauche, deux jeunes hommes, dont la ressemblance avec leur mère ne laissait aucun doute quant à leur position, les jumeaux, fils de la reine. Ils étaient assis droits et attentifs lorsqu'elle pénétra dans la pièce et tournèrent la tête vers elle dans une synchronisation parfaite. Mais ce qui la surprit le plus fut la présence d'un autre homme assis à la droite de sa sœur. Almaric, mais que faisait-il là ? Lui aussi avait vieilli et ses cheveux avaient blanchi tandis que de nombreuses rides s'étaient formées sur son visage lui donnant un air sévère.

À son entrée, tous se levèrent et restèrent un instant dans l'expectative, peut-être n'avaient-ils pas imaginé qu'elle puisse répondre favorablement à l'invitation de la reine et une sorte d'incertitude inquiète pouvait se lire dans leur regard, mis à part Almaric qui s'était fendu d'un immense sourire, mélange de joie et de soulagement. Mais somme toute, elle ne percevait aucune animosité chez les convives ou même la reine, plutôt un soulagement, doublé d'une légère forme d'inquiétude. Il est vrai que ses dernières apparitions dans les villes tenues par sa famille avaient été pour le moins sanglantes. Elle gloussa en elle-même, l'inquiétude de ces femmes l'amusait. Mais dans son esprit elle percevait les choses différemment maintenant. Ses presque deux années passées dans le portail, ses combats incessants contre les chiens ricaneurs, sa rencontre avec le dieu démon avec son horrible révélation ainsi que l'étrange perception du décalage du temps entre son vécu et le monde réel lui faisait tout relativiser. Elle savait juste qu'elle devait partir, qu'elle ne trouverait nulle réponse dans ces villes.

Sa génitrice quitta sa chaise pour se diriger vers elle, visiblement un peu incertaine sur l'attitude à avoir, mais son côté maternel reprit le dessus lorsqu'elle vit son visage.

— Ma fille, mais que t'est-il arrivé ?

— J'ai combattu un dieu et je n'aurais pas dû.

Sa mère l'observait avec attention, l'intensité de son regard lui fit comprendre qu'elle était avant tout heureuse de la voir et un sentiment étrange l'envahit. Elle se sentait presque chez elle, presque.

— Viens t'asseoir parmi nous, mon enfant, je t'ai gardé une place auprès d'Almaric. Il vient d'arriver, je l'ai fait prévenir par pigeon que tu étais réapparu alors qu'il était en visite chez ta sœur et ils ont tous deux décidé de venir.

Tout en parlant, la reine l'avait conduit à une place située aux côtés d'Almaric dont le sourire exprimait sa joie. Elle comprit qu'il allait la prendre dans les bras et elle le retint en s'exclamant de sa voix éraillée :

— Tu ne t'appelles pas Pietra, contiens-toi. »

Puis elle s'assit et attendit, sa mère l'avait fait venir dans un but bien précis, elle en était persuadée alors elle attendait les explications.

Chacun se rassit et il y eut comme un flottement un peu embarrassant et ce fut Almaric qui brisa le silence.

— Nous avons maintenant d'excellentes relations entre nos villes et des alliances ont été signées, la prospérité règne pour le bonheur de tous, et tout cela grâce à toi.

Shaïna le regarda un peu surpris, sa vision était plutôt celle d'une suite de massacre et de guerre. Elle répondit doucement, toujours dans l'attente de la suite.

— Et bien tant mieux.

On posa devant elle une assiette de viande rôtie et de légumes et elle se dit qu'elle n'avait pas mangé une telle viande depuis plus de deux ans, alors sans même attendre la suite de la discussion elle se jeta sur son plat. Une fois qu'elle eut fini de manger, elle leva les yeux vers sa mère qui semblait ne pas l'avoir quitté du regard. Elle pouvait ressentir le conflit en elle et les pensées contradictoires se bousculer dans sa tête.

— Quels sont tes projets maintenant mon enfant ?

On y venait, voilà donc la raison de cette invitation, connaître ses intentions. Il est vrai qu'ici, à Eridu elle était une criminelle, une sorcière alors qu'à Nippur elle était la représentante d'un Dieu tandis qu'à Lagash elle était celle qui ramenait à la vie les âmes perdues. Sa présence risquait de ranimer les conflits ou de redonner de l'importance à des dieux sanguinaires.

— Je dois repasser les montagnes, retrouver Turgich et trouver la cité qui relie les labyrinthes entre eux. Ma présence en ce lieu ne se justifie qu'en raison de mes blessures et de l'étrange volonté d'un dieu qui m'a projeté ici.

Elle s'arrêta, parler aussi longtemps était douloureux, sa gorge n'était pas encore complètement guérie. Un sourire de soulagement s'afficha sur le visage de sa mère mais elle ne s'en offusqua pas. Peu lui importait cette famille après tout. Elle qui ne savait pas qui elle était vraiment, elle n'avait besoin d'aucune attache.

— Je partirai avec Almaric d'ici quelques jours et je ne pense pas que vous me reverrez un jour.

Shaïna sentit la tension dans la pièce s'évanouir, tous étaient soulagés et elle observa de coin les enfants de sa mère. Ils semblaient être de parfaits futurs rois avec cette morgue teintée d'une fausse compassion qui les caractérisaient. Mais en ce moment leur ressenti était le même que pour le reste de sa « famille », un mélange de crainte et d'amour ou plutôt d'obligation familiale qui semblait vouloir se dissoudre avec le soulagement de la savoir sur le départ. Elle se tourna vers sa sœur.

— Je suis heureux que tu sois totalement guéri, je prendrai l'un des chevaux de Nippur pour la route.

Sa sœur hocha la tête et répondit d'une voix qui tremblait un peu.

— Je te donnerai le mien si tu veux bien l'accepter.

Shaïna ne répondit pas mais apprécia, elle connaissait la valeur de ces chevaux. Elle s'adressa à Almaric qui continuait à lui sourire, peu sensible à l'étrange ambiance régnant dans la pièce.

— Nous partirons dans cinq jours alors.

Puis s'adressant autant à sa mère qu'aux autres convives.

— Cessez de penser que j'appartiens à votre famille, je suis un enfant de Lannu et ce corps n'est qu'une enveloppe. Vous ne me devez rien et moi non plus. Si une âme étrangère n'avait pas habité ce corps, l'enfant que je fus serait mort-né. Je ne sais ni qui je suis ni d'où je viens et je pars le découvrir.

Elle se leva, elle en avait définitivement fini avec cette famille.

— Et merci pour ce délicieux repas, la viande était bien meilleure que celle de certaines bêtes que j'ai dû combattre pour survivre.

Tout le monde baissa les yeux, se demandant comment réagir ou s'ils devaient même réagir à sa phrase.

Shaïna en profita pour sortir, elle se sentait légère, libérée. Une page venait de se tourner définitivement et elle en était soulagée.

Vingt-cinq ans

« Blanche robe » frappait le sol avec impatience, mais Shaïna ne réagit pas, cherchant toujours à comprendre ce qu'elle voyait.

La route jusqu'à Lagash avait été longue et ennuyeuse, mais au moins avait-elle eu le plaisir d'y retrouver sa jument blanche. Elle avait douze ans maintenant et était en pleine possession de ses moyens. De façon surprenante, elle l'avait tout de suite reconnu et Shaïna avait été vraiment heureuse de pouvoir sauter sur son dos. La ville des revenus était devenue immense, s'étalant sur la plaine sans ordre véritable. Almaric lui avait expliqué qu'elle était devenue un pôle d'attraction lié à sa victoire sur les démons et que les gens venaient de partout pour s'y installer.

Revoir Pietra avait aussi été une joie, elle avait juste un peu vieilli elle aussi et a sa grande surprise, avait enfanté d'une petite fille. Les revenus pouvaient donc avoir des enfants. Le père en était Almaric sans réelle surprise et l'enfant semblait douce et joyeuse comme sa mère.

Mais même si Shaïna fut heureuse de la revoir, elle ne s'attarda pas plus que nécessaire. Ici, les gens étaient obséquieux à son égard et cela lui faisait se rappeler la vision que le Dieu démon lui avait donnée d'elle-même. Ces gens-là considéraient comme une déesse alors qu'elle n'était peut-être qu'un démon suceur d'âmes.

Alors elle était partie un matin, chevauchant « blanche robe », sans un regard derrière elle, presque avec soulagement.

La route de la montagne s'était faite sans grande difficulté, elle avait soigneusement évité les villages Qafzeh et elle s'était engagée sur le chemin menant au petit pont sans aucune hésitation. La traversée de celui-ci avait présenté quelques problèmes. « Blanche robe » refusant de s'y engager, elle s'était alors souvenue de la technique qu'avait utilisée Turgich et avait couvert les yeux de sa monture pour la faire traverser doucement. Le labyrinthe fut comme dans ses souvenirs et elle en avait débouché l'angoisse au cœur et le ventre serré. Elle s'était dirigée vers le marais la peur au ventre, ce qu'elle y avait vécu avait bouleversé sa vie et l'idée de devoir le retraverser l'angoissait au plus haut point. Et puis, elle craignait de se reconnaître dans la femme démon qui les avait suivis tout du long de ce périple et de réaliser qui elle était vraiment. Les pensées les plus délétères se bousculaient alors dans sa tête et elle avait parfois le sentiment de perdre la raison.

Elle avait fini par retrouver le petit village de pêcheurs, ceux qui se nommaient eux-mêmes les gardiens, mais les maisons étaient vides et ce depuis longtemps. Nulle âme ne vivait plus ici et Shaïna s'était demandé ce qu'ils avaient bien pu devenir. Mais ce n'était qu'une question sans grand intérêt et elle avait repris sa route, l'idée du marécage devenant chaque jour plus prégnante dans son esprit. Parfois, elle se demandait s'il ne serait pas mieux de faire demi-tour et d'aller se cacher au fin fond des montagnes, là où personne ne la retrouverait jamais. Mais elle savait que c'était impossible, la force qui l'obligeait à agir ne lui appartenait pas et ne la quitterait pas non plus.

***

« Blanche robe » frappa de nouveau le sol et Shaïna se reprit. Elle était perdue dans son esprit, essayant de comprendre ce qu'elle voyait. Il n'y avait plus aucun marécage. À la place, une lande triste et morne s'étalait à perte de vue. La vie y était même revenue, elle était ténue mais présente, ce n'était plus « le royaume des morts ». Elle réalisa qu'elle aurait dû s'en douter, cet enfer avait été posé là comme une frontière, le Dieu démon vaincu, elle n'avait plus de raison d'être et Lannu contrôlait certainement mieux les enfers dans son univers qu'ici. Elle se sentit à la fois soulagée et étrangement, un peu déçue. Elle espérait un peu y trouver des réponses à ses trop nombreuses questions mais Lannu ne le lui permettait visiblement pas.

Elle engagea sa monture avec précaution sur la lande. Elle se méfiait, il ne fallait jamais faire confiance en un dieu, la compassion ne faisait pas partie de leurs pensées. Mais il ne se passa rien de spécial, la vie commençait à reprendre ses droits et de petits rongeurs se sauvaient à son approche. Ils seraient bientôt suivis par leurs prédateurs et la vie pourrait reprendre son cycle, comme si rien ne s'était passé.

Elle ne remarqua rien de particulier pendant la traversée mais fut tout de même soulagée lorsqu'elle sortit de cette lande, il restait, comme flottant dans l'air, une odeur nauséabonde de viande pourrie, souvenir du marais des morts et elle s'était sentie nauséeuse toute la traversée. Sa monture, elle, avait paru indifférente à son environnement et elle en avait été soulagée, mais l'absence de nourriture et d'eau l'avait soucié et puis, elle s'était sentie mal à l'aise tout au long de son parcours sur cette lande, son esprit comme dissocié de son corps, et ce, jusqu'à ce qu'elle perçoive la fin de cette terre.

Elle s'arrêta comme la première fois près du gros chêne sous lequel ils avaient dormi. On était maintenant au cœur de l'été, il faisait chaud et le feuillage du chêne procurait une douce fraîcheur. Elle y passa la nuit avant de reprendre sa route. Elle approchait du lieu de la bataille et de nouvelles questions l'étreignaient. Turgich avait-il survécu ? L'armée des revenus avait-elle vaincu les démons ? Et qu'était-il advenu d'eux ?

Elle finit par distinguer la mer, elle arrivait. Elle fut un peu déçue, la plaine était complètement déserte. Elle s'y engagea. La bataille avait bien eu lieu ici, le sol était jonché d'armes rouillées et de squelettes, certains complètement disproportionnés, ceux des démons. Aucune trace d'âmes vivantes ou mortes. Les revenus ayant combattu pour elle étaient partis définitivement, mais elle ne percevait non plus nulle trace de survivants. Elle s'engagea sur la plage où elle avait refermé le portail : là non plus, aucune trace. Elle était tellement désappointée ! En même temps que pouvait-elle espérer après plus de dix ans ? Le monde avait avancé alors qu'elle-même était restée sur place.

Elle sauta de sa monture, la laissant vadrouiller à la recherche de nourriture et s'assit sur le sable. Et maintenant, que devait-elle faire ? Elle se sentait un peu perdue, elle avait entrepris ce voyage en quête de réponses et ne trouvait que le vide.

Un hennissement puissant lui fit reprendre pied. « Brin d'amour » elle aurait pu le reconnaître au milieu de centaines. Elle sauta sur ses pieds et courut vers le haut de la plage alors qu'apparaissait sa monture galopant à pleine vitesse vers elle. Il s'arrêta à quelques pas, se cabra un instant puis vint frotter ses naseaux contre son nez. Shaïna se sentit transporter de joie, elle enserra l'encolure de l'étalon de ses bras en tremblant. Il était toujours vivant et ne l'avait pas oublié. Elle sentit des larmes de bonheur couler sur ses joues, il lui avait tellement manqué ! Une autre monture apparut et Shaïna n'eut pas besoin de réfléchir pour savoir qui la montait. Turgich sauta de son cheval et s'avança jusqu'à s'arrêter à quelques pas d'elle. Elle l'observa, il n'avait absolument pas changé ni vieilli, comment cela était-il possible ? C'était toujours le même, massif au-delà du concevable, laid, cabossé, son étrange épée accrochée dans le dos et l'air comme « ailleurs ». Pourtant il l'avait attendu toutes ces années, comme s'il savait qu'elle reviendrait ici. Il croisa les bras sur sa poitrine et parla de sa voix de stentor.

— Je t'attendais.

Shaïna ne répondit pas, d'ailleurs il n'y avait rien à dire, Turgich était déjà remonté sur sa monture et attendait, impassible.

Shaïna sauta sur « brin d'amour » et se porta à son niveau. Turgich indiqua la plaine d'un large mouvement du bras.

— Les hommes ont perdu, il restait une dizaine de démons après que tous les hommes eurent été tués et j'ai dû les traquer moi-même. Certains se sont engagés dans les marais mais je suppose qu'ils n'existent plus maintenant. Les autres, je dus les tuer et ce ne fut pas chose facile. Heureusement que tu avais refermé le portail après avoir blessé ce Dieu.

Il fit une petite pose observant avec attention ses cicatrices.

— Et je vois que tu as découvert que le prix à payer pour s'en prendre à un dieu est toujours trop élevé.

Shaïna ne répondit toujours rien se contentant de flatter l'encolure de son cheval. Mais qui était-il vraiment ? Pourquoi n'avait-il pas vieilli ? Comment avait-il pu tuer plusieurs monstres ? Un ou deux elle comprenait, mais près d'une dizaine ?

— Tu n'as toujours pas compris je vois, mon âme est liée à la tienne par Lannu, nos destins sont indissociables. Si tu meurs, je meurs, si tu vieillis, je vieillis, si je meurs, tu ne feras que perdre ton ange gardien, c'est le prix que je dois payer pour que tu me rendes mon âme.

— Te rendre ton âme ?

— Tu m'en as dévoré une partie, celle avec les souvenirs heureux. Rassure-toi, c'est la moins importante, mais Lannu m'a promis que tu me la rendrais si tu arrivais au bout de ta mission.

Shaïna était effondrée, qu'un dieu cruel et sournois lui dise qu'elle était en réalité un démon dévoreur d'âme était une chose, que Turgich le lui dise était autre chose.

— Mais quelle est ma mission ?

— Je l'ignore, mais je sais que tu en as déjà rempli une bonne partie. Tu as fait revenir les âmes perdues, tu as détruit les religions de dieux concurrents, du moins tu les as affaiblies. Tu as refermé le portail du Dieu démon, l'empêchant d'envahir le monde, après je l'ignore mais je sais que nous devons poursuivre notre route.

Shaïna acquiesça, ça, elle en avait parfaitement conscience.

Le campement de Turgich ressemblait à celui d'un peuple nomade avec sa tente de peau d'animaux. Placé au creux d'un petit vallon et près d'un étroit cours d'eau, il était abrité du vent et des intempéries. Shaïna se demanda si le temps ne lui avait pas trop paru long, seul pendant toutes ces années. En même temps il avait passé mille ans dans les catacombes, alors que représentait une dizaine d'années ?

Ils ne s'attardèrent pas, il y avait rien ici qui puisse les retenir et l'été arrivait à sa fin. Ils partirent dès le lendemain, incertains sur la route à prendre, se contentant de marcher droit devant eux en attente de quelques signes.

***

Shaïna rabattit la capuche de son manteau en peau sur sa tête. Le blizzard soufflait fort transportant avec lui un froid glacial. « Brin d'amour » gratta le sol de son sabot. Le gel commençait à durcir la terre et la nourriture était pauvre et rare. Shaïna devait en tenir compte et leur avancée en avait été d'autant ralentie afin de préserver les montures. Le paysage était désespérément plat, avec très peu de points d'eau si ce n'était quelques petits lacs qui commençaient à geler. Personne ne vivait ici, Turgich disait que les démons avaient probablement massacré tous les habitants de ces contrées. Après la défaite des humains et la mise en place de la barrière par Lannu, les habitants avaient été abandonnés à leur triste sort. Pour autant ils n'avaient croisé nulle ruine ni trace d'une éventuelle vie passée. Ici, la nature était à l'état brut et le maître incontesté semblait en être le loup. Mais ceux-ci ne s'intéressaient pas à eux et ne représentaient nulle menace.

Ils avançaient depuis trois mois bientôt et Shaïna trouvait cette lande à la fois triste et froide, leur chevauchée s'était transformée en une routine ennuyeuse ou rien ne se passait jamais. Ils avançaient sans vraiment savoir où aller ni pourquoi.

Elle aperçut la mer grise et déchaînée sur sa gauche, ils la suivaient depuis de nombreux jours et l'humidité charriée par les embruns pénétrait le corps jusqu'aux os, les faisant souvent frissonner. Même faire un feu était devenu compliqué, le bois était rare et ils devaient souvent chercher du bois flotté le long de grande plage de sable noir pour espérer récupérer le combustible nécessaire. Les nuits étaient glaciales et l'absence de feu, lorsqu'ils ne trouvaient rien à brûler, rendait leur vie misérable. Pourtant ils avançaient toujours, se sentant comme obligés de le faire, comme un naufragé nageant vers une bouée qui n'existait peut-être pas.

Shaïna se dressa sur sa monture, elle vit au loin sur sa droite une longue ligne grise. La mer, là aussi, ils arrivaient au bout de la terre et ils ne savaient toujours pas quoi faire, cela devenait désespérant, étaient-ils condamnés à une vie d'errance à la recherche de ce qui n'existait pas ?

Shaïna se sentait à la fois dépitée et furieuse, pourquoi Lannu ne leur faisait-elle pas un signe quelconque ? Elle voulait bien remplir son devoir envers elle, mais encore faudrait-il qu'elle sache quoi. Elle en était là dans ses pensées lorsqu'elle l'aperçut, dépassant à peine du sol, les ruines d'une ville s'étalant jusqu'à la mer. Cette ville avait dû être gigantesque et semblait avoir été construite dans une complète anarchie. Puis elle réalisa, le labyrinthe, cette ville en ruine était l'exacte reproduction des catacombes, en beaucoup plus grand. Pas autant que dans le portail démoniaque mais beaucoup plus grand que dans celui de son enfance. Même si elle trouva vraiment étrange de retrouver encore un de ces labyrinthes, elle ne fut pas réellement surprise. Elle ne savait pas si elle en connaîtrait un jour l'histoire, mais ils étaient là, alors elle devait les accepter.

Ils s'approchèrent des ruines, elles plongeaient jusqu'à la mer, là où se serait situé le château d'Eridu. Les restes des murs ne dépassaient pas la hauteur de leur monture et tout était envahi par des mousses et une maigre végétation.

— Shaïna efface-toi.

Elle sursauta, Turgich n'avait pas parlé depuis des jours et le ton de sa voix exprimant une sorte d'urgence l'a surpris, mais elle lui obéit et s'effaça, même si elle l'avait toujours fait dans l'esprit d'autres personnes, gardant son existence propre, là, elle s'effaça du monde dans son ensemble.

Shaïna observa son environnement, pas vraiment surprise mais nerveuse et les sens en alerte. Son compagnon, leurs montures tout avait disparu, ne subsistait que le labyrinthe fait de murs de plusieurs mètres de haut et en parfait état. Le ciel était devenu rouge et éclairait les lieux d'une lumière glauque et pulsative, dont le rythme semblait obéir aux battements de son propre cœur. Les murs et le sol étaient d'un noir profond, anthracite, comme certaines pierres qu'elle avait découvert dans les autres labyrinthes. La chaleur était étouffante et la respiration difficile un peu comme si l'air était plus épais en ce lieu hors de l'univers humain. Elle avança de quelques pas et sentit son corps s'enflammer. Ses ongles devinrent rouges, le même que celui du ciel, et la couleur remonta le long de ses veines accompagnées d'une douleur intense envahissant rapidement l'ensemble de son corps. Sa peau prit cette couleur pourpre, toujours cette même couleur et elle eut la sensation que son corps se consumait à l'intérieur d'elle-même. Elle eut bientôt l'impression de n'être plus qu'une boule de feu, un feu qui semblait la dévorer tout en la laissant intacte. Elle hurla, chacun de ses organes semblait se dissoudre en elle et il lui semblait que sa peau fondait sous l'effet de la chaleur. Pourtant aucune cloque, aucune altération n'apparaissait sur sa peau et elle savait qu'en dehors de la douleur, sa vie n'était pas en danger. Elle ne voyait plus que dans un brouillard rougeâtre et tremblant et elle avait la sensation que des milliers d'épines vrillaient dans sa tête. Elle s'effondra au sol, tentant de faire diminuer la douleur en se recroquevillant sur elle-même, sans succès. La douleur était là, la dévorait jusqu'à lui faire perdre tout contrôle. Elle tenta de puiser dans sa volonté, dans le plus profond de sa résistance, mais tout était vain. Elle commença à sombrer dans la folie, perdant toute conscience d'elle-même, ses pensées ravagées par le feu qui la dévorait, lorsqu'elle sentit quelque chose se poser en elle. Une âme perdue, elle la soulageait en prenant une infime partie de sa douleur. D'autres arrivèrent et progressivement la douleur diminua jusqu'à devenir tolérable. Elle se redressa difficilement et avança de quelques pas en titubant.

— Shaïna, Shaïna, sauve nous !

Les mots résonnaient dans sa tête, ils exprimaient un tel désespoir que sa douleur lui parut presque futile.

— Shaïna, Shaïna, dépêche-toi ! Elle vient pour nous détruire.

Shaïna perçut la peur au-delà de l'urgence. Alors elle avança, elle se sentait comme investie, comme si elle était responsable de toutes ses âmes qui s'agglutinaient maintenant autour d'elle. Elles étaient des centaines, des milliers, elle ne savait pas, mais elles continuaient à affluer, se massant, terrorisées, autour d'elle. Au fond d'elle, elle sentit une force étrange la porter, ces âmes étaient presque comme ses enfants et elle se devait de les sauver. Alors elle avança, retrouvant la volonté de survivre après chaque pas effectué. Elle était redevenue cette petite fille luttant pour survivre et, même si elle sentait toujours ce feu bouillonnant rugir en elle, elle ne céderait jamais, ni à la douleur ni à la peur.

Le cri qui déchira le silence, courant le long des allées du labyrinthe, revenant comme un écho et faisant se contracter de peur les âmes perdues, la fit s'arrêter. Une dévoreuse d'âmes, mais que faisait-elle là ?

— Elle est venue pour nous Shaïna, elle est venue pour nous dévorer et nous ne pouvons fuir. Shaïna, Shaïna, tu dois nous sauver.

Mais pourquoi, ces âmes n'étaient pas mauvaises, pour la plupart elles ne méritaient même pas l'enfer alors pourquoi ?

— Lannu ne supporte pas les âmes perdues, Shaïna, Shaïna, tu dois la combattre ou elle nous détruira.

Shaïna n'arrivait pas à comprendre, elle aussi était très probablement un démon de Lannu, alors pourquoi envoyer deux démons, l'un pour sauver, l'autre pour détruire ? À moins que ce ne soit volontaire ou qu'elle et ce monstre ne soient qu'une seule et unique entité.

Le cri déchira de nouveau le silence, plus prêt, plus strident, plein de haine de dégoût et de douleurs. Puis elle apparut d'un tournant, traînant les pieds, portant avec elle cette odeur fétide de mort et de décomposition, sa peau flétrie encore couverte de boue. Elle venait bien du marais des morts. Elle leva la tête vers le ciel et hurla de nouveau, se labourant le visage de ses griffes, même si les plaies qu'elle y faisait se refermaient aussitôt, ne laissant que de vagues cicatrices avant de disparaître complètement. Puis elle darda son regard vide de toute vie vers elle. Shaïna pouvait y lire la haine, le dégoût mais surtout une faim insatiable, terrible et incontrôlable. Il lui fallait dévorer les âmes pour la calmer un peu avant que le besoin de se nourrir ne revienne, toujours plus fort, toujours plus implacable, lui déchirant la moindre de ses pensées. Dévorer, détruire, encore et encore, elle ne pouvait rien faire d'autre, ne penser à rien d'autre. Elle amenait la destruction totale des âmes et pourtant elle haïssait ce qu'elle faisait, ressentant dans sa chair et son esprit la douleur et le désespoir de ceux qu'elle détruisait, mais ne pouvait en réchapper. Une langue noire sortit de sa bouche aux lèvres craquelées jusqu'au sang et laissant s'échapper un liquide jaunâtre. Elle se mit à trembler, saisit de sa main aux ongles longs et noirs une mèche de ses cheveux éparses pour tirer violemment dessus quelques courts instants, puis, sans aucun avertissement, elle se rua vers elle à une vitesse insoupçonnable de la part d'un être si maigre, presque souffreteux.

Elle fut sur elle avant que Shaïna ne puisse réagir et l'enveloppa de ses bras décharnés tout en posant violemment sa bouche contre la sienne.

Shaïna comprit qu'elle voulait aspirer son âme, mais curieusement elle ne ressentit aucune peur, juste une forme de certitude, celle que cette entité ne pouvait rien contre elle. Pour atteindre son âme, elle devait d'abord passer par le feu qui la dévorait de l'intérieur et elle avait la conviction que cette chose n'en était pas capable. Elle ne tenta donc pas de résister, elle sentit et laissa l'être s'introduire en elle, se diffuser dans son corps comme un poison, mais lorsqu'elle voulut aspirer ses sentiments, ses souvenirs, elle n'obtint que le feu et la douleur qui balaya ses maigres défenses et enflamma ses pensées et volontés. Elle s'enflamma comme une torche, tenta de s'enfuir mais Shaïna posa une main sur sa tête, réprimant son dégoût et forçant ses lèvres à rester collées aux siennes et c'est alors qu'elle réalisa. Ce démon n'était autre qu'elle-même, la lutte entre ce qu'elle fut et ce qu'elle était, les deux ne pouvaient coexister, une seule devait survivre. L'entité commença à brûler d'un feu qui la dévora, la rongea de l'intérieur avant de manger ses maigres chairs, jusqu'à n'être plus que des cendres qui s'effritèrent entre ses doigts. Shaïna, l'enfant d'Eridu, celle que l'on avait voulu jeter aux chiens ou vendre comme une esclave sexuelle avait gagné contre le démon dont elle était issue, ce passé monstrueux n'était plus.

Shaïna sentit comme une forme de soulagement en provenance des âmes perdues qui allégea d'autant sa douleur. Elle posa sa main sur un des murs qui laissa aussitôt paraître tout une série de lignes courant le long des pierres noires dans un dessin complexe et sinueux. Le rouge de son corps sembla couler à l'intérieur des lignes comme l'aurait fait le sang dans des veines. Le dessin continua à parcourir les murs et commença à pulser comme le faisait la couleur du ciel. Les brûlures de son corps diminuèrent jusqu'à disparaître et sa peau reprit sa couleur habituelle, blanche, trop peut-être, tout son sang semblait s'être dispersé dans les murs, était-elle encore vivante ?

Elle se décida à suivre les dessins se coloriant et, toujours suivie de toutes les âmes perdues, finit par déboucher sur ce qui aurait été la place du château à Eridu. Mais ici il n'y avait nul château ni place, les lignes se rejoignaient en provenance de tous les murs pour disparaître dans des profondeurs invisibles. Les âmes s'y laissèrent porter comme entraînées par un courant invisible et y disparurent tout en murmurant son nom.

— Shaïna, Shaïna.

Ce murmure presque inaudible mais qui parcourait son corps et son âme la faisait trembler, son corps envahi de milliers de petites décharges électriques. Elle avait la sensation de finir une œuvre inachevée.

— Shaïna, Shaïna, nous devions être détruites, tu nous as sauvées, mais t'es-tu sauvé toi-même ?

Autour d'elle le monde devint blanc, disparu pour réapparaître dans le monde des hommes. Elle n'avait pas bougé dans ce monde, elle était toujours assise sur sa monture au milieu des ruines, il semblait que le temps se soit arrêté durant son absence. Elle porta le regard sur ses mains, le rouge était toujours là, la brûlant douloureusement. Elle ouvrit et ferma les mains avec certaines difficultés, elles étaient comme engourdies, mais le rouge ne disparut pas pour autant, elle comprit qu'elle devrait vivre avec ce feu dans ses mains le reste de sa vie et grimaça. La douleur sans être insupportable était pénible et prégnante, vivre avec allait être difficile, elle en avait conscience.

Et maintenant ?

Elle savait qu'elle venait de finir de remplir la mission que lui avait assignée Lannu, mais, et maintenant, qu'était-elle censée faire ?

— Rends-moi la partie de moi que tu m'as volé Shaïna, il est temps que je redevienne complet.

La voix de Turgich avait quelque chose de désespéré, en forme de supplique. Mais elle n'eut ni à choisir ni à savoir comment faire, elle sentit quelque chose en elle se détacher, une suite de sentiments de sensations comme stockées au plus profond de son esprit. Elle avait donc bien été cette voleuse d'âmes dans une autre vie, elle n'avait pas rêvé ce qui venait de se passer. L'idée d'être une de ces créatures souffrant autant qu'elle faisait souffrir la fit frissonner de dégoût. Elle réalisa que toutes ses âmes à qui elle avait permis de revivre ou de passer le voile de la mort étaient peut-être ses victimes qu'elle n'aurait pas détruites mais condamnées à errer pour l'éternité. Tout cela lui paraissait trop incertain, incompréhensible et porteur d'aucune logique. Elle entendit Turgich soupirer derrière elle et comprit qu'il avait recouvré l'ensemble de ses souvenirs et sentiments. Elle se tourna vers lui, un étrange sourire était apparu sur son visage tandis qu'il l'observait avec attention.

— Je suis libre maintenant, je pourrais te tuer ou partir le plus loin possible de toi, mais je me suis attaché à toi et je vais continuer à te suivre où que tu ailles.

Shaïna inclina la tête en signe de remerciement. Elle appréciait ce qu'il venait de dire et se sentait profondément touchée même si elle n'avait aucune idée de ce qu'elle allait pouvoir faire maintenant.

Vingt-huit ans

Shaïna traça dans l'espace toute une série de lignes complexes. Elle avait réussi, elle le savait au fond d'elle-même. Trois ans qu'elle essayait par tous les moyens d'ouvrir un passage vers un autre monde. Chacun de ses échecs avait été cuisant, certains lui renvoyant des décharges d'énergie qui blessaient son corps et sa chair, d'autres laissant apparaître des démons difformes que Turgich s'empressait de massacrer avant qu'ils ne s'en prennent à eux. Mais la plupart du temps les lignes créées retombaient simplement au sol avant de se rétracter en langues de feu qui s'introduisaient alors dans son corps, la laissant choquée par l'intensité de la douleur, des fois même pour de longues semaines. Cela ne l'empêchait pas de recommencer, encore et encore. Elle désirait quitter ce monde par-dessus tout, elle n'avait pas sa place parmi les humains et voulait partir, même si elle ne savait pas où. Et puis elle souffrait tellement, son corps n'était qu'une brûlure qui semblait ne jamais vouloir se calmer. Elle n'arrivait plus à dormir, rongée par la douleur et se sentait exsangue. Elle ne mangeait presque plus rien et chacun de ses mouvements était devenu pénible, ravivant la douleur dans des proportions intolérables, la laissant parfois amorphe, incapable de faire le moindre geste et à la recherche d'une respiration soudainement bloquée.

Mais aujourd'hui elle avait réussi, le portail qu'elle ouvrait semblait accepter sa création et elle ressentait une forme d'attirance dans ce dessin si complexe qu'elle venait de finir. Il s'étalait sur des centaines de mètres devant les ruines du labyrinthe. Elle ne pouvait faire la moindre erreur sous peine d'être de nouveau punie par le feu ou les décharges d'énergie. Bien sûr elle pouvait soigner ses blessures, même internes, mais elle supportait de plus en plus difficilement la douleur. Ses mains, son corps la brûlant perpétuellement, la moindre douleur rajoutée lui semblait multiplier sa souffrance au-delà du supportable et elle restait parfois des jours entiers prostrée sur le sol, incapable de bouger sous l'effet de la souffrance. Bien sûr Turgich prenait soin d'elle, la transportant sous leur tente et la posant délicatement sur une peau d'ours, mais cela ne changeait rien et elle commençait à craindre pour sa santé mentale, se parlant à elle-même pour essayer d'oublier cette souffrance qui la dévorait sans cesse. Son esprit s'évadait parfois dans des souvenirs plus ou moins agréables pour tenter d'échapper à cette prison dans laquelle la douleur l'enfermait, mais cela ne fonctionnait pas vraiment et la souffrance revenait encore et encore, souvent insoutenable. Son corps avait maigri, ses traits s'étaient creusés, elle avait le sentiment de ressembler à une vieille femme courbée sous le poids de sa souffrance. Sa douleur n'était plus qu'obsession et à part créer son portail, tout lui paraissait vain et inutile.

Mais aujourd'hui elle avait réussi, elle le savait. Elle relia les deux derniers fils de son dessin et le monde bascula. Sa tête se mit à tourner et elle se sentit vomir, perdit conscience du monde qui l'entourait avant de chuter lourdement sur un sol dur et froid. Elle se redressa, les brûlures qu'elle avait tant subies ces dernières années avaient disparu et ses mains avaient repris leur teinte habituelle. Elle soupira, était-elle vraiment délivrée ? Où n'était-ce qu'un répit avant le retour de l'empreinte de Lannu en elle. C'était tellement étrange de ne plus souffrir, son attention ne savait plus où se poser et elle avait peur de bouger et de déclencher de nouveau cette souffrance qui l'avait accompagnée ces trois dernières années.

Elle regarda autour d'elle, le monde était le même mais les ruines avaient disparu, comme effacées du monde. C'était l'hiver et un froid intense poussé par un vent du nord sifflant à ses oreilles la fit frissonner. Elle avait ouvert le portail en plein été et les températures avaient chuté de trente degrés au moins et ses vêtements étaient pour le moins inadaptés. Elle aperçut « brin d'amour » se dirigeant vers elle. Elle n'avait donc pas franchi le portail seule, Turgich était là aussi, ainsi que leur campement et « Blanche robe ». Elle avait apporté tout son environnement avec elle et se sentit soulagée. L'idée de se retrouver de nouveau seule et démunie de tout était la seule crainte qu'elle avait eue lorsqu'elle avait fini son dessin et créé le portail. De savoir qu'ils étaient venus avec elle était vraiment une bonne nouvelle.

Mais elle réalisa également que quelqu'un ou quelque chose d'autre était passé avec eux, elle pouvait distinguer une forme prendre consistance progressivement à quelques pas d'elle, passant de l'état de fumée à celle d'un être de chair et d'os. Elle plissa les yeux, la personne qui se matérialisait devant elle, était la plus improbable. La vieille femme, parfaitement identique à celle qu'elle avait connu, petite, le visage couvert de taches brunâtres, le nez crochu. C'était incompréhensible, elle était morte depuis longtemps.

— Je peux prendre la forme que je désire.

La voix par contre elle ne la connaissait que trop bien, Lannu. Même si elle ne lui procurait aucune douleur, ce n'en était pas moins sa voix. Mais que faisait-elle là ?

— Jamais je n'aurais imaginé que tu réussisses à ouvrir un tel portail, mais même si je suis impressionné, je ne puis l'accepter.

La vieille femme s'approcha pour n'être plus qu'à quelques centimètres d'elle.

— Tu n'es qu'un démon, enfant de l'innommable et de la haine qu'elle engendre, tu ne fus créé que pour dévorer les âmes pourries, malsaines, comment as-tu fait pour sortir de ta condition ? Je l'ignore toujours. Lorsque tu permis à Turgich de s'évader de ton royaume peut-être ?

Elle se rapprocha encore jusqu'à venir placer son visage juste sous le sien.

— Je t'ai pourtant puni et tu as brûlé dans l'enfer du petit homme pendant des siècles, mais ça n'a pas détruit cette part d'humanité en toi, comme c'est étrange.

Sa bouche sentait les égouts et Shaïna réprima un haut-le-cœur.

— Je t'ai donné des missions pour te faire pardonner et tu les as remplies, mais tu étais supposée te faire détruire par ton propre démon, au lieu de cela c'est toi qui l'as détruit.

Elle s'écartait un peu et fit un geste du bras vers l'endroit où s'était situé le portail.

— Et tu as construit ça, ouvrant une porte vers un monde que je ne contrôle pas et entraînant avec toi tous les revenus.

Shaïna haussa les sourcils : les revenus ?

— Oui, les revenus morts, ils sont tous là à t'attendre à quelques kilomètres.

Elle darda son regard dans le sien et Shaïna sentit cette brûlure qu'elle ne connaissait que trop l'envahir. Pourtant le regard du dieu était froid, glacial et vide de tout sentiment.

— Mais sache que ces âmes m'appartiennent, comme toutes les âmes, comme la tienne, alors je reviendrai les chercher et ils rejoindront les enfers que je leur ai impartis. Il n'y aura aucune échappatoire et ma vengeance sera sans concession.

La vieille femme sembla alors se dissoudre dans l'air pour finir par disparaître laissa Shaïna abasourdie autant qu'effrayée. La vengeance d'un dieu était souvent terrible et elle en savait quelque chose.

Turgich s'approcha, pour la première fois depuis qu'elle le connaissait, il semblait perturbé.

— Que voulait-elle ?

Le son de sa voix laissait transparaître une certaine angoisse et Shaïna trouva ça à la fois étrange de sa part, mais bien compréhensible, Lannu était un dieu particulièrement terrifiant.

— Nous détruire, elle a promis de revenir nous détruire tous.

— Tous ?

Shaïna tendit son bras vers un petit groupe de cavaliers apparaissant à l'horizon.

— Nous et les revenus.

***

Shaïna se laissa tomber sur son lit, épuisée, et repensa aux événements passés.

Quinze ans, voilà quinze ans qu'ils se préparaient à la venue de Lannu. Mais elle-même était toujours âgée de vingt-huit ans, car personne ne vieillissait ici et tout le monde avait le même âge, le sien. Il n'y avait ni enfants ni vieillard, tout le monde était jeune et en parfaite santé. Les revenus qui continuaient à arriver après leur mort terrestre avaient eux aussi le même âge, même s'ils étaient morts de vieillesse. Le temps n'existait pas dans cet univers, du moins ne s'écoulait-il pas, car par contre les jours et les nuits étaient les mêmes que dans son ancien monde.

Il lui avait fallu du temps pour le comprendre. Tous les revenus étaient là, des milliers et des milliers, tous ceux qu'elle avait ramenés à la vie et qui étaient morts. Lorsqu'un revenu mourait dans son ancien monde, il apparaissait ici, un peu perdu et âgé de vingt-huit ans. Alors progressivement, le nombre d'entre eux avait grossi pour devenir une communauté très importante. Ici les gens « vivaient » en harmonie, il n'y avait ni riche ni pauvre ni dominant ni dominé. L'absence de temporalité semblait avoir fait disparaître certaines caractéristiques liées à l'être humain rendant la vie plus calme et plus sereine.

Ils avaient bien tenté de découvrir ce nouveau monde dans lequel ils vivaient, mais il semblait n'être constitué que d'une île, certes une grande île de plus de cent kilomètres carrés, mais une île tout de même. Ils ne pouvaient donc essayer de s'échapper pour fuir Lannu et sa vengeance. Ils avaient bien construit des bateaux pour tenter de découvrir ce qu'il y avait au-delà de cette mer grise et terne qui les entourait, mais aucun n'était jamais revenu. Alors ils avaient décidé de se battre avec l'énergie du désespoir. Le centre de l'île n'était plus qu'un immense château aux défenses impressionnantes. Douves, courtines, barbacanes, basse-court et mâchicoulis, tout avait été construit pour permettre une défense héroïque. Et depuis, les hommes et les femmes s'entraînaient à l'art du combat. Personne ne souffrait de la faim, étant mort se nourrir ne leur était pas nécessaire, alors tous s'entraînaient chaque jour pendant des heures. Ils avaient conscience que leur troisième mort serait la dernière et que Lannu se vengerait sans aucune pitié sur eux. Pourtant, personne ne semblait être désespéré, mais plutôt déterminé, la présence de Shaïna était comme un lien qui les unissait et la vénération qu'ils lui portaient, leur raison de se battre.

Shaïna elle, n'avait pas longtemps supporté la présence de tous ces êtres humains. La vénération dont elle était l'objet la rendait malade, elle ne savait que trop bien qui elle était. Alors elle était venue s'installer sur un bout de rocher battu par les vents et les vagues loin de tous, loin de tout. Régulièrement des délégations venaient la voir pour lui soumettre les dernières décisions ou lui faire part de l'évolution des préparatifs et elle les écoutait avec attention, sachant parfaitement que tout était vain, mais ne souhaitant pas mettre à mal leur volonté et leur enthousiasme.

Elle restait marquée par ses années de souffrance à construire le portail, elle le sentait dans sa chair et son âme, même si avec le temps elle avait recouvré la totalité de ses capacités, quelque chose en elle était brisé et elle le savait. De plus elle se voyait comme un monstre, un démon sans aucun rapport avec les humains. Combien d'âmes avait-elle détruites avant de se libérer du joug de Lannu ? Et cette âme qu'elle avait créée au cours des siècles, que valait-elle, avait-elle seulement le droit d'exister ? Heureusement il lui restait les entraînements qu'elle s'infligeait parfois comme une punition, allant au-delà d'elle-même, de ses capacités déjà hors du commun. Elle restait parfois de longues minutes suspendue à une paroi par un seul doigt au-dessus de ressacs violents, où couraient plusieurs jours durant, sans s'arrêter, et ce, jusqu'à l'épuisement total. Parfois, elle venait s'entraîner avec les hommes et armée d'une épée de bois, s'attaquait à dix ou vingt soldats qu'elle frappait jusqu'à parfois casser un membre mais sans qu'aucun d'eux ne puisse jamais l'atteindre. Parfois, elle s'en prenait même à Turgich et leurs combats qui pouvaient durer une heure était une suite de frappes d'une violence inouïe, d'esquives, de parades, de contre-attaques sans temps de repos et les laissant complètement épuisés. Mais ce n'était que des instants de défoulement qui, aussi intenses soient-ils, ne lui faisaient rien oublier. Il lui restait alors ses montures, « brin d'amour » et « Blanche robe » semblaient avoir eux aussi subi l'influence du temps arrêté et étaient en pleine possession de leurs capacités. Ils galopaient autour d'elle lorsqu'elle courait et l'accueillait avec joie lorsqu'elle sautait sur le dos pour les entraîner dans des galops effrénés. Mais tous ces moments de bonheur ne changeaient rien, elle se sentait… sale.

Aujourd'hui, elle venait de passer trois heures à s'entraîner à des exercices de musculation que lui avait montrés Turgich et son corps était fatigué, alors elle s'était jetée sur le lit et avait fermé les yeux, jusqu'à ce qu'elle ressente des présences humaines au pied de son lit. Elle sauta au bas de celui-ci, un peu nerveuse avec la sensation que quelque chose d'important venait de se produire, avant de réaliser qu'Almaric et Pietra se tenaient debout au milieu de l'unique pièce de son refuge. Comme tous les autres, ils avaient retrouvé leur jeunesse et lui souriaient béatement. Shaïna soupira, Pietra, elle allait la prendre dans les bras. Elle se prépara à ce contact qu'elle ne tolérait que venant d'elle lorsqu'elle réalisa que leur mort était probablement ce qu'attendait Lannu. Quelque chose se passait, elle se saisit de son arme et se précipita dehors. Là devant la petite baraque qui lui servait de maison, trois hommes se tenaient immobiles, armés de longues épées. Shaïna comprit tout de suite, même s'il ressemblait à des êtres humains, ils n'en étaient pas. Au-delà de leur regard vide de toute âme, leur visage n'était qu'une caricature, ou une esquisse mal faite de la complexité du visage humain. Chauve, sans cils ni sourcils, sans aucune bouche et deux trous à la place du nez. Leur peau grise semblait épaisse et huileuse mais ils étaient grands et musculeux. Les trois démons chargèrent ensemble, l'épée haute, se ruant en grognant vers elle.

Ils étaient peut-être des démons mais semblaient de faibles bretteurs, leurs corps étaient trop en avant par rapport à leurs armes et à charger en ligne ainsi, ils se gênaient plus qu'autre chose. Shaïna se décala vers la droite, pénétra la garde du démon qui n'avait pas commencé à rabattre son arme et lui planta son arme dans le cou, arrachant en partie sa tête. Elle continua à se décaler vers la droite alors que l'assaillant situé au centre tentait de la frapper, gêné par le corps du premier démon qui s'effondrait. Elle le laissa commencer sa frappe puis le frappa au niveau des poignets que son déplacement avait rendus accessibles. Son épée trancha les chairs et les os et les mains du démon se détachèrent de ses bras. Elle remonta son arme du revers lui faisant éclater la mâchoire d'une frappe sèche, continua à tourner sur la droite, fit basculer son arme en position d'estoc en montant ses mains au niveau de son visage et planta son arme d'un coup de pointe dans l'œil du troisième assaillant. Elle se recula un peu, Almaric et Pietra étaient sortis de la maison et contemplaient les trois démons morts.

— Mais qui sont-ils ?

— Des démons de Lannu, envoyés pour nous détruire.

Almaric sembla surpris.

— Mais pourquoi envoyer trois assassins aussi maladroits ?

Shaïna observa les démons morts, ceux-ci semblaient se dissoudre pour disparaître emportés par le vent.

— Pour nous faire comprendre à quel point nous n'avons aucune chance. Aussi maladroits soient-ils, ils sont immortels, une fois tués dans ce monde, ils iront renaître dans un autre avant de revenir. L'armée qui va nous attaquer n'aura pas de fin, ils viendront encore et encore jusqu'à notre complète destruction.

Elle soupira.

— Allons ! Il est temps de rejoindre les autres et de mourir le plus vaillamment possible.

***

Les démons étaient comme les herbes d'une grande prairie, innombrables, immobiles. Shaïna les observait du haut des remparts. Même s'ils étaient nombreux et immortels, la tâche ne serait pas facile pour eux : les douves étaient profondes et les murs hauts et épais. Peut-être Lannu se lasserait-elle si ses démons n'arrivaient pas à envahir le château. Mais ce n'était qu'un vœu pieux, Lannu ignorait le temps et n'était guère pressée sachant pertinemment qu'elle finirait par vaincre.

Il y eut comme un fourmillement au fond de la plaine, là où se tenaient les derniers démons, quelque chose se passait et Shaïna scruta l'endroit d'où provenait toute cette animation. Les démons creusaient, des milliers d'entre eux creusaient le sol, pour quoi faire ? Puis elle comprit, ils allaient construire un chenal jusqu'aux douves pour les vider, rendant ainsi le château accessible à pied. Elle grimaça, les douves étaient un gros atout dans leur défense, s'ils se vidaient, ils perdraient un de leur rare avantage.

Les jours passèrent, arrivés à portée de tir, les hommes se mirent à tirer sur les démons construisant le chenal, mais ils avaient beau en tuer des centaines, ceux-ci continuaient à creuser, indifférents envers ceux qui tombaient puis disparaissaient et ne cherchant même pas à se protéger. Lorsque l'un d'entre eux s'effondrait, un autre le remplaçait, indifférent à son sort. Les hommes arrivaient juste à ralentir l'inéluctable. Le chenal finit par s'ouvrir sur les douves, emportant avec lui l'eau jusqu'à ne laisser qu'un fond vaseux et nauséabond. Les douves avaient été construites en pierres et l'eau importée de la mer. Elles ne pouvaient donc plus se remplir, le château était maintenant accessible.

L'immense armée de démons approcha comme une vague, elle semblait n'avoir pas de fin, ils envahirent les douves indifférentes aux milliers de flèches qui tombaient sur eux et commencèrent à gravir les murs des remparts à mains nues. Leurs doigts semblaient s'incruster dans la pierre et les murs furent bientôt couverts de démons escaladant la paroi, grouillants comme des fourmis. Les hommes avaient beau projeter des centaines de pierres et cailloux, de verser de l'eau bouillante par les mâchicoulis, rien ne semblait pouvoir arrêter cette horde titanesque. Les premiers démons finirent par prendre pied sur les remparts et le corps à corps commença.

Shaïna décapita le premier démon qui apparut et planta sa lame dans l'œil du second. Tuer ces monstres était facile, ils étaient sans défense lorsqu'ils apparaissaient en haut des remparts et ensuite, ce n'étaient que de piètres combattants, mais leur nombre était infini et même si vingt d'entre eux mouraient avant qu'un homme ne tombe, cela faisait un défenseur de moins à chaque fois.

La nuit finit par arriver mais l'assaut ne diminua pas en intensité, c'était une vague sans fin, une suite de frappe, de coup de pointe, de sang giclant dans l'air, de hurlement de douleur ou d'agonie. Shaïna se sentait complètement épuisée et commençait à être percluse de crampes. L'épée d'un des démons lui avait ouvert la joue alors qu'elle s'employait à repousser quatre démons qui avaient pris pied sur le chemin de ronde mais n'en ressentait même pas la douleur, prise dans l'excitation du combat. Le matin se levait lorsqu'elle décida de laisser sa place. Elle descendit en titubant les marches menant à la bassecour, la traversa, pénétra dans la deuxième enceinte de défense avant de s'effondrer d'épuisement sur les marches menant aux remparts. Quelqu'un lui tendit une gourde d'eau qu'elle but avec avidité puis elle s'endormit d'une masse.

Le soir tombait lorsqu'elle sentit quelqu'un lui secouer l'épaule. Elle ouvrit les yeux et aperçut Turgich penché au-dessus d'elle. Il était couvert de sang, mais souriait à pleines dents, l'air heureux.

— Les hommes sur les remparts commencent à être débordés, je crois qu'il serait bon qu'on leur donne un coup de main.

Shaïna sauta sur ses pieds, fit deux ou trois étirements afin de réveiller son corps encore endormi avant de lui répondre.

— Alors, allons-y !

Les démons avaient pris pied sur le chemin de ronde et un féroce combat au corps à corps avait débuté. Les défenseurs risquaient d'être rapidement débordés car pendant qu'ils combattaient contre les démons, d'autres apparaissaient en haut des remparts pour se jeter dans la mêlée. Shaïna et Turgich balayèrent les assaillants, Turgich, à grands coups de son arme démesurée, créa une brèche dans laquelle Shaïna faisait tournoyer son arme, tranchant membres et têtes. Il leur fallut du temps pour faire le tour des remparts, mais lorsque ce fut fait, les démons avaient été repoussés. Mais le prix de cette victoire toute transitoire était élevé et de nombreux hommes étaient tombés. Shaïna aperçut au loin des dizaines de portails se créer dans le ciel vers lesquels se dirigeaient les âmes des hommes tombés. Lannu était donc là, attendant patiemment que les hommes fussent tous morts, envoyant leurs âmes vers l'enfer leur correspondant. Elle se demanda un court instant si son don avait été une bénédiction ou une malédiction pour tous ces hommes, puis elle les vit, combattant avec ce courage qu'apporte le désespoir et se dit que de toute façon personne n'avait eu vraiment le choix alors qu'il fallait faire avec.

Douze jours, l'assaut dura douze jours avant qu'ils ne soient obligés de se replier en catastrophe vers la deuxième série de remparts. Ils n'étaient plus assez nombreux pour contenir les démons sur les défenses extérieures. Ils traversèrent la basse-cour protégés par les tirs continus des archers et le combat reprit sans aucune interruption. Les hommes étaient exsangues, les traits tirés, marqués dans leur chair et leur moral, ne tenant que par la présence de Shaïna qui semblait les sublimer. Mais il n'y avait d'autres issues que la mort, et tous le savaient.

La deuxième ligne ne tint que cinq jours avant qu'ils ne soient obligés de se replier vers le donjon. Ce fut plus une déroute, les hommes ayant été complètement débordés lors d'un assaut encore plus violent que les autres, ils s'enfuirent, mais pour la plupart ce fut pour se retrouver face à une horde de démons les ayant contournés et un combat désespéré et sans espoir commença.

Shaïna était toujours en haut des remparts en compagnie de Turgich lorsqu'elle vit le désastre arriver. Elle comprit que les défenses s'étaient effondrées et aperçut des démons se ruer à l'intérieur du donjon. Elle comprit que c'était la fin et décida de tenter une sortie. Elle regroupa quelques dizaines de survivants autour d'elle et ils chargèrent dans les escaliers pour tenter d'atteindre les portes. Mais ils n'allèrent pas plus loin que le bas des marches, une marée humaine de monstres se tenait entre eux et les portes. Ils chargèrent malgré tout avec l'énergie du désespoir.

Les hommes tombaient les uns après les autres et Shaïna reçut plusieurs blessures superficielles. Elle comprit que les démons avaient ordre de ne pas la tuer, se contentant de la maintenir près du mur des remparts. Puis soudainement les démons s'écartèrent, laissant un vaste espace entre elle et eux.

Shaïna regarda autour d'elle, seules elle et Turgich étaient encore en vie et comme elle, il était couvert de blessures même s'il ne semblait pas en souffrir particulièrement.

Les démons s'écartèrent de nouveau pour laisser apparaître la vieille femme, Lannu ! Elle était accompagnée d'Almaric et de Pietra qui semblaient indemnes et qui se tenaient par la main, marchant droit au milieu de démons qui ne les regardaient même pas. Lannu s'arrêta à quelques pas d'eux et d'un petit geste de la main fit signe à Almaric et Pietra d'avancer. Ils vinrent se placer à côté d'eux leur lançant des regards un peu perdus et remplis de tristesse.

— Je te l'avais dit, Shaïna, toutes les âmes m'appartiennent.

Shaïna hésita ne sachant quoi répondre à cette affirmation.

— Mais peut-être les autres dieux ne seront pas d'accord.

Un ricanement ressemblant à un grincement sortit de la bouche de Lannu.

— Tu n'as toujours pas compris, il n'y a plus d'autres dieux, je suis le seul, les hommes m'adorent de multiples façons, me donnent de nombreux noms ou visages, mais il n'y a plus moi, maîtresse des âmes, des enfers. Avant mon frère me faisait concurrence, mais le Dieu primaire l'a tué, comme je l'avais programmé, et toi, tu as renvoyé ce dieu stupide dans son monde. Alors maintenant il n'y a plus que moi et tous m'appartiennent, les âmes sont à moi et à moi seul. Et, vois-tu, je laisserais bien en paix que les âmes pures, mais hélas elles n'existent pas.

Elle produisit de nouveau ce ricanement grinçant.

— Mais vois ! Je sais être magnanime parfois.

Elle dessina, à une vitesse impossible à suivre pour des yeux humains, un portail juste devant eux. L'air vibra quelques instants et une enfant d'une dizaine d'années ressemblant trait pour trait à Pietra sortit du portail qu'elle venait de créer. Celle-ci se décomposa complètement et se mit à pleurer sans retenue.

— Je lui ai donné cet âge-là, je me suis dit que cela te plairait, rejoins ton enfant Pietra, tu n'es pas appelée aux enfers, et emmène ton compagnon avec toi, il s'est suffisamment racheté, ou du moins c'est mon cadeau pour ma petite marionnette.

Son regard se porta sur Shaïna, narquois, mais aussi avide et cruel et elle comprit à quel point elle n'avait été que le jouet de ce dieu dépourvu de toute compassion.

Pietra, tenant toujours Almaric par la main, s'avança vers l'enfant qui lui sourit tendrement avant de se saisir de sa main libre et de les entraîner vers le portail où ils disparurent. Shaïna eut l'impression que leurs visages se tournaient vers elle et qu'ils murmuraient dans un ensemble parfait.

— Pardon.

Puis ils disparurent et le portail se referma. Soudain, Turgich se rua vers Lannu l'épée brandie en hurlant. Il savait n'avoir aucune chance, mais Shaïna comprit que quitte à être tué, il préférait l'être de la part d'un dieu. Elle eut le sentiment que Lannu souriait presque puis le corps de Turgich fut brisé en deux, comme un morceau de bois sec et il s'effondra au sol, mort. Shaïna ne put réprimer un sanglot, cet homme avait tant compté au cours de ces dernières années, elle le pensait tellement indestructible et voilà qu'il venait de mourir en une fraction de seconde sous ses yeux. Elle eut le sentiment qu'avec sa mort, son reste de volonté disparaissait aussi. Elle n'avait plus qu'à attendre la décision de ce dieu sur son sort maintenant.

— En fait, je ne sais pas trop quoi faire de toi, aucun des enfers ne te correspond et je ne souhaite pas te voir détruite à jamais. Quant aux mondes bienheureux, ils seraient un enfer pour toi et puis de toute façon mon frère qui les gardait est mort. Alors, dis-moi, que désires-tu ?

Un filet de voix s'échappa de ses lèvres, elle répondit sans même avoir conscience de ce qu'elle faisait.

— Je veux vivre.

Cette fois, Lannu partit d'un rire violent, presque hystérique, qui la projeta en arrière sur le mur, puis sa voix résonna en elle, comme elle l'avait déjà fait, une voix de douleur, déchirant l'âme et le corps.

« Alors, vis ! Que je m'amuse. »

Le monde autour d'elle s'évanouit, ses souvenirs devinrent confus, s'éloignant de sa conscience jusqu'à disparaître. Elle perçut bien une voix dire :

« Pousse femme, pousse, il arrive. »

Mais déjà elle n'en comprenait plus le sens.

« C'est une fille, madame, c'est une fille ! »

Elle perdit toute mémoire. Seul un ricanement étrange semblait encore la poursuivre puis elle eut mal alors elle cria.

Imprimé en France
Achevé d'imprimer en juillet 2022
Dépôt légal : mars 2022

Pour

Le Lys Bleu Éditions
40, rue du Louvre
75001 Paris